이만교

결혼은, 미친 짓이다

Published by MINUMSA

Marriage is a Crazy Thing
Copyright © 2005 by Lee Man-gyo
All rights reserved.
Printed in Seoul, Korea.

For information address Minumsa Publishing Co.
506 Shinsa-dong, Gangnam-gu, 135-887.
www.minumsa.com

First Edition, 2005

ISBN 89-374-2028-7(04810)

오늘의 작가총서 28

이만교

결혼은, 미친 짓이다

민음사

차례

결혼은, 미친 짓이다

청첩장

규진이 봉투를 꺼내 내게로 던졌다. 속에는 청첩장이 들어 있었다.

저희 두 사람.
화창한 봄날을 맞아
사랑의 화촉을 밝히고자 하오니
부디 왕림하셔서
자리를 빛내 주시기 바랍니다.
이규진, 송유리.

"전혀 실감이 안 난다."
읽고 나서 내가 말했다.
"나조차도 결혼한다는 게 아직 실감 나지 않아." 규진이 동의했다.

"아니, 이 문구들 가령, '화창한 봄날', '사랑의 화촉', '왕림' 같은 단어들 말야." 나는 고개를 들어 녀석을 쳐다보며 말했다. "너무 상투적이고 식상하잖아."

"누가 강사 아니랄까 봐. 하하." 규진이 웃어넘겼다.

"아무튼 결혼한다니." 나는 남은 커피를 비우고 말했다. "뭐라고 위로의 말을 건네야 할지 모르겠……."

규진이, 머리를 긁적이며 변명했다.

"저쪽에서 막무가내로 서두르니 어쩔 수 없지 뭐."

나는 말을 이었다. "……다고 유리 씨에게 전해 줘."

그러나 녀석은 내 조크를 무시한 채 진지하게 말했다. "너도 그만 장가가라. 너희 집에 전화 걸 때마다 어머님이 나 붙들고 어찌나 걱정하시는지 나 대신 너를 결혼식장에 집어넣겠다고 말씀 드리고 싶을 지경이다."

"어머니를 위해서 장가를 가란 말야?" 내가 따지자, 녀석은, "부모님 말씀 중에 어디 틀린 것 있냐? 다 자식 걱정해서 그러시는 거잖아. 어머니 말씀대로 따라가다 보면 그게 결국은 너 자신을 위한 게 되는 거야." 늙어빠진 소리를 해댔다. 나도 대거리했다.

"네가 과연 장가갈 때가 된 것 같다. 그런 것이 우리 어머니를 위한 길이라면, 그것 말고도 방법은 아주 많아."

"무슨 방법?"

"가령, 김대중을 잡아다 감옥에 넣는 것."

"왜?"

"빨갱이라고 생각하시거든. 그래서 북한에 비료와 식량을 보내는 거래."

"그건 그렇고, 그날 네가 사회를 좀 봐줘."

"내가?"

"너 말고는 마땅한 친구가 없잖아. 다들, 제 새끼들 메고 업고 끌고 이고 올 테니."

"그러네." 생각해 보니 그랬다.

"넥타이 하나 멋진 걸로 선물해 줄게." 녀석이 생색을 냈다. 그리곤 웨이터를 불러 계산을 치렀다.

"넥타이는 많으니까 유리 씨 친구 중에 괜찮은 여자나 있으면 소개시켜 줘." 식당을 나서며 말했다.

"만나는 여자 있잖아?"

"넥타이 수만큼은 안 돼."

규진을 주차장까지 배웅했다. 녀석의 차가 출발하자, 길바닥의 벚꽃잎들이 나비떼인 양 살아났다.

텔레비전

"당신도 이리 와서 함께 식사하지 그래?" 아버지가 첫술을 뜨며 말했다.

어머니는 아버지 말에 대꾸도 하지 않은 채 볼륨을 높였다.

——너 죽고 싶니?

"좀 작게 해, 엄마." 여동생이 식탁에 앉으며 참견했다.

——너 정말 죽고 싶어서 환장했니?

"엄마!"

여동생이 더 크게 소리를 질렀다. 그제서야 어머니는 볼륨을 내렸다. 형수는 조카 녀석 밥 먹이기에 여념이 없다. 아버지는 장국에만 손이 갔다. 형도 마찬가지다. 두 사람은 입맛까지 닮았다.

#

"엄마 울어?"

다이어트 중이어서 제일 먼저 식사를 끝낸 여동생이 어머니 곁으로 가 앉으며 묻고는 깔깔깔, 웃었다. "하하. ……엄마 또 울어?"

"조용히 좀 해!"

팩, 소리를 지르고 어머니는 볼륨을 다시 높였다.

빈 그릇을 식기통에 담그고 마루로 가 앉으며 내가 말했다.

"원시인들은 꿈과 현실을 제대로 분간하지 못했대."

여동생이 과일을 가져와 깎았다.

"가령 어떤 원시인이 이웃과 싸워서 그를 다치게 하는 꿈을 꾸었다면, 그는 다음 날 아침, 약간의 보상할 물건을 갖고 그 이웃을 찾아가 사과를 한다는 거야."

"하하. 재미있었겠다." 형수가 맞훈수를 두었다.

식사를 끝낸 아버지는 아침에 이미 읽은 신문을 다시 재독했다. 형은 조카 밥 먹이는 것을 거들었다. 조카는 밥 한술을 받아먹고는 비행기를 들고 마루를 한 바퀴 휘저은 다음 다시 밥을 받아먹었다.

"그러한 혼동은," 나는 말을 이었다. "중세 때도 마찬가지였어요. 꿈에서 수음을 하고 나면 다음 날 신부님을 찾아가 제가 몹쓸 죄를 저질렀습니다, 하고 고해를 하는 거죠."

여동생이 사과를 깎으며 끼어들었다.

"프로이트 덕분에 이제 그런 혼동은 완전히 사라졌잖아. 이제 사람들은 꿈에 참외만 나와도 그것은 곧 남근이라고 단언할 수

있게 되었거든." 말해 놓고는 고개를 젖히고 하하, 웃어댔다. 그
리곤 아버지에게 깎은 과일을 내밀었다.

"드세요."

어머니는 여전히 연속극에 몰입한 채 눈물을 훔쳐댔다.

"그렇지 않아. 현실과 비현실은 현대에 들어와서도 공공연히
혼동되고 있어." 사과 한쪽을 집어 들며 내가 말했다. "텔레비전
이 처음 보급되기 시작하던 20세기 초, 미국에서는 드라마의 여
주인공이 재난을 당하면 방송국으로 성금을 보내오는 사람들이
적지 않았대." 사과 한쪽을 새로 골라 집으며 말을 이었다. "우리
나라도 아직까지 걸핏하면 주말 연속극을 보다가 가여운 주인공
을 죽이지 말라느니, 이혼만은 자제해야 한다느니 하는 시청자들
전화가 빗발치는 바람에 드라마 내용이 뒤바뀌어 버린 경우가 허
다하잖아. 사람들의 의식 수준은 옛날이나 지금이나 늘 소박한
상태로 머물러 있는 것 같아."

"그러니까 지금 나보고 원시인이라고 말하는 게냐?" 어머니가
따져 묻고는, 일어나 부엌으로 갔다. 중요한 장면에서 연속극이
그만 끝나 버린 것이다.

\#

"밥 좀 빨리 먹지 못해?"

형수가 짜증을 냈다. 그러나 조카는 밥 한술을 받아먹고는 비
행기를 들고 집안을 샅샅이 휘젓고 다닌 다음에야 다시 돌아와

또 한술을 받아먹었다.

"이리 내!"

형수가 기어코 손에 들린 비행기를 빼앗자 조카 녀석이 주저앉아 울음을 터뜨렸다.

"왜 그러누, 우리 새끼?"

어머니가 식탁에 앉으며 조카를 안아 올렸다. 조카 녀석은 두 발을 흔들어대며 비행기를 돌려달라고 징징댔다.

"비행기 돌려주면 밥부터 다 먹을 거지?"

"응!"

"응이 뭐야, 네에, 해야지."

"한 번에 한 가지씩만 가르쳐." 형이 간섭했다.

형수는 약속을 받아내고 비행기를 돌려주었다. 그러나 조카 녀석은 밥 한술을 받아먹고 나서는 또다시 비행기를 들고 사방으로 휘돌았다.

"너 그러면 비행기 도로 뺏는다?"

형수가 녀석에게 겁을 먹였다. 그러자 조카 녀석은 울먹이며 떠듬떠듬 말을 이었다.

"한 바퀴, 돌고 온 다음에, 비행기 기름, 넣는 거야!"

"아이고, 내 새끼 말이 맞다. 네 엄마가 뭘 몰라서 그런다."

함빡 웃으면서 어머니는 조카 녀석을 안아 올렸다. 조카 녀석은, 특별한 이유도 없이 비행기로 제 할머니 얼굴을 툭, 쳤다.

#

"언니, 나 저거 사 입을까 봐!"

동생이 과일 깎던 식칼을 손에 든 채로 텔레비전 화면을 가리켰다.

"조심해!"

내가 놀라 소리 질렀다. 하마터면 뛰어가던 조카 녀석의 눈을 찌를 뻔했다. 그랬다면, 하고 나는 잠시 급정거한 채 입을 다물고 멍하니 앉아 있었다. 형수는 조카 녀석을 윽박지른 다음, 식탁에 앉은 채로 엉덩이와 고개를 빼들고는 텔레비전으로 눈길을 던졌다. 그러나 광고는 이미 끝나 있었다.

"텔레비전에 나오는 건 다 사 입을 작정이냐?" 형이 한마디 했다.

"뭐 어때요?"

형수가 동생 역성을 들었다. 둘은, 옷을 서로 바꿔입기도 하는 것이다.

"너는." 내가, 참견했다. "현실과 비현실을 혼동하는 데 있어서는 원시인이나 엄마보다 더 심해."

"내가?"

"장동건한테 팬레터 보낸 거 기억 안 나?"

"어릴 때잖아!" 여동생이 칼로 사과 조각을 푹 찔렀다.

"지금도 '황신혜 팔찌' 니 '최진실 머리띠' 니 텔레비전에 나오는 건 전부 따라하면서 뭘 그래. 머리는 또 그게 뭐야." 형이 한마디 했다.

"내 자유야. 남의 헤어스타일까지 간섭하진 말아줘."

"잘 어울리는데 뭘 그래요?" 형수가 다시 편을 들었다.

"뭐가 어울려. 벼락 맞은 것 같은데!" 형이 신경질 내듯 뱉었다.

"문제는." 내가 끼어들었다. "자기 자신조차도 그 필요성을 느끼지 않다가 광고를 보고 나서야 필요하다고 생각한다는 거야. 자기에게 필요한 거라면 자기가 먼저 알아야 하잖아. 그런데 광고가 먼저 가르쳐주고 있어. 자기 욕망의 출발이 자기 자신이 아니라 광고라면 나란 뭐야? 결국 나 자신은 껍데기일 뿐인 거잖아?"

"광고도 문화야. 단지 필요성만으로 물건을 사는 시대는 지났어." 동생이 반박했다.

"그래도." 내가 빈정댔다. "조깅을 하려고 백화점으로 달려가는 사람은 너밖에 없을 거야."

"무슨 소리야?" 형이 물었다. "백화점에 조깅 코스가 생겼어?"

"조깅하겠다고 그러더니, 운동화와 체육복을 사러 백화점 갔다 와서는, 너무 비싸다고 세일 기간 기다리는 중이래."

"운동화, 체육복 다 있잖아?"

"아무리 빨리 달음박질을 쳐도, 유행에 뒤떨어져 있어서, 기분이 안 난대."

\#

"조용히 좀 해라."

아버지가 마침내 신문을 접으며 한마디 하셨다. 아홉시 뉴스가 시작된 것이다. 꽃소식이 나왔다. 화면 가득 봄꽃들이 클로즈 업되었다.

"꽃!"

조카 녀석이 손가락으로 가리키며 소리 질렀다.

"뒷산 공원에도 개나리와 목련이 벙글더라구요." 형수가 밥상을 치우며 말했다. 부엌창을 열면 뒷산 공원의 일부가 보인다. 그러나 소음과 먼지 때문에 늘 닫힌 채다.

내가 말했다. "이젠 텔레비전이 창문이야. 그런 점에서 액정 텔레비전이야말로 창틀 기능의 완성태 같아."

"좀 조용히 하거라." 아버지가 다시 한마디 하셨다.

뉴스는 정치 얘기로 옮겨갔다. 잠자코 보고만 계시던 아버지가 중얼거리셨다.

"미친놈들!"

그리고 나서 코소보 전란 소식이 전해졌다. 포탄이 날아가는 장면이 방영되었다. 그리고 난민 숫자와 사망자 숫자가 보도되었다.

"탱크!"

조카 녀석이 손가락을 들어 가리키더니 비행기를 내던지고는 탱크를 찾았다.

"나도 몰라. 장난감 상자 뒤져봐." 형수가 일러주자 조카 녀석은 재빨리 방으로 뛰어들어 갔다. 코소보 피난민과의 인터뷰가 이어졌다.

"윤수일 닮았다!" 형수가 말했다.

"어머, 정말!" 여동생.

"혹시 윤수일 부친 아닐까?" 나.

"난 가끔, 나와 똑같이 생긴 또다른 사람 하나가 내가 모르는 지구의 어딘가에 살고 있을 것 같은 느낌이 들 때가 있어." 동생이 말했다.

"윤수일은 요즘 뭐한데?" 형.

"탱크는 그만두고 자동차를 가지고 나와." 나는 조카에게 소리쳤다. 그새 고속도로 교통 사고 소식으로 바뀌어 있었던 것이다. 피 묻은 옷가지와 신발이 화면 가득히 클로즈업되었다.

"큰오빠 신발이랑 똑같은 거잖아?" 여동생.

"어휴, 아가씨는 왜 그런 말을 해요?" 형수.

"나이키 농구화, 맞잖아요?"

"내 것은 삼중 스프링 장치가 되어 있는, 새로 나온 거야."

"하하, 그거 신으면 교통사고 나도 괜찮대?"

"자기도 출장 갈 때 차 가져가지 말고 기차나 버스 타고 다녀." 형수가 말했다.

"기차는 안 위험한가?"

"그래도 승용차보다는 낫잖아. 자기가 졸음 운전할까 봐, 집에 누워 있는 내가 잠을 못 잔단 말야."

"제일 안전한 건 비행기예요." 내가 말했다.

"그건 더 위험하잖아요?" 형수.

"그렇지 않아요." 내가 말했다. "비행기 사망률은 팔십오만 분의 일에 불과하대요. 길거리나 유원지 같은 곳에서 일어나는 사고율과 비교해 볼 때, 세상에서 가장 안전한 곳은 지표 오 마일의 상공을 나르는 비행기 안에 가만히 앉아 있는 것이라는 통계 자료가 나와 있어요."

"게다가 비행기는 보험이 잘되어 있잖아." 여동생이 참견했
다. "오 억은 줄걸?"

#

"여보세요?"

채근해 보았지만, 어머니로부터 건네받은 수화기 너머로는 아
무 소리도 들리지 않았다. 질주하는 자동차 소리 같기도 하고, 거
대한 기체가 이동하는 소리 같기도 하고, 정규 방송이 끝난 텔레
비전 소리 같기도 한 잡음만이 잡혔다.

"여보세요?" 나는 한번 더 재촉해 보았다. 그러자 이내 수화기
놓는 소리와 함께 신호음만 이어졌다. "엄마." 수화기를 내려놓
곤 물었다. "나한테 전화 온 거 맞아?"

"왜?"

"아무 말도 안 하던데?"

"여자였는데, 분명히 네 이름 대며 바꿔달랬다."

"여자?"

그러나, 딱히 떠오르는 얼굴이 없었다.

\#

뉴스가 끝났다.

조카 녀석을 잠깐 안아주고 나서 아버지는 방으로 들어가셨다.

"뉴스조차도 우리의 일상 현실과는 너무 멀리 동떨어져 있는 얘기 같아. 라디오 뉴스가 처음 방송되던 때는 가까운 곳에서 일어난 사건을 먼저 보도하고 먼 지방의 소식을 제일 늦게 보도하는 게 순서였대. 그때만 해도 뉴스에 인간적 거리감이 있었다고 할 수 있지." 내가 말했다. "그러나 이젠 뉴스도 꿈이나 연속극만큼 비현실적인 것들투성이야. 대개는 한번도 대면할 인연이 없는 정치인들과 외국의 전쟁 얘기들뿐이잖아. 그 바람에 사람이 무수히 죽었다는 전쟁 소식이 연속극보다도 절실하게 느껴지지가 않고, 현실과 비현실이 점점 더 혼동되어 가는 것 같아."

"너는." 형이 스포츠 뉴스의 볼륨을 키우며 내 말에 일침을 놓았다. "강의실과 집을 혼동하는 것 같아."

동생이 킬킬, 웃어댔다.

조카 녀석조차 뜻도 모른 채, 제 고모 흉내를 내며 웃어댔다.

"정말 오빠야말로 현실과 이론을 혼동하는 거 같아." 여동생이 웃음을 지우며 말했다. "새는 수도꼭지는 고칠 줄 모르면서 지구 온난화 현상에 대해서는 누구보다 잘 알고 있는 사람이야."

어머니마저 뚱딴지같은 의견을 보탰다.

"쟤는 장가를 가야만 철이 들 거다."

\#

스포츠 뉴스가 끝나자 형은 조카 녀석을 안고 탱크를 사러 갔다.

어머니와 형수와 여동생이 남아서 나란히 텔레비전 앞에 앉아 있다. 세 사람이 빼놓지 않고 함께 보는 수목드라마다. 요즘, 세 사람은 대화를 하다 말문이 막히면 이 드라마에서 일례를 찾곤 할 정도다.

"그 있잖아요, 왜, 수미네 집에 있는 그 가정부요, 그 여자랑 똑같이 생겼어요." 혹은, "저는 죽었다 깨어나도 그 수미 이모처럼은 못 살 거예요." 하는 식이다.

"저런 스타일이 나는 제일 싫어요." 탤런트 심혁림 씨를 가리키며 형수가 말했다. 이 드라마에서 그는 졸부역을 맡고 있었다.

"생긴 건 재수없지만 귀엽잖아요, 돈 많고!" 여동생.

"오죽하면 저러겠어." 혀를 차는 어머니.

"어머님은 저 사람 행동이 이해가 돼요?" 형수.

"지금은 저렇지만 너무 가난해서 채소가게 쓰레기로 국을 끓여먹곤 했었댄다."

"언제?" 여동생이 물었다.

"지난번 토크쇼에 나온 것을 보고 저러시는 거야." 세수를 끝내고, 얼굴에 로션을 바르며 내가 끼어들었다. 얼마 전, 그가 토크쇼에 나와 자신의 고생담을 늘어놓은 적이 있다. 사업 실패로 셋방을 십여 차례 떠도는 고생을 겪어야 했다는 것이다. 그 얘기를 하면서 그는 값싸게도 눈물까지 글썽거렸다.

"어머닌, 실제와 드라마를 혼동하시면 어떡해요?" 형수.

"엄마, 전에는 저 사람 광고에 나오는 것조차도 싫어했잖아? 「해는 동쪽으로」에서 최진실을 파멸로 몰아넣은 싸가지 없는 놈이라고." 여동생.

그때의 어머니는 연속극 배역을 실제 인물과 동일시했다. 그가 등장하는 광고만 나와도 눈살을 찌푸렸다. "그건 연속극에서 일어난 일일 뿐이에요." 하고 말씀드려도 소용없었다. "그 정도는 나도 안다." 하고 인정하면서도, "본래 저래 생긴 놈은 하는 짓도 얄밉게 마련이다." 하고 바로 뒤에다 덧붙이는 거였다. 그런데 토크쇼를 통해, 그 심혁림 씨의 눈물 글썽이는 고생담을 듣고 난 후로, 어머니는 그가 어떤 역할로 나오든, 즉시 그 얘기를 기억하고 "저 사람도 알고 보면 참 불쌍한 사람이더라. 사업에 잘못 손을 대는 바람에 셋방만 아홉 번이나 이사 다녔대." 하면서 마치 친한 친구 아들의 고생담이라도 들려주는 양 한숨까지 내쉬었다. 그리고 그 뒤로 그가 나올 때마다, 개인적인 친분 관계라도 있는 사람인 양 호감을 보였다.

"젊은 나이에도 사업해 볼 돈을 가지고 있었나 보네?" 하고 비아냥거려 봐도 소용없었다.

"아홉 번 이사한 걸 가지고 뭘 그래요? 우린 열네 번이나 이사를 다녔지만 아직도 일곱 식구가 코딱지만 한 집에서 살잖아요." 하고 말씀드려도 소용이 없었다.

"엄마, 서울에 사는 서민들이 자기 집을 마련하기까지는 평균 열여덟 번이나 이사를 다녀야 한다는 통계가 있어요. 그러니까 그 정도는 심한 고생이라고 할 수도 없어요."라고 말해도 소용없었다.

그리고 이제는 그가 매우 한심한 졸부 역으로 등장해도, 어머니는 그를 이해하고 심지어 그의 악행까지 묵인했다. 토크쇼 이후 심혁림 씨는 어머니에게 '젊어서 고생을 많이 한 사람'으로 인정을 받은 셈이고, 이렇게 해서 이번에는 거꾸로 실제 인물의 이미지가 극중 인물의 실체를 굴절시켜 버린 꼴이 되었다.

#

아버지는 벌써 이불을 깔고 누우셨다. 여동생과 내가 함께 쓰는 방이지만 잠을 잘 때면 여동생이 안방으로 건너가고 아버지가 건너오셨다. 이것은 합리적인 조처였다. 아버지는 코를 곯고 나는 이를 가니까.

스탠드를 켜고 형광등을 껐다. 책을 읽어 나가는데, 아버지 숨소리가 내 숨소리와 겹쳤다가 다시 어긋났다. 아버지가 잠 속으로 곤하게 떨어지면, 아버지 숨소리는 내 것보다 두 배 이상 길어졌다. 아직은 잠드신 게 아니었다.

낄낄거리는 소리가 간헐적으로 들렸다. 나가보니 여동생이 텔레비전에 바투 다가앉아 커피를 마시며 토크쇼를 보고 있다. 요즘 한창 스포트라이트를 받고 있는 170센티미터 키의 신인 여배우다. 순정 만화에서 오려낸 아이인 양 그녀의 몸은 비현실적으로 길고 가늘다.

"정말 길쭉하네." 냉장고에서 보리차를 꺼내 마시며 내가 말했다.

"그치? 모빌리아 같애."

그녀는 자신이 최근 출연하고 있는 주말 드라마에 대해 PR 중이었다.

"저런 여자가, 가난한 서민의 착실한 맏딸로 등장한다는 건 말도 안 돼." 내가 말했다.

여동생이 반박했다. "이미지가 깨끗하잖아?"

"저렇게 예쁘고 늘씬한 여자가 정직한 서민 역을 맡으면, 시청자들은 서민 여성의 정직한 생활 자세를 옹호하고 있는지 그녀의 미모에 매혹되고 있는지 구분하지 못할 거야."

"그걸 꼭 구분해야 돼?"

"응."

"왜?"

"이미지와 실체는 다른 거니까."

"머리 아파." 쏘아붙이곤 수면을 들여다보는 아이처럼 텔레비전에 시선을 빠트렸다.

"가령." 하고 말을 시작하려는데, 여동생이 하하, 바보처럼 (책상다리를 하고 앉아 입을 반쯤 헤벌리고 고개 역시 반쯤 뒤로 젖힌 채 텔레비전을 보면서) 웃어댔다. 토크쇼 사회자가 농담을 한 것이다. 문득, 전국에 이런 모양새로 앉아 웃고 있을 무수한 바보들이 내 머릿속에 한꺼번에 오버랩되었다가 사라졌다.

"가령 말야." 내가 다시 말을 꺼냈다.

"대부분의 연속극은 매우 순박한 보수적 이데올로기(가령, 검소한 생활, 순수한 사랑, 단란한 가정, 정직한 생활 자세 따위들)를 표방하는데도 불구하고 연속극의 이미지(가령, 무대가 되는 주택과 가구, 연기자들의 의상과 화장 기법 따위)는 고급이고 화려해. 이렇게 되면 시청자들은 연속극을 보면서, 순박한 표면 주제(검소하고 착한 생활)와 이면의 이미지들(최고급 주택과 가구들, 옷차림, 외모)을 같은 것으로, 같은 차원의 가치로 동일시하게 돼."

"그게 어때서? 난, 착하지 않아도 잘생긴 사람 보면 좋더라. 마음씨 못지않게 외모도 중요한 거야."

"그 견해에 대해서는, 거울을 들여다볼 때마다 나도 전적으로 동의하게 돼. 하지만." 동생이 쿡, 코웃음쳤다. "이미지와 실체의 혼동은, 원시인이 꿈과 현실을 혼동했던 것보다 더 심각한 문제야. 그건 밝은 미소를 짓고 있는 비리 정치인의 사진 같은 거야. 노조 탄압과 세금 비리를 일삼으면서 이미지 광고에만 열중하는 기업 같은 거고. 과거엔 군부 독재와 경제 발전이 동일시되었다면, 지금은 실체와 이미지가 동일시되어 버렸어. 이것은 구분돼야 해."

내 말의 강세가 점점 강해져 갔지만 동생은, 텔레비전을 쳐다보며 또 한번 바보처럼 웃어대기만 했다. 나는 신경질이 나서 한마디 했다.

"옛날 사람들이 가장 순진해 보일 때는 연못에 비친 자기 얼굴에게 인사할 때였대. 그런데 현대인이 가장 순진해 보일 때는 텔레비전을 보면서 마치 합석해 있는 사람처럼 따라 웃을 때야."

#

"제발, 장가나 가라!"

여동생이 내게 쿠션을 던지곤 방으로 들어가 버렸다. 이번엔 나 혼자 앉아 텔레비전을 들여다보며, 책상다리를 하고 앉아 입을 반쯤 헤벌리고 고개 역시 반쯤 뒤로 젖힌 채 킥킥킥 웃고 있는데, (순간, 전국에 이런 모양새로 앉아 웃고 있을 무수한 밝고 경쾌한 감성의 젊은 선남선녀들이 내 머릿속에 한꺼번에 오버랩되었다가 사라졌다.) 어머니가 자리끼를 가지러 나왔다.

그리곤 흑백 텔레비전을 구입했던 그날 이후 평면으로 된 컬러 화면을 보고 있는 지금에 이르기까지 항상 그래왔듯 오늘도 빠트리지 않고 잔소리했다.

"눈도 나쁜 애가 왜 그렇게 테레비를 가까이서 보니?"

"알았어요."

"빨리 뒤로 물러나지 못해?"

"알았다니까요."

물러나면서 나도 한마디 했다. "엄마는 텔레비전과 한 치의 거리도 두지 않고 사시면서 뭘 그래요?"

"뭐 재미있는 거라도 허냐?" 아버지가 잠옷 바람으로 나왔다.

"왜 나와요?" 어머니.

"잠이 안 와."

"별로 재미없어요."

나는 텔레비전을 아버지에게 넘겨드리고 방으로 들어갔다. 등 뒤로 채널 바꾸는 소리. 지난겨울, 아버지는 위수술을 받으시면서 이십여 년 다니던 직장을 그만두셨다.

#

　"여보세요?"

　이번에는 내가 직접 받았다. 그러나 마찬가지로 이내 끊겼다. 수화기를 내려놓자마자 그러나 다시 울렸다.

　"여보세요?"

　그것은 자동차 소리였다. 시끄러운 찻길의 공중전화박스 같았다. "여보세요?" 다시 재촉했지만, 신호등의 신호가 한차례 순환할 정도의 시간 동안 저편에서는 말이 없었다. 그냥 끊어버리려는데 소리가 들렸다.

　"나야……."

　여자 목소리였다. 그러나 그것으로 또 그만이었다. 나라니? 나는 벽시계를 보았다. 자정 무렵 전화해서 내 목소리만 듣고도 나야, 라고 말할 만한 여자가 많지는 않았다. 아마도 정미거나 윤희겠는데, 그러나 어느 쪽인지 확실치 않아서 나는 어정쩡하니 "응, 말해."라고 대꾸할 수밖에 없었다.

　"……잘 지내. 다시는 널 만나지 않을 거야. 하지만 널, ……정말 사랑했어."

　그리고 끊겼다.

　어이가 없었다. 실소가 터져나왔다. 정미도 윤희도 아닌가 보았다. 도대체 나에게 온 전화인지조차 확실치가 않았다. 사랑이라니!

#

책 읽다 나가보니, 아버지는 텔레비전을 켜놓은 채로 소파에 누워 잠이 드셨다. 소파 바깥으로 길게 떨어져 나와 있는 손에는 리모컨이 떨어질 듯 간당거리며 쥐어져 있다. 마침내 리모컨이 손에서 떨어지려고 하자 아버지는 잠결에도 다시 그러쥐셨다. 발꿈치를 들고 가서 텔레비전을 껐다.

그러자 아버지가 눈을 뜨시더니 물으셨다.

"왜 꺼?"

다시 켜놓고 방으로 들어갔다.

잠시 후에 나와 보니 텔레비전을 켜놓은 채 또다시 눈감고 주무시고 계셨다. 텔레비전을 끌까 말까 망설이는데 마침 어머니가 나왔다.

"들어가 주무시구랴."

어머니가 눈을 비비며 하품 섞어 말했다.

그러자 아버지는 "요것만 보구." 하시고는 다시 눈을 뜨셨다.

텔레비전에서는 아버지 또래의 사람들이 나와서 구조조정에 대한 심야토론을 벌이고 있는 중이었다. 방으로 들어가 책 읽다 조용해서 나와보니까 정규 방송이 끝난 텔레비전만 환하게 켜진 채로, 아버지는 다시 주무시고 계셨다.

"들어가 주무세요."

내가 깨우자 화장실에 들렀다가 방으로 들어가셨다. 아버지 누워 계셨던 자리가 움푹, 들어가 있다. 같은 모양으로 누워보았다. 내게는 다소 작고 비좁았다. 하지만 저녁 바위 위에 남겨진

낮 동안의 햇살 온기같이 희미하게나마 아버지 체온이 잡혔다. 몸을 조금 더 섞어보았다.

"들어가 주무세요."

화장실 가느라 다시 나온 어머니가 말했다. 깜박 잠이 들었던 모양이었다. 나는 그새 또 까무룩히 잠이 들었다가 어머니가 변기 물 내리는 소리에 깼다.

어머니는 다가와서 "아버진 줄 알았다." 말하곤 방으로 들어갔다가, 다시 이불을 가지고 나와 덮어주고 들어갔다.

연락

"여자는 언제 소개시켜 줄 거야?"

"그런 말 할 기분 아냐." 규진이 벤치에 앉으며 말했다. 꽃샘추위인지 바람이 차가웠다.

"잎이 돋았네?"

나는 깨금발로 잎새를 들여다보았다. 검은 나무줄기에서 삐죽이 나와 있는 연록빛 새순은 그 명도와 질감이, 차라리 꽃에 가까웠다.

"오래전에 죽은 짐승 거죽 같이 검고 딱딱한 줄기에서 이렇게 얇고 순한 이파리가 나오다니." 새순을 손톱으로 잘라내어 햇살에 집어넣고 들여다보며 내가 중얼거렸다. "새순은, 명도나 색감에 있어 차라리 꽃잎에 가깝군!"

"골치 아파." 녀석이 담배를 빼물며 중얼댔다.

나는 플라타너스 새순 사이를 헤매고 있는 개미 한 마리를 손가락으로 가지고 놀며 대꾸했다.

"왜?"

"내가 정말 그 여자를 사랑하는지 확신이 안 서."

개미를 눌러 죽이고 물었다.

"어떤 점에서?"

"나 요즘 지영이 다시 만나." 구둣바닥에 담배를 눌러 끄며 녀석이 말했다.

"그래?" 녀석 옆에 앉았다. 벤치 바닥이 생각보다 차가웠다. "참. 아들이래, 딸이래?"

"아들."

"생각보다 바닥이 차네?" 나는 일어나 벤치 바닥을 만져보았다.

"내 말 듣는 거야?"

"아하, 이게 나무가 아니라 쇠로 되어 있구나." 나는 벤치 바닥을 쓸어보며 중얼댔다. "그러니까 이렇게 차지."

"어떡하면 좋을까?" 규진이 한숨 짓고는 나를 쳐다보며 물었다.

"네가 알아서 해."

"물론 최종 선택은 내가 하지만, ……네 생각은 어때?"

다시 벤치에 앉았다. 녀석을 쳐다보며 나라면, 하고 생각을 하자 문득 규진이 내 운명을 대신 걸어가고 있는 것처럼 느껴졌다. 지영은, 내가 먼저 짝사랑했던 애다. 게다가, 본래는 나에게 들어온 맞선을, 녀석에게 넘겨준 거였다. 삶이 문득, 장난 같기만 하다. 나는 또 잠깐, 급정거한 채로 하늘을 올려다보았다.

"내가 너의 경우였다면, 아마." 내가 말했다. "너를 불러다 놓고 물어봤을 테지. 어떡하면 좋을까? 하고."

"후후." 녀석이 웃었다.

"그러니까 너 자신에게 물어봐."

#

"기억나?"

자판기에서 커피를 뽑아다 주며 내가 물었다. "중학교 때 말
야, 내가 문예반 교실에 앉아 무슨 글인가를 끄적거리고 있는데
네가 말도 없이 와서는 내 앞자리에 앉아 멍하니 창 밖만 쳐다보
다가, 난데없이 물었잖아?"

"뭐라고?"

"미치도록 좋아하는 여학생이 생겼는데 어떡하면 좋지?"

"하하, 그랬나?" 녀석이 기분좋게 웃었다.

"기억 안 나?"

"전혀. 내가 좋아했던 애가 한둘이래야 말이지." 녀석이 웃고
는 물었다. "그런데, 누구였지?"

"내가 연애 편지라도 써보내라고 했잖아. 기억 안 나?"

"그래서?"

"나보고 써달라고 해서 내가 대신 써주었잖아."

"아, 기억난다. 네가 써준 편지를 약간 고쳐서 지영이에게 보
냈던 거 말이지?"

"그런데 그날 내가 끄적대고 있었던 게 뭐였는지 알아?"

"난 지영이에게 편지 전해 주려고 좇아다닌 기억밖에 안 나."

"바로 지영이에게 편지 쓰고 있었어."

"그래?"

"지영이를 좋아하고 있었거든."

"지독한 놈이군." 규진이 눈을 깜박이며 물었다. "그걸 이제야 말해?"

"일이 그렇게 되는 바람에 나는 곧바로 포기하고, 지영이 친구 중에서 나 좋다고 쫓아다니던 은희와 만났잖아."

"아, 그랬지."

녀석이 고개를 끄덕였다. 그리곤 손바닥을 엉덩이에 집어넣으며 중얼거렸다. "정말 바닥이 차갑긴 차갑다."

"산다는 게 참 우스워." 내가 벤치에서 일어나며 말했다. "정작 너 자신은 까맣게 기억 못하는 일을 내가 기억하고 있잖아. 그리고 넌 또 내가 기억 못하는 나를 기억하고. 저번에 네가, 성환이 자취방에서 내가 술 취해서 운 적 있다고 했잖아. 그런데 나는 정말로 그런 기억이 없어."

"벌써 이십 년 전이니까!"

"더 우스꽝스러운 건." 나는 천천히 걸음을 내딛으며 말을 이었다. "자기 자신이 왜 이렇게 살고 있는지, 그러니까 자신이 지금의 자신으로 살아가는 이유를 자기 자신조차 오해를 하고 있거나 잘 모른다는 거야. 가령 은희는, 그때 내가 왜 저를 싫다고 하다가 갑자기 만나줬는지 그 이유를 아직도 모르고 있을 거야."

"하하. 그렇겠네." 규진이 바지춤에 손을 넣으며 나란히 걸었다.

"그런 일들은 정말 비일비재해."

규진이 갑자기 들뜬 목소리로 말했다. "오랜만에 옛날 얘기하니까 기분좋다 야. 어디 가서 술이나 하자!"

"약속 있다며?"

"적당히 핑계 대지 뭐." 차 문을 열며 녀석이 말했다. "거래처 직원과 만나기로 했거든. 웬만하면 그쪽과 거래를 새로 터볼까 했는데 그만두지 뭐."

옆좌석에 앉으며 내가 말했다.

"그 사람도 네가 단지 옛 추억을 되새기느라 자기네 공장이 취소당했다고는 생각도 못하고 괜히 이것저것 반성하고 궁리하겠군."

"후후, 정말 대책회의라도 열지 모르겠네." 규진이 중얼거렸다.

"그 바람에 담당자 하나가 잘린다면?" 내가 묻고, 대답했다. "아마 자기만 잘렸다고 동료들을 원망하며 살지 모르겠군."

\#

"어디로 갈까?" 규진이 차도로 들어가며 물었다.

"아무데나."

"뭐 먹고 싶은데? 양곱창에 소주? 오징어에 맥주? 아니면, 아가씨에 양주?" 녀석이 묻고는 말했다. "오늘은 내가 쓸 테니 가고 싶은 곳을 대봐."

녀석이 큰소리쳤지만, 그런 날일수록 먼저 취해 버리기 일쑤였다.

"언제, 우리가 가고 싶은 데 가서 술 마셨나." 차내를 둘러보며 내가 말했다. "주차장 시설이 잘되어 있는 곳으로 가서 먹었지."

그리곤 물었다. "요즘 살 만한가 봐, 차까지 바꾸고?"

"살 만하긴, 한 달째 주말마다 아파트 보러 다녔는데, 마땅한 게 보이지 않아. 지금 살고 있는 빌라에 그냥 살림을 차려야 할 것 같아."

"차는 그런데 왜 바꿨어. 멀쩡했잖아?"

"당분간 집을 바꾸기는 어렵고 자동차라도 바꿔야 신혼맛이 날 거 아냐. 게다가 그전 차는 기름을 너무 먹는 것 같아."

"이게 연비 효율이 높다고 선전하는 그 찬가?"

"응, 김이연이 선전하는 거. 난, 고년이 정말 좋아."

"연비 효율이 아니라 김이연 때문에 이 차 고른 거 아냐?" 내가 농담했다.

"국산차는 오 년 정도 타고 버려야 해. 안 그러면 유지비가 더 나가. 동의해?" 녀석이 힐끗 쳐다보며 물었다.

"그럴지도 모르지."

CD 플레이어 버튼을 눌러보며 내가 대꾸하곤 물었다. "끌고 다니던 차는 어쨌어?"

"중고차 시장에다 팔았어."

"광고 이론으로 볼 때," 녀석이 설명했다. "연비 효율이 높다는 말을 믿고 이 차를 선택하는 사람은 순수한 고객이지. 그러나 좀더 순진한 사람은, 김이연의 섹시한 포즈가 마음에 들어서 이 차를 사는 이들이야. 그런데 가장 순진한 수요자는 국산차는 오륙 년 정도 타고 버려야지 안 그러면 유지비가 더 나간다는 언더-광고에 빠져 있는 사람이야." 녀석은 광고 마케팅 일을 하고 있었다.

"너는 뭐 때문에 이 차를 산 건데?"

"회사의 강압에 의해서야. 무조건 한 대씩 떠맡겼거든."

"그 차는 얼마에 팔았어?"

\#

"그런데 참." 문득 생각이 나길래 말부터 꺼냈다. "엊그제 전화가 왔어. 여자였는데, 날 사랑했대. 하지만 다시는 만나지 말자고 하면서 내가 뭐라고 대꾸하기도 전에 전화를 끊는 거야."

"누군지 짐작도 안 가?"

"응. 만나는 애가 있기는 한데, 아닌 거 같아."

"새끼야!" 녀석이 내 뒤통수를 치며 말했다. "그러길래 하나만 사귀랬잖아."

"그냥 동료나 친구 정도의 여자들뿐이야. 사랑 운운할 만한 애는 없어." 내가 변명했다.

"혹시, ……은지 아냐?"

"걔랑은 연락 끊긴 지 두 달도 더 돼."

"아직도 널 잊지 못했을 수도 있잖아?"

"말도 안 돼. 걔가 먼저 돌아선 거야."

"저기 어때?" 녀석이 턱으로 카페 하나를 지목했다.

#

　"너 참 윤창호, 그 자식 죽은 거 알아?"

　맥주를 시키고 나서 규진이 물었다. 바깥문이 바람에 저 혼자 열리고 닫히는 소리처럼 바흐의 무반주 첼로가 저 혼자 흐르고 있었다. 천장이 유난히 낮은, 조용한 카페였다. 손님이라곤 건너편 테이블의 여자 두 명이 전부였다.

　"그래?"

　"지난주 토요일인가? 불과 열흘 전이야. 교통사고로 죽었대."

　잠깐 생각하고 나서 내가 말했다.

　"웃긴다."

　"뭐가?"

　"이미 까마득하게 잊혀진 친구가, 죽었다는 소식을 들으니까, 도리어 어쨌든 여태까지는 살아 있었나 보구나, 하는 생각이 들어서 말야."

　맥주가 나왔다.

　"아무튼 살아온 것에 대한 기억이 하나도 안 나도 좋으니까 우린 죽지 말고 오래 살자." 녀석이 술을 따른 뒤, 부딪치며 말했다. "내겐 네 녀석이 가장 오랜, 그리고 이젠 거의 유일한 친구다."

　"난, 징그러워."

　"하하, 나도 네가 지긋지긋해, 인마!" 규진이 함빡 웃고는 고개를 젖혀 단번에 맥주를 들이켰다.

　목을 축이고 나서 물었다. "요즘 책 볼 시간 전혀 없겠다?"

　"그런 거 볼 새 없어. 신문도 머릿기사만 대충 훑어보는 정도야."

"학생 때, 데모하던 거 기억나?"

"그럼, 그때 일이야 전부 기억나지. 너 때문에 내가 데모했잖아."

"그때 읽는 책이나 잡지가 거의 똑같아서 상대방이 말하면 출전을 달았잖아.《창작과 비평》겨울호에서 본 거구나?, 동녘에서 출간한 『베트남사』 읽었나 보지, 하는 식으로."

"맞아, 네 녀석이 잘난 척 떠는 바람에 후배들 앞에서 도대체 폼잡고 아는 척할 수가 없었지."

"그때가 우리가 가장 닮았을 때 같아."

우리는 생활 패턴, 정치 성향, 말하는 논조까지도 닮아 있었다. 고작해야, 음악적 취향에 있어 서로 다른 가수나 작곡가를 좋아하는 정도였다. 그나마 그것으로라도 자기를 무리로부터 구별짓기 위해.

"그래, 같이 자취할 때는 속옷까지도 서로 바꿔입기도 해서 지영이가 빨래 해줄 때, 네 속옷까지 같이 빨아줬지. 서로 알고 있는 '유머 시리즈' 까지도 똑같아서 자기는 두 번씩 들어야 한다고 투덜대곤 했잖아." 녀석은 그때 일이 새삼 새록새록한가 보았다. "그리고, 영양제 먹을 동안에는 우리 둘의 대변 색깔까지도 똑같았던 거 기억나? 하하. 그래서 결국 대학원까지 나란히 진학하고."

그랬다.

함께 대학원을 진학해서 나는 어학으로, 녀석은 현대문학으로 석사 과정을 밟았다. 녀석의 말끝을 내가 이었다.

"그리고 석사를 마친 후 계속 공부를 해야 할지 취업을 해야 할지 망설이고 있을 때, 넌 취직이 되고 난 진학을 했고……."

"난," 규진이 땅콩 조각을 집어먹으며 말했다. "그 일이 지금도 미안해."

"뭐가?"

"내 대신 네가 취직할 수도 있었던 거잖아." 대기업 재단이어서 매년 한 명씩 교수 추천으로 광고 마케팅부나 홍보부에 취업되는 관례가 있었다.

"아니야. 어차피 한 사람 자리밖에 없었어. 그 전해에 내 지도교수님 제자로 있던 장진관 선배 알지? 그 선배가 취업했기 때문에, 그 해엔 네 지도교수님 쪽으로 권한이 갔던 거잖아." 내가 설명했다.

"그래?"

"몰랐어?"

"너보다는 내가 더 똑똑하니까 당연한 거라고 생각했지." 녀석이 농담하곤 웃어댔다.

"바로 그 지점에서 우리 운명이 또 한번 맞바뀐 것 같아." 내가 말했다. 그리고 다시 목을 축였다.

"무슨 뜻이야?"

"나야말로 취직을 할까 했었고, 넌 공부를 더 하려고 했잖아. 그런데 바로 장진관 선배 때문에 뒤바뀐 거지. 그러더니 맞선 상대까지 바뀌고."

"그러고 보니…… 그러네?"

"자기가," 혼자 중얼거리듯 뇌까렸다. "지금처럼 사는 이유를 자기 자신도 모르는 경우가 비일비재하다니까."

"대현이, 무석이, 주한이, 성일이, 걔들은 뭐하고 지낸대?" 문득 그 무렵 함께 어울렸던 녀석들 얼굴이 한꺼번에 겹쳤다.

"그래, 그 새끼들! 전화해 볼까?"

규진이 핸드폰을 꺼내 눌렀다. 그때 내 핸드폰이 울렸다. 몸을 돌려 전화를 받았다.

"여보세요?"

커다란 웃음소리가 들렸다. 상대방이 말했다. "영표한테 건다는 걸 그만 잘못 눌렀다."

"뒈져라." 나는 나직이 한마디 뱉고 끊었다.

\#

"요즘, 시도 못 쓰겠다?"

택시 안에서 내가 물었다. 나는 진작에 포기했지만 녀석은 대학원 다닐 때까지도 끄적대는 눈치였다.

"이 많은 건물들이 다 누구 것일까?" 규진은, 차창 밖을 내다보며 동문서답했다. 그리고 나서야 대답했다. "끝장난 것 같아. 걸어다니면 꽃 피는 거나 낙엽 떨어지는 건 눈에 안 띄고 이 동네 집값은 얼마나 될까, 하는 상상만 하게 돼."

규진이 한참 있다가 덧붙여 중얼거렸다.

"우리가 착각했던 것 같아. 그때나 지금이나 우리 같은 평범한 사람들의 상상력을 억압하는 건, 안기부가 아니라 전세값이나 아파트 평수였어. 그러니까." 녀석은 담배를 빼물곤, "기사 아저씨 담배 좀 피울게요." 말하곤, 담배 연기를 내뿜으며 얘기를 이었다. "안기부의 고문 비리가 아니라 전국의 땅과 건물의 소유도를

공개하라고 외쳤어야 해. 그것이 더 엄청난 회오리를 일으켰을
거야."

#

성일이 제일 먼저 나타났다. "다른 애들은?" 녀석이 두리번거
리며 물었다.

한쪽 벽면에 설치된 비디오 화면으로부터 흘러나온 푸른 계열
의 명도와 색감들이 물위에 뜬 기름처럼 카페 바닥에 넘실대고
있었다.

"해봤는데 연락이 안 돼."

"누구누구한테 했어?"

"대현이는," 규진이 설명했다. "시골에서 농사 짓고 있으니까
어렵고. 무석이도 고시원 들어가서 공부중이니까 안 되고, 주한
이는 일이 바빠서 못 나오겠대."

"주한이 뭐하는데?"

"갈비집 하잖아. 신사동에서."

"그래? 돈 많네?"

"매형이 하는 거 도와주는 거래."

"그렇군."

"광훈이는?"

"전화를 안 받아."

"노래방은 잘된대?"

"걔 지금은 PC방 하잖아."

"그래?"

"그러고 보니 직업도 정말 가지각색이다. 모여서 공동부락 하나 만들면 되겠다." 규진이 술을 추가시키고 나서 말했다.

과연 그랬다. 대학 시절, 그때 우리는 함께 생각했고 서로 닮아 있었다. 같은 책을 읽고 함께 토론하여 합의점을 이끌어내고, 함께 데모를 하고, 방학 때면 함께 스터디를 하고 농활을 갔었다. 심지어는 대학 졸업 후의 문제에 대해 서로 막연하기만 했다는 점까지도, 우리는 서로 닮아 있었다. 그러나 이제는 각자의 길을 가고 있다. 생각도 차림새에도 차이가 났다. 숨겨져 있던 미세한 개성의 차이가 이제야 드러나는 것인가.

"참, 학규는?"

성일이 오징어를 씹으며 규진에게 물었다. 그러나 녀석의 시선은 진작부터 규진의 어깨 너머 테이블에 앉아 있는 여자 애들에게로 뻗어 있었다.

"그 자식은 몇 년째 연락도 안 돼. 회사는 그만두었다는데, 집 전화번호는 결번으로 나와."

"그 녀석도, 죽기라도 해야 소식 오겠다!" 내가 중얼댔다.

"그나저나 영표 자식은 저희 회사 앞으로 오라고 해놓곤 왜 이렇게 늦어?" 하고 규진이 투덜거리자마자, 녀석이 문을 열고 들어왔다. 감색 양복을 말쑥하게 차려입고 있었다.

"네가 이렇게 말끔하게 차려입고 다닐 줄은 생각도 못했다." 술을 따라주며 내가 말했다. 녀석은, 가장 자유분방한 스타일이었다.

"넌, 데모할 때도 찢어진 청바지 입고 다녔잖아?"

"농민가 부를 때도 록커처럼 고쳐 부르고."

"그때 염색한 꽁지머리 기르고 다닌 건 우리 학교에 저 녀석밖에 없었지."

각자 한마디씩 했다.

"먹고살려면 어쩔 수 없지 뭐." 맥주를 단번에 들이켜고 나서 입술을 닦으며 영표가 말했다. "우리 사장이 여간 꼬장꼬장해야 말이지."

그러고 보면 각자의 개성 차이도 아니다. 직장 상사의 성격 차이인지도 모르겠다. 그리고 이제 우연찮게 거머쥔 각자의 직업에 의해, 변해 갈 것이다. 농사 짓는 녀석은 농사꾼다운 차림과 생각으로. 직장인은 직장인다운 생활과 의식으로. 그 기미는 이미 미세하게 드러나고 있었다. 영표 녀석이 대기업을 비난하면, 규진이 입을 다물고, 규진이 저희 회사의 프로야구단을 편들면 성일이 제 고향에 배속된 야구단을 두둔했다. 그러면서도 성일의 시선은, 계속해서 건너편 테이블의 여자를 힐끔거렸다. 나는 나대로 서점에 새로 나와 있는 최근의 신간들에 대해 얘기했고, 그러면 그들은 건성으로 대꾸하거나, 아예 그 틈을 이용해 어딘가로 핸드폰을 때리는 녀석도 있었다. 심지어는 나를 포함한 네 녀석이 일제히 핸드폰 통화를 하느라 모처럼 행동 통일이 이루어지는 순간도 생겼다.

"야, 핸드폰 다 꺼." 규진이 급기야 제안했다. "이래서야 어디 대화가 되겠냐?"

#

"우리, 뭔가 통일된 얘기를 해야 하지 않겠냐?"

칠판을 두드리는 선생처럼 잔으로 탁자를 탁탁, 내리치며 규진이 말했다. 그와 내가 화장실에 다녀올 때까지도 성일과 영표는 둘만의 얘기를 나누고 있었다. 규진 역시 그러나 이미 취했다.

"옛날엔 이렇지 않았잖아. 무슨 이야기를 해도 서로의 생각이 딱딱 통일되고 일관성이 있었잖아." 딱딱, 이라고 말하며 녀석은 탁자를 다시 탁탁, 쳤다.

"그게 통일이고 일관성이었냐?" 성일이 한마디 했다. "획일화였지."

"획일화? 그게 획일화였다면 우린 왜 그렇게 많은 논쟁을 해야 했었지?" 규진도 지지 않았다.

"논쟁이라고 해봤자. 서로 똑같은 책을 읽고 나서 하는 논쟁에 불과했어."

"그래도 난 그때가 정말 그립고 또한 좋았다고 생각한다." 규진이 고개를 젖히고 맥주를 들이켰다. 그러나 그것은 빈 잔이었다. 그런데도 녀석은 손등으로 제 입술을 훔치고 나서 안주를 집어먹었다.

"획일화되어 있었던 것은 사실이야." 영표가 끼어들었다. "무스 바르고 다닌다고 선배들이 얼마나 나를 탄압했냐. 요즘 대학생들이 부러워. 저희 개성대로 하고 다니잖아."

"다같이 무스 바르고 다같이 찢어진 청바지 입고 다니는 게 무슨 개성이야, 그거야말로 획일화지." 내가 끼어들었다. "지금 애들도 똑같아. 그때는 다같이 데모했다면 요즘은 다같이 유행을 따르고, 우리가 시대적 분위기에 우울했던 만큼 요즘 애들은 취업난으로 우울해."

"그런데 왠지 이런 말들이 다 공허하지 않냐?" 성일이 말했다.

그 말이 갑자기, 우리 모두를 공허하게 만들었다.

"쟤네들이나 꼬시자구!" 성일이 턱짓으로 여자애들을 가리켰다. 바로 그때, 그녀들은 일어나 나가버렸다.

"제길, 날샜네."

성일이 투덜댔다. 그리곤 한쪽 벽에 설치되어 있는 비디오 화면으로 눈길을 돌렸다.

이야기는 또다시 두서없이 전개되었다. 회사 얘기를 하다 말고 연예인 얘기를 하는가 하면, 갑자기 섹스 경험담이 튀어나왔다가, 문득 양말에 대한 이야기로, 그리고 난데없이 신데렐라 동화로 이야기가 건너뛰었다. 그것은, 사과는 맛있어, 맛있으면 바나나, 바나나는 길어, 길면 기차…… 와 같은 일종의 말잇기놀이 같았다.

"우리 회사는 광고에만 돈을 뿌려." 하고 불평하면, "너희 회사 냉장고 제품 선전에 나오는 애 예쁘더라." 하고 받는다. 그러면 "걔는 엉덩이가 너무 작지 않아?" 하고 끼어들고, "엉덩이 작은 애들이 그것도 작아서 꽉 조이는 거 몰라?" 하고 받아친다. 그러면 각자의 섹스 편력이 쏟아져 나오고, "그 여자애와 양말을 바꿔 신고 나왔는데 아직도 내가 그걸 가지고 있다니까." 하고 누군가 말하자, "요즘 신데렐라는 양말 한 짝을 잃어버리나 보지?" 하고 누군가 농담한다. 그리고 나서 일제히 웃어젖힌다.

그때마다 규진이 자꾸, 뭔가 진지하고 통일된 이야기를 하자고 맥을 끊었다. 그러나 이런 식의 대화가 아무 의미 없는 것은 아니었다. 잡담만큼, 진지하고 정직한 대화도 없다. 규진은 주량보다도 결혼에 대한 고민 때문에 일찍 취해 버린 것이고, 영표는 아내 몰래 연애하는 중인 것 같고, 성일은 주식을 투자해서 상당한 손해를 본 모양이다. 그리고 나는, 어느새 취중에도, 관찰하고 분석하기 좋아하는 시간 강사의 전형이 되어버렸다, 싶다.

분화구

세상은 여전히 사흘 너머가 내다보이지 않는 사건들에 갇혀 있었다. 신문을 대충 훑고는 둥글게 말아 쥐었다. 그것이 표시였다. K대학 교문께의 '위너스버거' 앞에서 한겨레신문을 말아 쥐고 서 있을 것.

약속 시간이 가까워질수록 다가오는 구둣발 소리에 가슴이 콩당거렸다. 그러나 시간이 되어도 상대는 나타나지 않았다. 조금씩 불안과 짜증이 일었다. 삼십 분쯤이 더 흐른 뒤에야 혹시 후문 쪽에도 위너스버거가 있는 게 아닐까 하는 데 생각이 미쳤다.

위너스버거로 들어가 아르바이트 여학생에게 후문 쪽에도 체인점이 있냐고 물어보았다.

"없는데요."

그녀는 대답하고 나서 웃어보였다. 짧고 형식적인 미소였지만 예쁜 얼굴이었으므로 순간적이나마 기분이 상쾌해졌다. 더도 덜도 말고 얘만큼만 예뻐라. 나는 마주 웃어보이고 물러나왔다.

그런데, 곤란한 일이 벌어져 있었다. 내가 서 있던 자리에 내 또래의 또다른 사내 하나가 한겨레신문을 말아 쥐고 서 있는 것이었다. 사내가 내 쪽을 힐끗 쳐다보았다. 분화구 같은 여드름 자국이 총총히 틀어박혀 있었다. 옆에 나란히 섰다. 키는 나보다도 컸다. 그러자 문득 분화구와 내가 어떤 게임의 결승 무대에서, 마지막으로 자기 이름이 호명되기를 기다리고 있는 것 같은 착각이 들었다. 출발을 앞둔 자동차의 조급해하는 엔진 소리가 들려왔다.

#

"혹시 규진 씨 친구분인가요?"

분화구가 사라진 직후였다. 여자에게서, 껌 씹은 냄새가, 얇은 랩처럼 끼쳐왔다. 콧날이 유달리 오똑했다.

"늦었군요." 손목시계를 들여다보며 내가 말했다. 삼십 분이나 지나 있었다.

"많이 기다렸지요?"

"하마터면 그냥 갈 뻔했어요."

"미안해요." 그녀가 활짝 한번 웃고 나서 말했다. "낮잠을 잤어요. 그 대신 제가 커피 살게요."

그리곤 앞장을 섰다.

구두굽 때문인지 키가 엇비슷했다. 옆모습이 몇 년 전, 이름은 기억나지 않지만 텔레비전에 잠깐 얼굴을 내밀었던 탤런트 한 명과 닮았다. '위너스버거'의 단발머리 여학생보다 훨씬 더, 라고 말해도 좋을 만큼 예쁜 얼굴이었다. 자기 곁으로 다가오길 기다린 다음 그녀가 말을 이었다.

"정말 안 기다리고 그냥 가려고 했어요?"

"네."

"기다리는 걸 싫어하나 봐요?"

말투가 걸음걸이만큼이나 빨랐다. 거리의 소음 때문에 그녀의 말을 정확히 알아듣기 위해서는 그녀가 입을 열 때마다 고개를 그녀 쪽으로 가까이 기울여야 했다. 그때마다 껌 냄새가 랩처럼 코를 감쌌다.

"다른 이유 때문에 그냥 가려고 했습니다."

"다른 이유요?"

"처음엔," 나는 그녀와 걷는 속도를 맞추며 말을 이었다. "위너스버거점이 후문 쪽이나 근처 다른 곳에도 있나 싶어서였죠."

"이 근처엔 여기 하나뿐이에요."

그녀가 대꾸했다. 그리곤 멈춰 서서, 어떻겠냐는 뜻으로 지하 계단으로 향해 있는 카페 출입구 하나를 손으로 가리켰다.

좋다는 뜻으로 나는 고개를 끄덕였다.

카페는 넓은 간격을 두고 탁자가 배치되어 있어 깨끗하고 여유로워 보였다.

"그런데 더 큰 문제가 생겼어요." 자리에 앉으며 내가 말했다.

"네?"

"밖으로 나와보니까 내 또래의 웬 사내 하나가 나와 똑같이 한겨레신문을 말아 쥐고 서 있는 거예요."

"하하, 그래요?"

"마치 남이 맡은 배역을 자기 몫인 줄 알고 잘못 연습한 배우 같은 기분이 들더군요. 그래서 창피당하기 전에 그냥 사라질까 했습니다."

그때 웨이트리스가 메뉴판을 가져왔다. 감잎차와 레몬차를 각각 주문했다.

그리곤 문득 대화가 끊겼다.

마침 카페에 흐르던 음악도 끊겨버렸다.

서로가 입을 다물어버리자 갑자기 어색해지면서 그녀와 나 사이에 다음 장으로 넘어가는 소설의 빈 페이지 같은 공백이 가로놓였다. 그러자 그녀와 내가 마치 페이지의 모퉁이를 접어두고 어디론가 사라진 독자를 멍하니 기다리고 있는 등장인물 같다는 생각이 들었다.

#

웨이트리스가 차를 놓고 갔다.

그녀가 깜박 잊고 있었던 안전벨트를 매는 사람처럼 자세를 바르게 고쳐 앉았다. 그리곤 차를 잠깐 입에 대었다 내려놓은 다음, 미소를 지으며 물었다. 친절 캠페인 기간을 의식한 동사무소 직원의 것만큼이나 어색한 미소였다.

"규진 씨와는 대학 동창인가요?"

그러고 보니 우리는 아직 서로의 이름조차 알지 못했다.

"중학교 때부터 같이 다녔죠." 대답하고 덧붙였다. "유리 씨에게 말씀 많이 들었습니다. 자랑을 많이 하더군요." 그저 예의상 덧붙인 말이었다. 그러나 그녀는 눈을 동그랗게 치뜨며 관심을 보여왔다.

"뭐라 그러던가요?"

마땅히 대꾸할 말이 생각나지 않았다. 아무렇게나 둘러댔다.

"미인이고 착하다구요."

"맞는 말도 있고, 틀린 말도 있군요." 그녀가 대꾸했다.

"아뇨." 나는 예의상 입에 발린 칭찬을 한번 더 던져주었다. "기대했던 것보다 훨씬 미인입니다."

"그건 맞는 말이고요." 그녀는 짧게 웃고 나서 이었다. "후자가 틀린 말이에요."

그런가요, 하는 표정을 지은 채 나는 어정쩡하니 따라 웃었다. 어떤 점에서 본인이 착하지 않다는 거죠? 하고 물어보려는데, 그녀가 먼저 입을 열었다.

"하는 일이 뭐예요?"

느닷없는 질문이었다.

"네?"

"유리한테 아무런 설명도 듣지 못했어요. 직업, 나이, 고향, 출신 학교 같은 거 말예요."

나는 잠깐 당황했다.

#

"그런 것들이 중요한가요?"

"때론 맛없는 반찬부터 먹어치우고 싶기도 하잖아요. 제일 중요한 거라면 제일 결정적일 때 묻지 않겠어요?"

"그렇군요."

나는 고개를 끄덕이고 나서, 그녀가 열거한 질문들에 하나씩 대답해 나갔다. 그때마다 그녀도 일종의 답례처럼 자신의 것들을 밝혔다. 맞선 나온 꼴이었다. 말을 나누다 보니, 그녀는 정작 맞선 보는 것으로 여기고 나온 모양이었다. 나는 단지 운좋으면 섹시한 여자 친구나, 하는 정도의 막연함이었는데.

그녀는 그 밖에도 월수입이 얼마나 되는지, 형제가 몇이며 결혼을 한다면 가족 계획은 어떻게 할 것인지 따위를 빠르게 처리해야 하는 사무처럼 딱딱한 어조로 물었다. 그녀가 스스로를 착하지 않다고 말한 속뜻이 이해되었다. 서른일곱번째 혹은 서른여덟번째 맞선 나온 여자처럼 굴고 있었다.

#

하품이 비어져나올 만큼 상투적인 대화였다. 그래도 대화가 끊길 때면 나는 비슷한 질문들을 성의껏 가령, 맞선을 나온 남자가 여자에게 물어볼 만한, "무슨 음악 좋아해요?", "요리하는 거 좋아해요?" ……따위들을 물어봐 주었다.

맞선이라면 나 역시 서른 살 이후의 계절 수만큼의 경험은 있었다. 내 질문에 그녀는 아주 깍듯하게 예의를 갖추고, 약간 수줍어하는 미소까지 첨가해 가며 대답했다.

#

나는 의자 등받이에 등을 기댔다. 그리고 그만큼의 확보된 거리를 통해 다시 한 번 그녀를 냉정하게 뜯어보았다. 서로에 대한 정보를 보다 구체적으로 알아냈음에도 불구하고, 더 낯설기만 했다. '모즈룩' 풍의 밝은 베이지색 재킷과 슬림 팬츠, 그리고 짧은 V네크라인으로 패인 베네통의 흰색 티셔츠를 입고 있었다. 그 차림새는 그러나 요즘 한창 유행하는 옷차림이어서 은행원의 제복 못지않게 그녀의 정체나 성격을 더 모호하게 만들 따름이었다.

그녀를 다시금 살펴보는 동안, 그녀는 눈을 내리깐 채 찻잔만을 만지작댔다. 한결 다소곳해진 그녀의 태도 역시 나에 대한 불만의 표시인지, 아니면 호감과 예의를 뜻하는 것인지 딱히 구분가지 않았다. 집게손가락으로 그녀를 가리키며, 이번엔 내가 먼저 말을 붙였다.

"신문에선가, 한번 본 것 같아요."

"저를요?"

그녀가 놀라는 표정을 지었다.

"얼마 전에 요즘 유행하는 스타일이라면서 소개된 적 있어요. 일명 '비틀즈룩' 이라고 하던가요?" 나는 말하면서 좀더 정확하게 그녀의 재킷을 가리켰다.

"아, 옷 말이군요."

그녀는 흐트러지지 않은 자세로 증명사진 찍기에 적당한 미소를 지어보였다. 맞선 나온 여자의 전형적인 포즈였다. 그리곤 내게 제안했다.

"영화 보러 갈래요?"

"좋아요."

정말이지 상투적인 맞선 수순이군, 생각하며 나는 자리에서 일어났다.

    #

우선 가판대로 가서 스포츠 신문을 샀다. 그리곤 영화 광고란이 나와 있는 면을 그녀 앞에 펼쳐보이며 물었다.

"어느 영화를 볼까요?"

그러자, 스포츠 신문의 영화 광고란을 보며 함께 보러 갈 영화를 골랐던 예전의 여자 친구들이 한꺼번에 오버랩되었다. 열일곱 살 때의 첫미팅 이후 수없이 해온 짓. 문득 내가 십여 년 이상의 장기 앵콜 상영을 하고 있는 무대 속에 갇혀 있는 것 같은 착각이 들었다.

예의상 물어보긴 했지만, 광고란을 일별해 보니 이제 막 맞선을 본 두 남녀가 함께 보러 갈 만한 영화는 이미 정해져 있는 듯싶었다. 극장 위치를 참고한 뒤 진한 에로물과 지루할 듯싶은 예

술 영화를 제외시키고 나니까 시시한 국산 영화와 할리우드 액션
물뿐이었다. 그녀는 이것저것 한참을 따져보더니 결국 내가 예상
한 바로 그 액션물을 골랐다. 나는 그녀가 골랐다기보다는 고르
게 되어 있었다, 라고 생각하며 극장으로 향했다.

#

영화가 끝났다.
할리우드 액션물다운 영화였다. 나는 잠깐씩 졸기까지 했다.
그러나 이해되지 않거나 궁금한 부분은 없었다.
"어땠어요?" 그녀가 극장을 빠져나오며 물었다.
"싱겁군요, 스토리가 너무 빤해서."
"그래도 주인공이 멋있잖아요? 그가 아니었다면 이 영화는 정
말 재미없었을 거예요."
"한동안 주인공의 선글라스가 유행할 것 같긴 하더군요." 내
가 빈정댔다.
도시는 상영을 시작하려는 극장 안처럼 조금씩 어두워져 가고
있었다.
"스테이크 어때요?"
그녀가 걸음을 멈추며 물었다.
"영화를 보여줬으니까 저녁은 제가 살게요."
"그러세요."
레스토랑보다는 소주가 당겼지만, 잠자코 뒤따랐다. 이것 역시

맞선의 절차니까. 그러고 보면 스토리가 너무 상투적이라며 영화 탓만 할 것도 아니었다. 나야말로, 이미 짜여진 각본과도 같은 뻔한 내러티브, 적당히 예의를 지켜가며 카페→극장→레스토랑으로 자리를 옮겨가는, 통상적 맞선 절차를 착착 밟아가는 중이지 않은가. 그런 점에서 상투적인 영화야말로 현실의 상투성을 반영하는 리얼리즘 영화다? 일상의 상투성을 반영하는 상투적인 형식. 나는 고쳐 말했다.

"일면 현실을 잘 반영한 영화 같기도 하군요."

그녀는, 그러나 엉뚱하게 이해했다.

"그렇죠? 자동차 질주 장면은 정말 실감났어요."

#

스테이크와 함께 맥주를 시켰다. 어쩌면, 하고 나는 다시 생각을 이어 나갔다. 서른을 넘긴 평범한 인생이란, 시나리오는 이미 다 씌어져 있고 다만 배역을 캐스팅하는 일만 남은 나이인지 모른다. 그녀 말대로, 그것이 비록 뻔히 내다보이는 상투적 레퍼토리일지라도 배역이 누구냐에 따라 재미가 달라질지 모른다는 기대만 남아서, 이렇게 만나보고 있는 건지도.

"마시겠어요?"

내가 술을 권하자,

"술 잘 못해요." 그녀가 사양했다.

"맥주 정도는 괜찮지 않아요?" 한 번 더 권하자,

"그러면 딱 한 잔만 할게요." 마지못해 하는 동작으로 그녀가 술을 받았다.

가볍게 잔을 부딪친 그녀는 그러나 단번에 비웠다.

"와, 잘 마시네요?" 내가 감탄을 건넸다.

"오늘따라 참 다네요."

그녀가 활짝 웃으며 자기도 모르는 새에 과자를 다 먹고 난 아이처럼 입맛을 다셨다. 애교스러운, 그러나 거울로 연습해 본 적이 있는 표정이었다. 이러한 서로 간의 감탄과 표정조차도 너무나 형식적인 맞선의 절차 중 하나에 불과한 것 아닐까. 이제 그녀는 서너 잔은 쉽게 받아 마실 것이다. 나는 장담했다. 그리고 그때마다 계속해서 나는 감탄을 보낼 것이다. 너무나 단조로운 그래서 집중해서 연기하고 싶은 마음이 내키지 않는 '맞선'이라는 이 통속극!

그렇게 생각하자 긴장이 다소 누그러졌다. 심지어는 그만 실수로 물을 쏟은 순간에도, 그것마저 대본 그대로의 정해진 액션 같아 별로 당혹스럽지 않았다. 그러나 약간 당혹스러워하는 표정만은 연기해 보였다. 그러자 단역의 종업원들이 순서를 기다렸다는 듯 달려와 침착하게 뒷처리를 해주고 퇴장했다.

심지어 그녀는, 내 옷이 젖지 않은 것을 뻔히 알면서도 두 눈을 매우 걱정스레 반짝이며 손수건까지 빼서 건네는 거였다

"괜찮아요?"

대본에도 없는 즉흥 연기의 저 실감나는 표정. 그 바람에 모든 상황이 실제인 양 한결 생생해지고 동시에 내 머릿속으로 빠르게 십여 년치의 달력이 한꺼번에 넘어가더니, 아이를 안은 다소 뚱

뚱해진 그녀가 저녁 식탁에 앉아 '자기가 먼저 나를 좋아했잖아! 우리가 처음 만난 날, 자기가 너무 긴장해서 물을 쏟기까지 했던 거 기억 안 나?' 하고, 따지는 모습이 상상되었다.

그래, 어쩌면 이대로 전형적인 맞선 절차와 예의를 밟아간 다음 이 여자와 결혼해 버려도 괜찮을 거다. 앞으로 육 개월 정도 더 예의와 인내심을 갖고 '건전한 교제'라는 형식 절차를 거친 다음 별다른 흠이 없는 한 적당한 순간에 청혼하고, 그러면 그녀는 형식적으로 며칠간을 망설이겠지만, 내가 조금 더 적극적인 태도를 보인다면 결혼하게 될 것이다. 그것이 바로 이 통속물 제1막의 대단원이다.

2막은 결혼 생활. 결혼하여 아이를 낳고 집의 평수와 자동차의 배기량과 아이들의 키가 조금씩 더 자라나는 것에 만족하면서 늙어가는 거다. 거기엔 '아빠도 젊었을 땐 온갖 모험심과 이상으로 가득했다. 네 엄마에게 발목 잡히지만 않았다면 아빠의 인생은 지금과는 판이했을 것이다.'라고 농담 삼아 탄식하는 장면도 들어 있을 것이다.

그렇다면 나는 지금 단순히 재미없는 배역을 맡고 있는 게 아니었다. 지극히 모범적인 그러나 무난히 소화해 낼 수 있는 인생 배역이, 게다가 장기적인 연기 활동이 보장되는 일평생짜리 대본이 내 앞에, 출연계약서처럼 떨어져 있는 셈이었다. 나는 새로 긴장을 추슬렀다.

#

"차 마시러 갈까요?"

그녀가 손목시계를 들여다보고 나서 물었다.

아직 자정도 넘지 않은 시간이었지만 나는 각본대로 고루하게 대사를 외웠다. "시간이 많이 늦었는데 그래도 괜찮겠어요?"

"근처에 분위기 좋은 고전 찻집 하나를 제가 알고 있거든요."

"그래요?"

나는 술이나 한 잔 더 하고 싶었지만 기꺼이 가보고 싶은 기색으로 말했다.

#

그녀가 앞장을 섰다. 가로등이 허술한 징검다리처럼 놓여 있는 복잡한 안국동 골목길. 나는 그녀를 바짝 좇았다.

"분명히 이 근처인데……."

그녀가 골목 모퉁이의 가로등 밑에 서서 중얼거렸다. 그리곤 다시 골목 바깥으로 나가서 주변을 휘둘러 살펴본 다음, 똑같은 지점으로 돌아와 다시 중얼거렸다.

"이상하다, 여기가 틀림없는데……."

잠시 혼란스러웠다. 한밤중, 적당히 술에 취한 연인, 잘못 들어선 골목길, 단 두 사람…… 문득, 키스하고 싶은 충동이 일었다. 이러한 분위기 설정은 키스신에 더 적절한 것이다. 순전히 나만의 착각이었는지는 몰라도 그녀 역시 나의 키스를 받을 준비가 충분히 되어 있는 자세였다. 약간 당황하는 표정, 머뭇거리면서 마주 보는 시선, 벽에 기댄 불안한 자세…….

그러나 하지 않았다. 나는 고루하지만 내게 배당된 대사만을 차분히 읊었다.

"다시 한번 차근차근 생각해 보세요."

"못 찾겠어요."

자동차들만 황황히 질주하는 낯선 고가 밑이 나타났다. 어느새 우리는 들어왔던 입구와는 반대쪽 바깥으로 빠져나와 있었다. 지나가는 인적 하나 없었다. 도둑고양이들만이 쓰레기 봉지 더미에서 눈에 불을 켠 채 울음 울었다.

#

"그만 고양이들의 세상으로 들어와버린 것 같군요." 내가 중얼거렸다.

"이거 어쩌죠?"

그녀가 두 눈을 깜박이면서, 동시에 얼굴을 붉히며 웃고는 물었다. 그 눈빛에는, 찻집을 제대로 안내하지 못한 미안함과 동시에 키스의 유혹이라고 하는 순간적인 사적 감정의 노출로 인한 당혹감, 그리고 낯선 거리에 대한 두려움이 동시에 담겨 있었다. 매우 뛰어난 고난도 표정 연기였다.

나 역시 처음 와보는 곳이었다. 그러나 "대충 어디쯤에 와 있는지 알 것 같아요."라고 중얼거렸다. 그리곤 덧붙였다. "길을 잃기는커녕 정해진 계획대로 잘 가고 있는 것 같은 기분이 드는 데요."

그러나 그녀는 내 말뜻을 이해하지 못했다.

"아니, 이쪽은 분명히 아니에요."

그녀는 계속해서 당혹스러워했지만 나는 그렇지 않았다. 이것이야말로 대본대로의 절차 같았다. 십년 후의 나는 그녀에게 '웃기지 마. 당신은 그날 너무 긴장한 나머지 찻집 가는 길조차 잃어버리고 허우적댔잖아!' 하고 반박하고 있었다.

슬금 미소가 비어져나왔다. 그리고, 바로 지금 이 순간이, '제가 잘 가는 카페가 있는데, 오늘은 그리로 가구요, 그 찻집은 다음번에 만나서 갈까요?' 하고 자연스럽게 애프터 신청의 대사를 연기해야 하는 바로 그 순간임을 분명하게 의식할 수 있었다. 내게 두 편의 대본이 쥐어져 있었다. 한쪽은, 멍청하게 입을 다물어버림으로써 단막극으로 끝내는 것이고, 다른 쪽 대본은 대사를 읊어서 연속극으로 이어나간다……

마침내 입을 열었다.

"제가 잘 가는 카페가 있는데, 오늘은 그리로 가구요, 그 찻집은 다음번에 만나서 갈까요?"

그녀가 망설였다. 그녀에게도 마찬가지로 두 개의 대본이 쥐어져 있을 것이다. '그러죠'와 '아니, 오늘은 이만 헤어지죠'. 그러나 그녀는 또다른 대사를 뱉었다.

"좋은 방법이 있어요. 택시를 타요."

그리곤 곧장 차도로 나섰다.

#

"어디 가는 거죠?"

차창 밖을 내다보며 내가 물었다.

택시는 강변도로를 내달리고 있었다. 붉은 나트륨등이 강변과 수면 위에 나란히 도열해 있는 밤의 강변은 아름다웠다. 게다가 자동차 카세트에선 기드너의 연주로 플라멩코 선율이 적절한 배경 음악으로 깔리고 있었다. 그녀는 창 밖만을 바라본 채 대답을 오래 아꼈다. 카메라가 아름다운 한강 풍경을 롱테이크로 비칠 만큼의 시간을 기다리는 모양. 이윽고 중얼거렸다.

"그 고전 찻집에 가는 거예요."

"안국동 근처가 아니라 강남에 있는 거였단 말이에요?" 기가 막혔다.

"차맛도 좋고 분위기도 아주 좋아요. 라이브로 직접 가야금을 뜯기도 하구요. 마음에 들기에 기억해 뒀다가 다음에 다시 한번 가봤는데, 그 찻집이 보이지 않는 거예요. 아까 헤매던 그 골목 안에 있는 게 분명한데 아무리 기억대로 되짚어 가봐도 보이지가 않았어요. 함께 간 친구가 아무데서나 마시면 어떠냐고 하는 걸 나는 반드시 그 찻집이어야 한다고 고집을 부렸죠. 그래서 그때도 한참 동안을 찾아헤맸지만 찾을 수가 없었어요. 결국은 포기했죠."

그녀가 잠시 말을 쉬는 동안 뒷차의 클랙슨 소리가 두어 번 형식적인 배경음으로 깔렸다.

"그런데 며칠 전 아는 언니랑 술을 좀 취하도록 마신 적이 있어요. 깨어나 보니까 그 선배가 바로 그 찻집, 제가 그렇게 찾던 그 찻집에 저를 데려다 놓았더군요. 깜짝 놀라 '선배 이 찻집 어떻게 알았어요?' 하고 물으니까 자기야말로 전부터 즐겨 다니는 곳이라고 하더군요. 그래서 '이 찻집 찾으려고 지난번에 얼마나 헤맸는지 몰라!' 말하며 둘이 기분좋게 웃었죠. 그러다 술이 좀 깨는 듯싶어 집에 갈 생각으로 나갔다가, 기절할 뻔했어요."

"……왜요?"

"그때까지 나는 내가 당연히 아까 그 골목길 어디쯤 있는 줄 알았는데, 보니까 강남의 건물들이 즐비한 거예요."

"아하." 이해가 되었다.

"체인점이어서 신촌과 대학로에도 있대요. 그때 제 기분이 어땠는지 알아요?" 그녀가 혼자서 자문자답했다. "마치 자신이 입은 옷과 똑같은 상표, 똑같은 디자인의 옷을 입고 있는, 생김새까지도 비슷한 사람을 길에서 마주친 기분이었어요."

#

아무튼 그녀가 가고자 한 그 고전 찻집과 똑같은 찻집에 들어가 앉자, 대본에 적합한 촬영 장소를 가까스로 찾아낸 것 같은 안도감이 들었다. 딱히 싫을 것도 좋을 것도 없는 찻집이었다. 그러나 나는 둘러보며 대본대로 말했다.

"분위기가 참 독특한 찻집이군요."

"여긴 용설차가 맛있어요."

말해 놓곤 정작 주문을 받으러 오자 그녀 자신은 솔잎주를 부탁했다.

"가야금 소리 좋지요?"

때마침 소리가 굵어졌다가 가늘어지는 양철 지붕의 빗발처럼 가야금 뜯는 소리가 탁자 위를 밟고 갔다.

"그렇군요."

나는 잠시 눈을 감은 채로 가야금 소리에 귀를 모았다.

\#

시간이 어느새 전철 막차 시간까지 가 있었다. 이것이 깔끔하게 짜여진 대본이라면 이쯤에서, 아니 굳이 택시를 타고 강남 쪽으로 건너오기 직전쯤에서 타이틀이 올라갔어야 했다. 아무튼 이제는 그녀를 택시 태워 보낸 다음 뛰어가 전철을 탈 신이었다.

그녀는 그러나 네 잔째의 솔잎주에 입을 대고 있었다.

"괜찮겠어요?"

나는 걱정하는 눈빛을 그녀에게 밀어 보냈다.

그녀가 의자 등받이에 기대며 중얼댔다.

"사실은 그 영화 본 거예요."

그리곤 두 다리를 쭉 벌려서 펼치고 앉았다. 내 시선뿐만 아니라 카메라조차 의식하지 않겠다는, 그런 자세였다. 그 바람에 하마터면 나는 오늘치 촬영이 끝난 건가? 착각할 뻔했다. 그녀가 여전히, 들릴락 말락 한 소리로 중얼댔다.

"그저께도 저 맞선 봤거든요."

그 말에 놀랐다기보다는 만약 이것이 제대로 된 극이라면 독백으로 처리되었어야 할 대사인데, 하는 터무니없는 생각이 들었다.

"그때도 참 지루했는데 그 지루하기 짝이 없는 영화를 또 보러 갔네요. 우습죠?"

나는 어깨만 들었다 놓았다.

누군가 컷을 외쳐야 하는 거 아냐? 싶었지만 필름은 계속해서 돌아갔다.

"한 달 새에 만나본 남자만 열 명이 넘어요."

나는 그제서야 이 연극이 가족들이 함께 저녁 식사를 하며 볼 수 있는 8시 30분의 '건전한 홈 드라마'가 아니라, 자정 무렵까지 불면증에 시달리는 성인들을 위해 방송되는 '신파 단막극'임을 눈치챘다. 과연 그녀의 다음 대사는,

"정말 이런 식으로 결혼이란 걸 해야 하는 건지. 웃기죠?"였다.

나도 솔잎주로 바꾸었다.

#

"한 잔 더 할래요?"

다시 비가 듣는가.

"……."

가야금 소리가 중국 길림성 산기슭의 쥐오줌나무 잎새 위를 후둑, 후두두둑, 밟고 지나가는 중이었다.

"전철 끊겼죠?"

찻집 계단을 올라온 그녀가 비틀대며 물었다. 팔을 잡아주며 내가 대답했다.

"심야 버스도 끊겼을 거 같군요."

"어떡하죠?"

"필름이나 끊기지 않기를 바래야죠."

농담을 해놓고 잠시 망설였다. 내게 다시 하나만을 선택해야 할, 몇 가지의 대본이 쥐어져 있었다. 나는 취기를 빌려 그중에서도 가장 속이 빤히 들여다보이는 대사를 선택했다.

"총알 택시를 타면 되지만 그거보단 여관비가 쌀 거예요."

이것은 어차피 이런 식으로 끝을 내야 하는 신파극이니까, 라는 생각에서였다. 아니나다를까. 그녀도 서슴없이 신파조로 읊어 댔다.

"곯아떨어질 게 뻔하니까, 택시를 타나 여관으로 가나 마찬가지일 거 같긴 하네요."

#

"지금 넣어!" 그녀가 말을 놓았다.

신파는커녕, 알고 보니 이건 포르노였다.

"응?"

"다 벗지 말고 지금 넣어!"

그녀 말대로 무릎까지만 벗기고, 나 역시 무릎까지만 벗은 채로 넣으려 했다. 그러나 충분히 젖어 있지 않았다.

"넣어!" 그녀가 직접 내 페니스를 손으로 찾아 쥐며 서둘렀다.

"아직 젖지 않았잖아?"

"그래야 좋아." 포르노 대본에 익숙한 게 분명했다.

그녀가 긴 신음을 내뱉었다. 마치 삐걱거리며 들어가는 쇠못 소리 같은.

오르가슴에 오를 만하면 그녀는 재빨리 몸을 움츠려 뺐다. 그리곤 잠시 호흡을 고른 다음 체형을 바꿔 시작했다. 그리곤 헐떡이며 속닥였다.

"좋아."

"최고야!"

"미치겠어, 미칠 거 같아!"

제길, 이거 포르노 대사 그대로네. 생각하며 나는 기분이 좋아 기운을 냈다. 옷이 몹시 거추장스러운데도 불구하고 그녀는 번번이 옷을 다 벗지 못하게 하면서 다음 체위로 바꾸어 나갔다.

"좋아. 최고야……."

그녀의 노련한 솜씨에 이끌려, 수평선 너머로 뜨는 해의 속도처럼 느리게 그러나 어느 순간 마침내 불쑥, 절정에 올랐다. 아아. 나의 신음과 동시에 그녀가 다급하게 외쳤다.

"안에다 하지 마!"

나는 재빨리 뜨거운 그것을 빼내 손으로 쥐고는 포르노 배우처럼 아니, 포르노 배우답게 그녀의 배 위에다 휘저으며 우우우 하는 신음소리와 함께, 흘렸다.

그러고 나서 나는 나 자신도 이유 모를 웃음을 클클 웃어댔다.

그녀도 하, 하고 짧게 웃었다.

#

"그런데." 내 쪽으로 돌아눕더니 허벅지를 내 아랫배에 올려놓으며 그녀가 물었다. "그 남자 못생겼지?"

"누구?" 나는 그녀의 젖가슴에 손가락으로 낙서를 했다.

"한겨레신문을 말아 쥐고 있던 또다른 남자 말야."

나는 아무렇게나 답했다.

"미남이던데?"

"그래?"

"설마." 문득 걸리는 직감이 있었다. 그녀 쪽으로 누우며 물었다. "아는 사람이야?"

"어젯밤 통신하다 알게 된 사람이야. 하도 '번개' 하자고 졸라대기에, 두 사람 중에서 더 나아 보이는 사람을 만나려고 했지."

"맙소사!"

나는 상체를 들었다가 내동댕이쳤다. 모든 게 그녀의 각본이었다. 드라마도 신파도 포르노도 아닌, 그녀에 의해 조작된 기분 나쁜 몰래카메라였다.

"정말 잘생겼어?" 그녀가 물었다.

"응."

"이런!" 그녀가 반듯하게 누우며 아쉬워했다.

"내가 아니라, 네가 오늘 만나야 했던 사람은 바로 그 남자였군!" 내가 중얼거렸다.

"자칭 '킹카' 래. 엔지니언데 자기 소유의 가게도 가지고 있대. 게다가 또 순진한 면도 있더라. 자기는 재미 삼아 통신을 하는 게 아니라 배우자를 진지하게 찾으려고 하는 거래."

"그런데 왜 늦었어?"

"차를 놓쳤어. 안 서고 그냥 가버리잖아." 말하곤 신파조로 읊었다. "아, 그 버스를 탔어야 했는데. 버스 기사 아저씨 때문에 내 운명이 바뀌다니!"

"배우자를 채팅에서 찾다니 미친놈이거나 사기꾼일 텐데, 뭘." 말하며 그녀의 젖꼭지를 입으로 물었다.

"하지 마!" 그녀가 쳐냈다.

"그랬다면," 머리 뒤로 깍지를 끼며 내가 말했다. "나도 덕분에 지금쯤 위너스버거의 그 아르바이트 여학생을 꼬셔서 재밌게 놀고 있을 텐데."

"아르바이트 여학생?"

"응." 이번엔 내가 옆으로 누우며 그녀의 하체에 다리를 올려놓았다.

"예뻤어?"

"물론이지." 약을 올렸다. "머리를 뒤로 묶고 모자를 썼는데, 너보다 훨씬 더 어리고 예뻤어."

그녀가 이제는 축 늘어져 있는 내 것을 우악스럽게 잡아당기며 물었다.

"정말이야?"

"캇!"

내가 소리 질렀다.

    #

"만약에 말야." 잠을 청하다 말고 어둠 너머로 내가 물었다. "네가 그 통신 친구를 만나고 내가 아르바이트 여학생을 만났다면 지금쯤 우리는 어떻게 되었을까?"

"……."

"자?"

한참 후에 그녀가 대답했다.

"……옆방에 있겠지."

"자는 게 낫겠다."

내가 벽 쪽으로 돌아누웠다.

"그리고," 그녀가 어둠 속에서 중얼거렸다. "그 아르바이트 여학생에게 소곤소곤 묻겠지. '내가 예정대로 선을 봤다면 지금쯤 어떻게 되었을까?'"

"그애는," 한숨 쉬고, 내가 말했다. "예뻤을 뿐만 아니라 착하고 순진해 보였어."

"그러니까 꼬드기면 넘어올 만하다고 생각되었겠지." 그녀가 빈정댔다.

나는 한숨을 짓고 나서 중얼댔다.

"젠장, 차라리 넥타이나 좋은 걸로 하나 사달라고 하는 건데……."

러브레터 1

"저기요."

강의를 끝내고 나오는데, 누가 불렀다. 단발머리를 파랗게 물들인, 창가 쪽에 앉아 칠판보다 창 밖을 더 자주 쳐다보던 여학생이었다.

"이거요."

그녀가 수줍게 웃으며 캔음료 하나를 내게 내밀었다.

"아, 고마워요." 책을 옆구리에 끼며 캔을 받았다.

"그런데요." 잠깐 망설인 다음, 그녀가 옆으로 붙어 걸으며 입을 뗐다. "아까 말씀하신 비디오 테이프요."

"……라쇼몽?"

"아뇨, 그건 저도 봤어요."

"러브레터?"

"네, 그거요. 그거 좀 빌려볼 수 없나요?"

"그거 CD판인데 나도 아직 안 봤거든. 더구나 한글자막이 되어 있지 않은 거야."

"꼭 보고 싶은 거였는데……." 그녀가 눈을 내리깔며 중얼거렸다.

"그래도, 꼭 보고 싶다면 빌려줄게."

"고맙습니다."

그녀가 인사하고 돌아서다 말고, 다시 몸을 돌려 말했다.

"그럼 차라리, 교수님이 그거 보실 때, 저도 옆에서 같이 보면 안 돼요?"

나는 눈썹을 올렸다 내리며 대답했다.

"그렇게 할까?"

"그럼 제가 제 핸드폰 번호 드릴 테니까 교수님도 번호 좀 적어주세요." 그녀가 가방에서 메모지를 꺼냈다.

세은, 류세은이었다.

탤런트

"왜 섹스할 때 옷을 다 못 벗게 하지?"

그녀와의 세번째 만남이자 다섯번째 섹스를 끝내고 나서 내가 물었다. 왼쪽 발목에 걸려 있는 치마와 팬티를 발가락으로 끌어내리고는 이불을 덮었다. 그리고 나서야 그녀는 대답했다.

"그러면 흥분이 안 돼."

"왜?" 담배에 불을 붙였다.

"홀딱 벗은 사람 몸을 보면 살코기 같아 보여. 토할 것 같아. 하지만 옷을 입고 있으면 상대가 사람처럼 느껴져. 그리고 그 사람만의 독특한 분위기 같은 것이 느껴져."

"옷에서?"

"응."

"말도 안 돼!"

벽에 베개를 받치고 일어나 앉으며 내가 말했다. "옷에서 어떻게 그 사람을 느껴? 전에 좋아했던 남자가 내 것과 똑같은 재킷을 입었던 것 아냐?"

"담뱃불 좀 조심해!"

담뱃재를 털고 나서 말했다.

"유행은 스튜어디스 제복보다도 더 몰개성적인 거야. 가령 네가 입고 있는 이 '비틀즈' 풍의 옷을 입고 다니는 서울 사람들 숫자는, 대한항공 스튜어디스 숫자보다도 훨씬 많아."

"육체는 더 심해."

"뭐가?" 나는 묻고는, 담배 연기로 동그라미를 만들기 시작했다.

"내가 좋아했던 남자가 있어. 수영장에서 만난 사람인데, 수영장 안에서보다 밖에서 옷을 입고 있을 때 그를 알아보기가 훨씬 쉬웠어. 수영장의 발가벗은 남자들 모습이 너무 엇비슷해서 그를 알아보려면 그의 육체가 아니라 차라리 그의 수영복을 눈여겨봐야 가능했지. 그래서 난 그 남자를 만날 땐 반드시 그 사람만의 표지인 수영복, 그러니까 엉덩이부터 찰싹 때려줬지, 하하."

그리곤 난데없이 내 배꼽에 짧은 입맞춤을 해주고 나선 베개에 턱을 괴고 엎드린 자세로 발을 구르며, 물장구 치는 자세로 말을 이었다.

"그런데, 하루는 비슷한 체격의 다른 남자가 똑같은 수영복을 입고 온 거야, 글쎄! 그 사람 엉덩이를 때리려고 살금살금 다가가기까지 했다니까."

말하고 그녀는 하핫, 웃었다.

"그러고 보면," 담배를 한 모금 빨고 나서 내뱉었다. "나야말로 그 분화구가 맞아야 할 엉덩이를 잘못 얻어맞은 남자군."

"하하!"

그녀가 돌아누우며 내 하체를 바짝 끌어안았다. 그리곤 졸아든 내 아랫도리에 짧게 입을 맞춘 후, 고개를 돌려 말했다.

"그건 나 역시 마찬가지야!"

"설마, 내가 널 유혹했다고 말하려는 거야?"

"그럼 내가 널 유혹했어?" 그녀가 따지듯 반문하곤 반듯하게 눕더니 이불을 머리 위까지 끌어 덮었다.

#

"그날 버스를 놓친 게 아니지?" 내가 불쑥, 따져 물었다.

"뭐?"

"그날 너는 약속 시간에 도착했어. 다만 두 사람 모두 기다리고 있으니까 어디선가 숨어서 지켜보고 있었을 거야. 그리고 그 친구보다 내가 더 나아 보였기 때문에 그 친구가 사라지길 기다렸다가 내 앞에 나타난 거야, 그치?"

"후훗." 그녀가 웃고는 시치미 뗐다. "마음대로 생각해."

"그러고 보면 나만 감쪽같이 속았군." 내가 중얼댔다. 그녀는 부정하지 않았다. 나는 천장을 바라보며 말을 이었다. "나에게도 선택권이 주어져 있었다면, 너보다는 그 아르바이트 여학생을 만났을 거야."

"잠깐만," 그녀가 핸드백을 열더니 모자를 꺼내 썼다. 그리곤 거울 앞으로 가서 머리를 뒤로 묶으며 물었다. "어때? 이렇게 하니까 나도 좀 어려 보이지 않아?"

"뒷모습은 비슷하군." 누운 채 쳐다보며 내가 중얼댔다.

그녀가 거울에서 돌아서며 말했다.

"그러면 이제부터 나를 그 아르바이트 여학생이라고 생각해."

"말도 안 돼." 나는 고개를 가로저었다.

"왜?"

그녀가 내 위로 넘어지며 알몸으로 안겨왔다.

"그애는 다만 어려보일 뿐만 아니라 훨씬 착해 보였어."

"내가 그 역할도 하면 되잖아. 일종의 겹치기 출연처럼 말야. 탤런트 최수종과 채시라였나? MBC 연속극에서도 연인으로 나오면서 동시에 SBS 주말드라마에서는 부부로 나온 적이 있잖아?" 그녀가 내 이마에 입을 맞췄다. "착한 사람처럼 쉽고 단순한 배역도 없다구."

"우선 나가자!" 나는 일어나 그녀 엉덩이를 찰싹 때리며 말했다.

"어디를?"

그녀는 모자를 쓴 채 침대 위로 벌렁 드러누웠다.

"네 말대로 오늘치 포르노 촬영은 그만 끝내고 아르바이트 여학생과 대학원생의 데이트 장면이나 찍으러 가자." 내가 말했다.

"좋아."

그녀가 몸을 일으켰다.

옷을 챙겨 입으며 그녀가 중얼거렸다.

"이제부터 서로 예의를 깍듯이 갖추는 거야. 그리고 근사한 레스토랑으로 저녁을 먹으러 가는 거야. 헤어질 때 곰인형이랑 장

미꽃도 사주고. 알았지?' 그녀가 묻고는 웃어댔다.

"인형과 꽃은 왜?"

"착한 남자들은 다들 그렇게 해. 환심을 사려고 말야."

"일단 백화점부터 가자!"

나는 재킷을 걸쳤다.

"정말 사주시려구?" 그녀가 등 뒤로 껴안듯 업히며 물었다.

그녀를 업은 채 거울 앞으로 가서 머리를 쓸어넘기며 말했다.

"내일이 어린이날이어서 조카 선물 사야 돼."

그녀가 내 뒤통수를 갈겼다.

\#

주차장 계단부터 앞사람 뒤통수만 보고 걸어가야 할만큼 백화점은 손님들로 빼곡했다. 그녀가 바짝 붙기를 기다렸다가 내가 말했다.

"사람이 너무 많군. 인구 과잉, 이게 가장 근본적인 문제야."

"뭐?"

그녀가 바짝 다가서며 물었다.

"사람이 너무 많으니까 사람과 사람 간의 구별점이 생겨나지가 않아. 어딘가에는 반드시 나와 같은 상표의 옷, 똑같은 헤어스타일, 혹은 똑같은 책을 읽고 있는 사람이 몇 명은 더 있을 거란 말야."

"아하, 이거랑 똑같은 재킷을 입은 남자, 방금 지나가는 거 나도 봤어." 그녀가 내 베이지색 재킷을 가리키며 말했다.

내가 말을 이었다.

"더구나 사람들은 거의 같은 취향을 저마다 반복해. 가령 똑같은 뉴스, 연속극과 유머 시리즈, 엇비슷한 카페와 음악, 베스트셀러와 화제가 되고 있는 영화들을 동시에 보고 있지. 애인을 갈아치워 봐도 다들 비슷비슷해서 다만 위치만 다른 체인점에 들어가 앉아 있는 기분이라구."

말을 마치고 돌아보았더니 웬 아주머니가 마주 쳐다보며 눈을 깜박거렸다. 인파 속으로 밀려났던 그녀가 다시 다가오기를 기다렸다가 말했다.

"개성이란 결국 직장 상사의 취향이거나 리어카에서 구입한 귀고리에 불과한 거야."

그녀가 놀란 표정으로 귀를 만져보고 나서 중얼댔다. "귀고리 놓고 온 줄 알고 깜짝 놀랐네. 이거, 리어카에서 고른 거 아냐. 비싼 거라구." 그녀가 중얼거리곤 물었다. "그런데 리어카라니, 그게 무슨 소리야?"

내가 설명했다.

"가령, 어떤 아가씨가 리어카에서 귀고리를 고르는 거야. 여러 귀고리 중에서 자기에게 가장 어울리는 귀고리를 고른 다음, 그리곤 옆의 친구에게 물어보지. '이거 나한테 어울리니?' 그럼 친구가 대답해. '너한테 너무 잘 어울린다, 얘!' 그녀는 자신만의, 자기에게 가장 잘 어울리는 스타일의 귀고리를 찾았다고 생각하고 그 귀고리를 구입하지. 그런데 그런 리어카는 모든 도시 골목마다 놓여있는 거야. 결국 골목마다 같은 귀고리를 하고 같은 대사를 외우는 리어카 숫자만큼의 아가씨들이 존재하고 있는 거지."

"재미있는 상상이야. 그런데 뭐가 잘못되었어?"

에스컬레이터가 있는 쪽으로 방향을 틀었다.

"그렇다면 나란," 나는 내 가슴을 집게손가락으로 가리키며 말했다. "누구인 거지?" 덧붙여 물었다. "기성복이나 유행은 그렇다 치고, 발가벗은 육체마저 서로 구분하기 어려울 만큼 닮은 거라면, 이 어마어마한 인간들 속에서 나란, 나만의 개성이란 도대체 뭘까? 하는 생각, 해본 적 없어?"

"글쎄. 차림새나 육체 같은 외양은 서로 비슷비슷하지만 성격이나 체질은 저마다 다르잖아?"

"그렇지. 그러나 성격 역시 기성복만큼이나 몇 가지의 유형으로 제한될 수 있어. 더구나 체질은, 가령, 나는 만성 위염인데, 그렇다면 나를 다른 사람과 구별 짓는 게 고작 '헬리코박테리아'란 말이야?"

"잠깐!" 그녀가 손을 들었다 내리며 말했다. "맞선 나가면 상대 여자들에게 이렇게 지루한 말만 늘어놓았어?"

"응."

"그러니까 아직도 장가를 못 갔지!"

"내 딴엔, 이것도 전략이야."

"전략?"

"나는 비록 부자는 아니지만 진지하게 고민하고 사색하는 사람이다, 바로 이것이 나의 매력이고 나의 개성이다, 라고 홍보하는 거지."

"피히!" 그녀가 비웃었다.

#

그녀가 말했다.

"내 생각에 한 사람의 개성이란, 각각의 사소한 차이점들의 조합일 것 같아. 그러니까 A라는 사람은 단발머리+커다란 엉덩이+란제리 팬티+은희경 소설+타란티노 감독의 영화들+중앙일보 사설+위장병…… 등등이라면, B라는 사람은 염색한 갈색의 긴 머리+유난히 작은 유방+컬러 팬티+신경숙 소설+왕가위의 영화들+동아일보 사설+근육질…… 등등인 거지. 이러한 조합은 거의 무한에 가까우므로 모든 사람들이 결국은 미세하게나마 서로 다른 사람인 거야."

"바로 그거야." 내가 받았다. "그렇게 각자의 차이점이 고작 몇몇 유행의 조합에 불과하기 때문에 결국 배우자를 선택할 때 가장 중시되는 것은 돈이지. 우리 나라 같은 경제 구조에서 가장 얻기 어려운 것은 돈이니까, 같은 값이면 돈 많은 상대를 택하지 않겠어?"

"돈 많은 신부감을 원해?"

내가 어깨를 들었다 내린 다음 대답했다.

"아니."

"그럼?"

"돈 많고 예쁘고 똑똑하고 착하고."

"피히." 그녀가 비웃고 나서 중얼거렸다.

"엄청난 과욕이군."

"모든 사람이 그런 상대를 원하잖아?"

\#

"어떤 선물이 좋을까?" 백화점 에스컬레이터에 오르며 내가 물었다.

"조카가 몇 살이랬지?"

"이십칠 개월."

"세발자전거 탈 때 아냐?"

"있어."

"아, 그럼 먼저 칠층으로 올라가!" 그녀가 손가락을 튕기며 말했다. "《여성생활》인가? '전문가가 추천하는 자녀를 위한 선물 10가지'라는 특집이 실린 걸 봤어."

거기엔 아이들에게 유익한 선물 목록이 연령별로 실려 있을 뿐만 아니라, 가격과 싸게 구입할 수 있는 선물 가게의 위치까지 자세하게 나와 있었다. 그중 몇 개를 옮겨 적었다.

"여기, 이런 것도 나와 있어." 그녀가 또다른 여성지 하나를 내게 내밀며 말했다. 그녀가 펼쳐보인 지면에는 '맞선을 성공으로 이끄는 아홉 단계'라는 글이 씌어져 있었다.

"없는 게 없군."

"처음부터 서로에 대해 너무 자세히 알려고 하면 안 된대."

그녀가 손가락으로 짚어가며 읽어나갔다.

"상대방에 대한 정보를 빨리 알게 되면 될수록 서로에 대한 흥미 또한 쉽게 시들 수 있다. 또한 모든 것을 사실대로 밝힌다고 해서 정직한 것이 아니다. 오히려 억측과 오해를 낳을 수도 있다. 가령, 여성의 흡연이나 주량은, 그녀의 적극성과 활달한 사회성으로 받아들여질 수도 있지만 동시에 비가정적인 여성으로 오해 받을 소지도 있다. 그러므로 지나친 정직과 속단은 금물이다. 물과 불처럼 성격이 서로 달라야 부부 생활에 조화와 균형을 이룰 수 있다는 말도 있지만, 서로간의 취향이 비슷해야 다정한 부부 생활이 가능하다는 주장도 있음을 잊지 말아야 한다. 그러므로 서로에 대한, 앞서가는 관심이나 질문보다는 흥미로운 유머나 화젯거리에 대해 이야기를 나누는 정도가 알맞다. 연극이나 영화, 혹은 전시회 등을 관람하고 그것에 대해 가볍게 담소를 나누는 것도 하나의 방법일 것이다."

웃으며 그녀가 중얼거렸다.

"영화관까지는 우리도 잘 따라했었네."

"뭐하는 사람이야?"

"골랐어?"

"대충."

"결혼상담소 소장이래."

"감독이라고 나와 있지 않아? 그를, 우리가 찍는 이 영화의 감독으로 모셔오면 딱 맞을 것 같은데."

"여자네?"

\#

"뭐로 할 거야?" 내려가는 에스컬레이터에 오르며 그녀가 물었다.

84

"블록 정도가 적당할 것 같은데."

"대형 마켓에 가면 쌀 텐데." 그녀가 제안했다.

"교통비에 수고비까지 따지면 비슷할 거야." 나는 아이들 장난감 코너가 있는 층에서 내렸다.

"왜 여기서 내려?" 그녀가 나를 잡아세웠다.

"?"

"여긴 주방용품 파는 곳이야. 장난감은 한 층 더 내려가야 돼."

다시 에스컬레이터 쪽으로 돌아섰다.

"기왕 내렸으니까 한 바퀴 돌아보고 가자." 그녀가 다시 팔을 잡아끌었다. 그녀는 코너마다 들어가 당장이라도 구입할 사람처럼 제품과 가격을 찬찬히 살펴보고는 이따금 나를 보고 웃었다. 그리곤 간혹 내게 묻기까지 했다.

"자기야, 이거 어때? 식탁에다 놓으면 근사할 것 같지 않아?"

나는 어깨만 들었다 놓았다.

점원이 달려나와 제품을 소개했다.

"이번에 새로 나온 거예요. 요즘 신혼 부부들이 즐겨 찾는 건데, 제일 잘 나가는 제품이에요."

"한 바퀴 돌아보고 다시 올게요."

그녀가 말하곤 내 팔짱을 끼고 빠져나왔다.

그녀에게 내가 주지시켰다.

"우리 배역은 신혼 부부가 아냐. 맞선을 통해 이제 겨우 세번째 만나는 순진한 처녀총각일 뿐이야."

"영화를 순서대로 찍는 거 봤어? 기왕 백화점에 왔으니까 대본의 후반부에 있는 장면도 함께 촬영해 둬야지."

그녀가 엉뚱한 논리를 내세워 반박하곤 다음 코너로 들어갔다. 거기엔 선글라스가 진열되어 있었다.

#

"굉장하지?" 그녀가 선글라스 하나를 가리키며 말했다.

"뭐가?"

"보라구!"

그녀가 선글라스를 써보였다.

그리곤 검은 렌즈를 뗐다. 그런데도 그녀는 그대로 안경을 쓴 채였다. 필요에 따라 선글라스 렌즈만을 뗐다 붙였다 할 수 있는 장치가 되어 있는 안경이었다.

"이거 해야지. 자기가 사줄래?"

"안경…… 안 쓰잖아?"

"원래는 눈이 나빠서 써야 해. 하지만 안경이 별로 안 어울리는 것 같아 쓰지 않았던 거야."

"그러면 그냥 선글라스를 하지 그래?"

"선글라스는 몇 개 있어."

"그럼 꼭 필요한 것도 아니잖아?"

"너무 재밌잖아. 이제부터는 꼭 필요할 것 같아." 그녀는 말해 놓고 점원을 불러 가격을 물었다. 점원이 대답하자, 내 팔을 붙잡고는 장난쳤다. "우리 남편한테 어울릴 만한 선글라스도 있으면 좀 소개해 주세요."

내가 얼굴을 붉히며 사양했다.

"그래, 그럼 자기는 다음에 해라." 핸드백을 내게 떠맡기며 그녀가 점원에게는 들리지 않을 만한 목소리로 속닥였다. "비싸지도 않네. 곰인형 대신 이거 사줘. 그 대신 조카 블록은 내가 사줄 테니까." 그리곤 미끄러지듯 종종걸음 쳐서는 시력 측정대로 가 앉았다.

#

"이러니까 정말 배우 같아 보이지 않아?" 선글라스를 쓰고 나서 그녀가 말했다. "연기라는 게 생각보다 쉽고 재밌네."

"천부적이야." 내가 비아냥댔다.

"정말 카메라까지 사방에 설치되어 있네." 감시용 카메라를 가리켜 보이곤 내 뺨에 입을 맞췄다. 그리곤 손으로 V자를 만들어 흔들어보이기까지 했다.

"신났군."

"응, 재밌어!"

"그럼 평생 찍을까?"

"평생?"

"응. 결혼하고 아이 낳고 늙어 손주 보는 장면까지 말야."

"지금, ……청혼하는 거야?"

"아니."

"그럼?"

"말 그대로 가짜 결혼을 하는 거지. 우리 어머니 소원이 내가 올해가 가기 전에 결혼하는 거거든."

"말도 안 돼." 그녀가 퉁바리를 주었다.

"생각보다 훨씬 간단해."

"뭐가?" 그녀는 말하는 중에도 연신 주변의 상품들에 눈길을 주었다.

"결혼 신고는 하지 않고 각자 간섭도 하지 않으며 따로 살다가 명절 때나 부부 행세를 하는 거야."

"그게 가능해? 금세 들키지."

"주말 부부인 양 살면 되지 뭐. 그리고 시부모가 오시면 말하는 거야. '속상해 죽겠어요, 이 사람은 집안 일엔 손가락 하나 까딱 안해요. 하다못해 못질조차도 내가 직접 망치를 들고 내 손가락을 두들겨 패면 그제서야 도와준다니까요.' 따위의 대사만 한 번 읊어주면 돼. 우리가 가짜로 살고 있다고는 아무도 의심하지 못할 거야."

"친구들한테는?"

"그것도 간단해. 자기 남편 자랑이나 불평할 때 너도 재빨리 그런 상투적인 불만을 하나쯤 하면 돼."

"어떻게?" 그녀가 눈을 깜박이며 물었다.

"가령, '우리 부부는 서로 양말 찾느라 정신없어.' 라고 말하는 거야. '저 사람은 그러니까 서로 공평한 거라고 말하지만 그게, 저 사람은 출근 서두르며 양말 찾느라 정신없는 거고, 나는 저녁 때 저 사람이 벗어놓은 양말 찾느라 정신없는 거야.' 라고 말하면 돼."

"하하, 별로 어렵지 않군."

그녀가 웃으며 떨이로 파는 코너의 바지 하나를 건성으로 들었다 놓았다.

"그럼, 아주 쉬워."

나는 그녀 귓불에 짧게 입을 맞추곤 신이 나서 말을 이었다.

"뭐든 이런 식으로 말하면 되는 거야. 가령, 그 집 애가 공부도 지지리 못해 속상해하는 부모에겐, '그 집 애는 건강해서 좋겠어요.' 라고 인사하는 거지. 또, 그 집 애가 너무 못생겨 보이면 '그녀석 장군감이네.' 하면 되는 거야. 싸가지 없어 보이는 애의 부모에겐 '애가 참 발랄하네요.' 하면 되고."

그녀가 키득댔다.

"그리고, 장사꾼이 '이거 본전치기도 안 돼요.' 라고 말하면 '바가지 씌우려고 했는데 봐주는 거니까 고맙게 생각하세요.' 라는 뜻으로 들으면 되고 정치가가 '열심히 하겠습니다.' 라고 말하면 '열심히 해먹겠습니다.' 라는 얘기로 알아들으면 돼, 세상은 다 그 따위라고……."

"하긴, 친구들 결혼 생활 보면 다 고만고만한 걱정과 즐거움에 갇혀서 살아. 그들이야말로 마치 체인점 차린 것 같다니까."

"그렇다니까! 그건, 내면 연기가 전혀 필요없는, 얼굴만 어느 정도 예쁘면 누구나 조잘대며 할 수 있는 우리 나라 연속극 수준밖에 안 돼."

"가만!" 장난감 코너 쪽으로 틀다 말고 그녀가 물었다.

"이거 선물하면 어떨까?"

거북이였다.

#

"야경이 마음에 든다!"

그녀가 창 밖을 내다보며 말했다. 도시는 흐린 날 선글라스를
쓰고 바라보는 낮만큼 어두워져 있었다.

"턱없이 비싸긴 하지만 여기 스테이크 맛이 일품이야." 내가
추천했다. 그녀는 그러나 스파게티를 시켰다.

"엊그제 비디오를 보는데 여주인공이 스파게티를 너무너무 맛
있게 먹는 거야. 그 뒤로 계속 스파게티가 먹고 싶은 거 있지."

"실은," 내가 말했다. "나도 스테이크를 그다지 좋아하지 않
아. 게다가 여긴 처음이야."

"그런데 어떻게 알고 온 거야?"

"아까 잡지책 보다가 기억해 두었지. '연인들이 함께 가볼 만
한 서울의 음식점 50곳'에서."

"하하." 웃고 나서 그녀가 둘러보며 말했다. "깨끗해 보여. 마
음에 들어."

#

음식이 나왔다.

그녀는 말없이 식사에만 열중했다.

쇼팽의 야상곡이, 어른들의 잠을 깨우지 않기 위해 살금살금
걷는 아이처럼 근처를 지나다녔다. 말쑥하게 차려입은 웨이터와

웨이트리스들은, 보이지 않는 롤러스케이트를 신고 있는 것모양 발소리도 없이 복도를 지나다녔다. 샐러드는 깔끔했고, 고기는 마침맞게 익었다. 모든 것이 마음에 들었다. 그녀는 마치 청혼을 기다리고 있는 사람처럼 얌전하고 다소곳이 앉아 음식을 오물거렸고, 나는 매우 건전하고 깨끗한 정신을 가진 부유층 남자모양, 조심스럽게 손을 들어 웨이터를 부른 다음, 그녀의 컵에 물을 채워달라고 부탁하고, 굳이 쑥스러워하면서 사양하는데도 고기 한 쪽을 잘라 그녀 입에 직접 넣어주기도 했다.

그녀는 눈을 감고, 그 대신이라는 듯, 입을 벌렸다. 그리고는 너무나 부끄러워하는 모습으로 목을 움츠리며 웃었다. 그녀와 내 입 속에 들어 있는 맛깔스런 음식맛 만큼이나 행복감과 부끄러움과 애정이 실감나게 느껴지는 연출이었다. 문득 내 눈가로 엷은 눈물이 글썽일 정도로 이 모든 것이 실제 상황처럼 느껴졌다. 행복이라는 게, 이런 거군! 하고 생각되어질 만큼.

우리 테이블만을 남겨둔 채, 창 밖으로 조금씩 더 두꺼워져 가는 어둠을 이끌고 시간이 도시의 지붕 위를 지나가고 있었다.

\#

"도시 야경을 바라볼 때마다," 디저트로 나온 커피를 마시며 내가 말했다. "하느님은 구름 너머에 있지도 않고, 인간의 마음속에 양심의 형태로 존재하는 것도 아니며." 모든 것을 지금의 상태로 잡아두려는 사람처럼, 그녀는 포도주 잔을 두 손으로 누르듯 감싸 쥐고는 다소곳이 듣기만 했다. "단지 스카이라운지의 높이쯤에 떠 있을 거라는 생각이 들어. 그래서 세상을 심판하지 않는 거 같아. 여기서는 세상이 그저 바라보기에 딱 알맞도록 정말 근사하게만 보이거든."

고개를 끄덕대는 것으로 그녀가 동감을 표시했다.

"그러나 지금은 그 하느님도 잠시 한눈을 팔 게 분명해." 내가 말했다.

"왜?"

"너무나 아름다운 미인이 옆에 와 있으니까."

"하하." 그녀가 웃었다. "거짓말인데도 듣기 좋아." 그리곤 불쑥 물었다. "우리 아직 아르바이트 여학생과 대학원생의 데이트 장면을 찍고 있는 거야?"

"재미…… 없어?"

"그 반대야."

그녀가 어깨를 살짝 들었다 놓으며 고개를 창 밖으로 돌렸다. 그리곤 말을 이었다.

"평생 이렇게 데이트나 하면서, 그리고 그런 달콤한 말이나 실컷 들으면서 지내면 어떨까 싶을 지경이야."

내가 말했다.

"꿈 깨."

그녀가 고개를 돌려 눈으로 물었다.

"왜?"

"수없이 써먹은 대사야."

\#

"카스?"

"하이트 마실래."

"그럼, 하이트로 세 병 주세요." 그녀가 메뉴판의 한 지점을 손가락으로 가리키며 웨이터에게 말하곤 물었다. "왜 언제나 하이트만 고집해?"

특별히 고집하는 것은 아니지만 나는 생각나는 대로 대답해 버렸다.

"맥주 선전들 중에서 하이트에 나오는 여자가 제일 마음에 들어."

"뭐?" 그녀가 반문했다.

음악 소리가 귀청을 때려댔다. 그래서 따귀를 때리며 싸우는 사람처럼 목청을 높여야 겨우 들렸다. 상체를 그녀 쪽으로 숙이며 말했다.

"하이트 선전에 나오는 그 예쁜 여자 있지? 네가, 그 여자를 닮았기 때문이야!"

그녀가 뭐라고 중얼대며 어깨를 살짝 들었다 놓았다. 거짓말이겠지만 듣긴 좋아, 라고 말한 것 같았다.

그녀가 담배를 빼물며, 손을 뻗어 내게 한 개비를 권했다.

"왜 아깝게 담배를 꺼내 피워?" 내가 말했다. "가만히 앉아 있어도 담배 연기 속인데!"

홀 안이 온통 담배 연기로 뿌옇다. 같은 빌딩의 지하에 있는 록 카페였다. 거북이가 걱정되어, 나는 카운터에 따로 맡겨놓고 왔다.

"어디가 더 좋아?" 그녀가 담배를 피워 물곤 둘러보며 물었다. "아까 그 레스토랑 같은 분위기랑 여기 중에서." 하고 말하며 그녀는 집게손가락으로 천장을 가리켰다가 다시 바닥을 가리켰다. 그리곤 고개를 돌려 짧게 기침한 뒤에, 다시 내 쪽으로 상체를 기울이며 이었다. "어느 쪽이 더 마음에 들어?"

"여기가. 너는?"

"나는 둘 다." 그녀는 대답하곤 내 볼에 입을 맞췄다.

내가 말했다.

"하려면 확실하게 해!"

그러자 그녀가 내 머리를 잡고는 안으로 혀를 집어넣는 긴 키스를 했다. 그녀의 혀는 아주 깊숙이 들어와서 내 아랫도리까지 핥아댔다. 나는 장난스레 몸을 부르르르, 떨어댔다.

그녀가 담배를 쥔 손끝으로 내 가슴을 가리키며 말했다.

"솔직하게 말해 봐!"

"뭘?"

"도대체 너한테 나는 누구야?"

"뭐가?"

"우리는 도대체 어떤 사이냐구!" 그녀가 소리를 질렀다. 목 언저리의 힘줄이 갯지렁이 두께로 솟았다가 가라앉았다.

어깨를 들었다 놓으며 내가 대답했다.

"나도 몰라."

"그러면 누가 알아?"

"옆 테이블에 가서 물어볼까?"

나는 일어나 옆 테이블로 가서 20대 초반으로 보이는 남자와 여자에게 물었다.

"저 여자와 내가 어떤 사이 같아요?"

여자가 그녀와 나를 번갈아 보더니 웃으며 대답했다. "애인 사이요." 남자 녀석은 시니컬한 표정으로 농담했다. "신혼 부부죠?"

나는 돌아와서 그녀에게 대답했다.

"탤런트 아니냐고 하는데? 네가 너무 미인이래!"

그리곤 그녀의 손을 잡고 일어나 춤판 속으로 들어갔다. 그런 다음, 한 발 더 밀고 들어가듯, 눈을 감은 채, 서서히 춤 속에 몰입해 들어갔다.

#

"정말, 한바탕의 공연이 끝난 무대 같아."

길바닥에 버려져 있는 종이컵을 발로 차며 내가 말했다. 길바닥엔 광고지와 쓰레기 꾸러미들 그리고 청소차마저도 가져가지 않을 것 같은 취객들 몇만이 나뒹굴고 있었다.

"낮부터 밤중까지 수많은 사람들이 쏟아져 나와서 각자의 의상과 외모를 선보이고, 다소 상투적이면서도 과장된 제스처와 전략적인 유머를 구사하며 자기 인생의 일부분을 시연하다가 떠나가 버리는……."

중얼거리는 내 손을 그녀가 잡았다. 그리고는 어깨를 기대왔다. 땀 묻은 옷을 뚫고 들어오는 밤바람이 닦지 않은 젖은 손바닥같이 차갑고 선뜻했다.

아무 쪽으로나 걸었다.

그녀가 자신의 구두코를 내려다보며 말했다.

"나 맞선 볼 거 같아. 다음주에."

아까부터 그녀는 붉은색 보도블록만을 골라 디디고 있었다. 몇 개의 블록을 더 디딘 다음에 그녀가 물었다.

"내 말 들었어?"

"응."

"볼까, 말까?"

"네가 알아서 해."

"그렇게 말할 줄 알았어." 그녀가 손을 놓았다.

낮게, 그리고 걸음걸이보다 더 천천히 내가 말했다.

"내가 보지 말라고 안 볼 것도 아니잖아!"

"그건 그래."

그녀가 고개를 들어 웃고는 내 쪽을 쳐다보고 말했다. "그러나, 네가 보지 말라고 하면, 적어도 안 본 척 정도는 했을 거야."

그녀는 더 이상 붉은 블록만을 골라 딛지 않았다.

"정말." 내가 물었다. "결혼할 생각이 있긴 있는 거야?"

"당연하지. 남자만 나타나면, 바로 할 거야."

"네가?"

나는, 반걸음 뒤처져 있는 그녀 쪽을 돌아다보며 비웃었다.

"네가 결혼을 한다고?"

"왜? 난 결혼 못할 거 같니?"

"네가 결혼한다면, 그건 일종의 범죄 아닐까?"

"웃겨!"

그녀가 등을 때렸다.

"처녀여야 한다는 소리 따위가 아냐."

나는 회색 블록만을 골라 딛기 시작하며 말을 이었다.

"네가, 너 같은 스타일이 결혼하면 신랑 하나만 바라보고 평생을 살 수 있다고 생각해? 그게 가능하다고 생각해? 결국 네 결혼은 그것 자체만으로도 일종의 간통 미수죄야."

"난, 자신 있어." 단호하게, 그녀가 덧붙였다. "절대 들키지 않을 자신!"

그리곤 키득키득 웃어댔다. 걸신들린 사람처럼, 고개를 숙인 채, 무릎을 짚고 웃더니 나중에는, 아예 제자리에 풀썩 주저앉아서 고개를 가랑이에 처박고 큭큭, 웃어댔다.

나는, 잠자코 제자리에 서서, 그러나 두 발로 딛기에는 회색 블록이 너무 좁았으므로 한쪽 발을 든 채 기우뚱한 균형을 잡아보이며, "우리는 열두 살부터 끊임없이 누군가를 좋아하거나 사랑해 왔어. 그런데 그 감성과 그 감각이 결혼하는 것으로 땡, 하고 끝난다는 건, 웃기는 소리지." 중얼거리고 나서 그녀가 일어나기를 기다렸다.

"정말." 그녀가 주저앉은 채로 고인 눈물을 닦으며 물었다. "그럴까?"

"더구나 네가 맞선에서 찾는 건," 두 다리를 어깨 너비로 벌려 회색 블록만을 딛은 채로 내가 대답했다. "어떤 남자가 아냐."

"뭐?"

"어떤 '조건' 이잖아."

그녀가 어이없어하는 표정으로 화를 내며 말했다.

"잘난 척하지 마. 너는 모두 틀렸어. 네가 뭐라고 대답했든 나는 거기에 나가지 않았을 거야."

나는 무시하고 말을 이었다.

"내가, 그 조건에 맞지 않았기 때문에, 그래서 결혼 가능성에서 제외되었기 때문에, 나와 그날로 섹스한 거야. 단순히 좋아서 섹스한 것만은 아냐."

그녀가, 무언가를 눌러 담는 듯한 억양으로 말을 마저 끝냈다.

"네 생각을 알아보고 싶었을 뿐, 애당초 맞선 같은 계획 따위는 없었으니까."

그리곤 일어나 차도로 내려갔다.

붙잡지 않았다.

택시가 다가와 섰고, 그녀가 타자 떠났다. 나는 혼자 남았다. 아니, 다섯 마리의 청거북이와 함께 남았다.

#

여기가 어디쯤일까?

고개를 들어 주변의 간판과 가로수들과 밤하늘을 올려다보았다. 뿌연 밤하늘에 희미한 별 두서넛이 반짝이고 있었다. 여기가 어디쯤인지 알면 뭐하겠는가. 지구라는 이 행성이 도대체 우주의 어디쯤에 위치한 건지 모르는데.

나는 차도로 내려섰다.

아무튼, 다시는, 이곳으로, 돌아오지는 못할 것이다.

러브레터 2

"저예요. 세은이. 류세은."

"아, 그래." 나는 대답부터 해놓고 그녀를 떠올렸다.

"아직 계셨네요?"

"응. 막 나가려던 참이야." 나는 말하며 수화기를 목과 어깨 사이에 끼운 채 책상을 정리했다.

"러브레터, 지금 가지고 계세요?"

"으응?" 건성으로 대꾸하며 창문을 닫았다.

"창문을 닫고 있군요."

그녀가 내 귓속에 대고 속닥였다. 깜짝 놀라 창 밖을 내다보았다. 운동장 끝에 있는 주차장의 자동차 한 대가 불빛을 깜박였다.

"기다릴게요." 그녀가 말했다.

그제서야 그녀가 누군지 기억났다.

#

그러나 그녀는 내가 기억하는 파랑머리가 아니었다. 이번엔 연한 갈색 머리를 하고 있었다. 게다가 모자를 쓰고 있어서 전혀 다른 학생처럼 느껴졌다. CD를 건네자 그녀가 노트북에 집어넣으며 물었다.

"아직 안 보셨죠?"

"응." 나는 이미 보았지만 시치미 뗐다.

영화가 시작되었다.

나는 장면 장면마다 직역을 하거나, 내용을 보충 설명했다.

그녀는 운전석에 앉아 있었고, 그녀와 나 사이에는 노트북이 놓여 있었지만, 차 안은 그녀의 진한 화장품 냄새와 엷은 숨소리조차도 다 느껴졌으므로 같은 이불 속에 누워 있는 기분이었다. 남녀의 키스신이 끝나고 화면이 바뀌자, 그녀가 중얼거렸다.

"둘이 사랑하는 장면은 빠져 있네요?"

"빠진 게 아니라, 관객의 적극적인 상상력에 맡긴 거야." 내가 말했다.

그녀가 쿡, 웃고는 고개를 기대어 왔다.

안락의자

나흘째, 청거북이집이 문제였다.

집이 좁았기 때문에, 비디오 위에 올려놓아야 할 것 같았다. 그러나 조카 녀석에게는 너무 높았다.

형수가 얼렀다.

"이야, 전축 위에 텔레비전, 텔레비전 위에 비디오, 그리고 그 위에 청거북이네 집! 그러고 보니까 청거북이도 우리 집처럼 4층이네, 그치?"

그러나 녀석은 청거북이가 제 시야에 들어와야만 울음을 그쳤다. 하는 수 없이, 바닥 한구석에 내려놓았다. 지나다닐 때마다 밟을까 봐 신경이 쓰였다. 하지만 그것도 어느새 익숙해져서, 조카 녀석이 유치원에 가서 다시 비디오 위에 올려놓은 뒤에도 지날 때마다 청거북이 집이 놓여 있던 지점에서는 펄쩍 건너뛰는 버릇이 생겼다.

그런 판국에 형수는 어버이날 선물로 안락의자를 골랐다. 이것 역시 문제였다. 형이 만류했지만 형수는 평소의 그녀답지 않게 고집을 부렸다. 노인들이 앉아 있기에 가장 편하다는 것이었다. 이야기를 나누다 보니, 형수에게 그것은, 논리적 설득으로는 불가능한, 오랜 세월을 간직해 와서 이제는 딱딱하게 굳어져버린 하나의 이미지——안락의자에 앉아 뜨개질하는 할머니——였다.

"우리 어릴 때 토요일마다 KBS에서 방영되던 「초원의 집」 생각 안 나요? 거기서 할머니가 늘 뜨개질을 하잖아요. 전 그때부터 이게 그렇게 가지고 싶었어요."

그때부터 그녀에게 안락의자는 단란한 대가족의 상징물 같은 거였겠다. 그러나 우리 집의 안락의자는 그다지 안락한 의자가 못 되었다. 오히려 소란거리였다. 일단 놓을 자리도 비좁으려니와, 조카 친구 녀석들이 놀러 올 때마다 안락의자를 차지하려고 서로 다퉜다.

그 바람에 안락의자에 대한 개념이 내 안에서 서서히 바뀌어갔다. 안락의자; 녀석들이 서로 차지하려고 다투어서 집안의 안락함을 깨는 의자.

#

마침내는 조카 녀석이 안락의자를 흔들고 놀다 그만, 스탠드를 넘어뜨려 깼다.

"이놈의 안락의자 태워버리든지 해야지." 형이 짜증을 냈다.

내가 말했다.

"『세설신어』에 보면, 완광록이라는 사람이 아주 좋은 수레를 가지고 있었는데 누구든지 빌려 달라면 빌려주지 않은 적이 없었대. 그런데 어떤 사람이 수레가 필요하여 빌리고 싶었지만 감히 입으로 말하지 못했어. 그러자 뒤에 이 사실을 알게 된 완광록은 '나의 이 수레에 대하여 사람으로 하여금 감히 빌려달라고 못하게 했으니 이 수레는 무엇에 쓰자고 하는 것이냐?' 하고 탄식한 뒤에 그 수레를 태워버리고 말았다구."

"아이고, 애들 있는 집이 다 그렇지." 어머니가 박살난 스탠드를 치우며 반박했다. "쟤가 집안 살림을 다 요절내도, 장가도 못가고 쭈그려 책만 읽는 네놈보다는 나는 우리 손주놈이 천배만배 더 좋다. 이게 사람 사는 거고 활기다. 이놈마저 이렇게 말썽을 안 부리면, 네 녀석의 그 알아먹지도 못할 고리타분한 잔소리나 매일 들어야 한단 말이냐."

"가만히 좀 못 있어?"

형이 마룻바닥을 휘젓고 다니는 조카 녀석을 나무라며 어머니에게도 한마디 했다. "어머니가 그렇게 감싸고만 도니까 애가 자꾸 더 버릇이 없어지잖아요."

\#

여동생은, 어머니에게 고급 이탤리제 골프 웨어를 선물했다.

"무엇 하러 이렇게 비싼 걸 샀어? 쌀 두 가마니 값이다!" 어머니는 쌀 두 가마니를 번쩍 들고 있는 사람 같은 표정을 지어보이며 골프 웨어를 펼쳤다. 그리곤 "미쳤다, 돈이 어디서 나서?" 하고는 화를 낸 다음 중얼거렸다. "품이 좀 큰 거 같지 않아?"

거기에 대고 나는 또 한소리 하려다 모처럼 단란해진 분위기가 깨질 것 같아 입을 다물었다. 벌이가 시원찮은 나는 카네이션 꽃바구니로 대신했다.

"세일 가격으로 산 거예요, 거기다가 사은품으로 디카프리오를 준다고 하잖아요, 글쎄." 여동생은, 수줍어하는 남자 친구 데리고 나오듯 액자 하나를 끙끙거리며 방에서 꺼내 왔다. 그런 여동생 모습이 문득, 한없이 선량해 보였다. 여동생은 액자를 곰팡이 먹은 부엌 벽에다 걸었다. 그리곤 "이 얼굴이 실물 크기랑 똑같은 사이즈래." 하고는 디카프리오 입술에 입을 맞췄다.

"이야." 내가 기어코 한마디 했다.

"그렇게 걸어놓으니까 우리 집이 마치 성냥개비 부러뜨리며 앉아 있기 딱 좋은 싸구려 다방 같다!"

#

어머니는 고등어를 사러 시장에 나갈 때조차 골프 웨어를 입고 나갔다.

내가 웃으며 말했다.

"차라리, 뒤집어 입으세요, 상표가 보이게."

골프 웨어 입고 나가시는 늙은 어머니 모습이 까닭없이 쓸쓸해 보여서 던진 말인데, 하고 나니 더 씁쓸했다.

#

누가 의도한 결과라기보다는, 실적표를 메꾸려고 애쓰다 보니까 떠오른 어느 늙고 무료한 관료의 발상에 불과하겠지만, 5월의 의미는 이제 판이해졌다. 80년대는, 대학생들이 주로 시위대 속에 끼여 몰려 다녔다. 교문 앞에서, 종로로. 서울역 앞에서, 명동 성당 앞으로. 지금도 물론, 5월이 되면 사람들은 습관적으로 몰려다닌다. 롯데에서 신세계로, 명동에서 대형 마켓으로. 80년대는, 데모에 대한 불안과 각각의 의견으로 집안이 시끄러웠다면 (우리 가족의 정치 의견은 미묘하게 서로 달랐다.), 이제는 선물 고르기와 선물 받기로 소란스럽다.(선물 고르는 방법 역시 미묘하게 다르다.)

근 보름간의 옥신각신 끝에 거북이 집과 안락의자와 디카프리오 사진 액자가 겨우 제자리를 잡아갈 즈음, 그러나 또 한번의 소란이 터졌다.

"어쩌죠?"

형수가 늦게 귀가한 내 저녁상을 차려주며 어머니에게 묻고 있었다.

"어떡해야 좋아요?"

"나도 모르겠다." 어머니는 열무를 다듬고 있었다.

"왜 그러세요?" 밥술을 뜨며 내가 채근했다.

"그럴 일이 좀 있어요." 대답과는 달리 눈살을 찌푸리는 모양이 자못 심각했다. 웬만해서는, 형수는 웃는 낯인 것이다.

"무슨 일인데 그러세요?" 내가 재촉했다.

어머니가 쓰레기 봉지를 묶어 현관 밖으로 나간 뒤에야 형수는 입을 열었다.

"아이 선생님한테 향수를 선물했거든요."

"놀이방 선생님이요?"

"네. 스승의 날도 있고 해서."

"그런데요?"

"하는 김에 아가씨에게도 선물을 했거든요."

오이김치가 맛있다.

"그런데 아이 선생님 것에 비해 턱없이 싸구려라는 걸 아가씨가 알게 되었어요."

"싸구려요?"

"공짜 상품권이 생겨서 그것으로 산 거예요. 향수를 사고 나니까 돈이 조금 남길래 싼 걸로 하나 더 샀거든요. 처음엔 내가 쓰려다가 아가씨 생일을 그냥 넘길 수도 없고 해서 선물한 건데……." 맞은편 식탁의자에 앉으며 형수는 목소리를 포복하듯 바짝 낮추며 이었다. "그런데 어머니가 그걸 아가씨한테 말해 버린 거예요. 글쎄!"

"그러길래, 처음부터 다 그만두라고 그랬잖아."

텔레비전을 보던 형이 끼어들었다.

"남들은 '촌지 안 보내기 운동' 하는 판국에 무슨 향수 선물이야?" 형의 목청이 높아졌다.

"이이는 왜 소리를 지르고 그래요?" 형수도 지지 않고 대꾸했다. "그림대회에 나가서 최우수상 받아왔을 때도 아무런 감사 표시를 못했잖아요. 그나마 돈이 워낙 빠듯하니까 내 딴엔 궁리하느라고 한 건데."

국을 떠먹으면서 내가 말했다.

"왜 유독 5월에만 감사하는 날이 몰려 있는지 모르겠어요. 더구나 이놈의 나라는, 선물을 주고받는 돈의 계좌를 추적하면 비리가 오히려 드러날 거예요."

"너도 좀 입다물고 밥이나 먹어." 형이 버럭 소리 질렀다.

그리곤 도망치는 주제에 마치 싸우러 가는 사람처럼 방문을 소리나게 닫고는 들어가 버렸다.

형수가 한숨을 쉬었다. 눈물을 글썽거렸다.

우스갯소리 삼아 내가 말했다.

"국민학교 5학년 때던가, 현충일 기념 웅변대회에 나가서 내가 팔레트와 물감을 상으로 받은 적이 있어요. 그런데 우리를 데리고 갔던 선생님이 내가 받은 선물을 살펴보더니 칭찬은 안하고, '미친놈들!' 그러는 거예요."

"왜요?"

형수가 묻기를 기다렸다가 설명했다.

"왜 현충일 기념 웅변대회의 수상품으로 하필이면 미술용구를 주느냐는 거였어요. 그땐 그 말뜻을 몰랐는데 지금 생각해 보니까, 웅변대회를 주최한 단체와 미술 도매상과의 어떤 거래가 있었던 것 같아요. 그걸 선생님이 눈치 챈 거죠."

#

　조카 녀석이 밤새 손수 만든 종이 카네이션을, 다른 손엔 문제의 향수를 들고 놀이방에 갔다. 녀석은 형이나 형수가 아무리 도와주려고 해도 싫다고 짜증을 부렸다. 그리곤 제가 직접 하나하나 형수가 하는 것을 따라하며 만들었다. 그러나 가위질도 서툰 녀석에게, 종이 카네이션은 무리였다. 조카 녀석이 한눈 팔 때 슬쩍슬쩍 도둑질하듯 도와줘야 했다. 그렇게 해서 세 식구는 자정이 넘도록 시끄러웠다.

　"착한 선생님이라면 네가 그것을 가슴에 달아주는 순간, 가슴 한 끝이 바늘에 찔린 것처럼 뜨끔할 거다."

　녀석의 볼에 입을 맞추며 내가 배웅했다. 녀석이 뒤돌아 나를 쳐다보며 대꾸했다.

　"안 찌를 거야!"

#

　며칠이 지나자 식구들은, 적어도 텔레비전 앞에서만큼은 다시 평온을 되찾은 듯했다. 마치 가장 앞에서 사소한 분쟁을 감추려 애쓰는 가족들처럼 텔레비전 연속극이 시작되면, 다같이 들여다보며 웃거나 묵묵히 시청했다.

　다만 형수는 부엌일을 마무리 짓느라 늘 연속극 앞부분을 놓쳤다.

그러면 형이나 내가, 신문에 난 방송프로그램 안내를 소리 내어 읽어주었다.

"인애는 남편(수철)의 잘못인 줄 알고 짐을 싸서 떠나가지만, 큰누나(형숙)는 그러나 동생(은주)의 사정을 알지 못한 채 수철에게 인애와 헤어질 것을 권하자……."

그러나 연속극이 끝나면 식구들은 뿔뿔이 각자의 방으로 흩어져 버렸다. 여동생은 여전히 형수가 자신을 업신여기고 있는 데서 비롯된 일이라며 서운해했다. 형은 형수가 매사에 생각없이 일을 저지르기 때문에 생기는 여러 소란 중의 하나로 여겼으며, 형수는 모든 원인을 시어머니의 입방정 탓으로 돌렸고, 어머니는 여동생이 속이 좁아서일 뿐이라며, 처음부터 대수롭게 여기지 않았다. 그러다가 여동생은, 시집을 갔으면 당하지 않을 설움이라며 빨리 시집을 가든가 전세방이라도 마련해서 분가를 해야겠다고 투덜댔고, 형수는 시부모에 시누이까지 모시고 살아야 하는 설움과 구조 탓으로 돌리며 형을 볶아댔으며, 형은 이러다 말겠지 하며 관심을 꺼버리려고 조카 녀석하고만 놀아주었고, 어머니는 값비싼 향수를 새로 사서 선물하라며 자신의 비상금을 형수에게 건네려고 했다. 형수는 '어머니, 향수를 새로 선물하면 오히려 아가씨가 더 화를 낼 거예요.' 하며 사양했고, 정작 여동생은 그즈음 연애를 새로 시작했는지 다시금 발랄해져서는, 형수의 일들을 거들어 주면서 끝없이 자기가 만나고 있는 남자에 대한 자랑과 데이트할 때 입고 나갈 옷이 없다는 따위의 푸념을 섞어서 늘어놓기 시작했다. 그 틈에 형수는, 자기가 보아둔 괜찮은 디자인의 봄옷이 있는데 마침 세일 기간이니까 이참에 한 벌 사 입으라며, 친구 결혼식이 곧 있는데 그때 한 번만 자기도 빌려 입자고 부탁하면서, 도대체 입고 갈 옷이 없어 외출하는 게 무섭다고 여동생에게 푸념하는 척, 형에게까지 들리도록 목소리를 높였다. 그러다 청거북이 한 마리가 갑자기……

#

"없어졌다!" 조카 녀석이 소리쳤다. "엄마, 청거북이가 한 마리 없어졌어!"

"돌멩이 밑에 숨은 거 아냐?"

형수가 어항 속의 돌멩이를 꺼냈다. 그러나 거기에도 없었다. 모두, 네 마리뿐이었다.

"내가 국 끓여 먹었지." 내가 장난쳤다.

조카 녀석이 턱없이 큰 소리로 울기 시작했다. 여동생과 나는 마루를 뒤졌다. 형수는 부엌을 뒤졌다. 식탁 밑이며 싱크대 밑바닥까지 살펴보았다. 그러나 보이지 않았다.

"자기 집으로 돌아갔나 보다." 내가 말했다.

그러나 조카 녀석은 계속 징징대며 나를 때리려고 했다. 찾아내서 보여주지 못하면 정말로 내가 잡아 먹었다고 믿을 판국이었다. 식구들은 다시 사방을 뒤졌다. 그러나 보이지 않았다.

"다음에는 잃어버려도 금세 찾을 수 있는 커다란 거북이를 사다 줄게." 내가 달랬다. "네가 등에 올라탈 수 있는 아주 커다란 거북이도 있거든."

조카 녀석은 그제서야 울음을 그치고 내 말에 관심을 표했다.

"거북이 찾았어?" 비디오를 빌리러 나갔다 온 여동생이 물었다.

"아무리 찾아도 보이지가 않아." 나.

"그럼 어떡해?" 여동생이 동그래진 눈으로 걱정했다.

"할 수 없지, 뭐. 내가 다음번에 커다란 거북이를 사다 주기로 약속했어."

그러나 여동생은 다시 집안을 샅샅이 뒤지기 시작했다. 소파를 들어보기도 하고 책상 서랍까지도 열어보았다.

"여기에 있었구나."

여동생의 중얼거리는 소리에 조카 녀석과 좇아가 보았더니 여동생이 전에 잃어버린, 그리고는 조카 녀석이 어쨌을 거라고 의심했던 머리띠가 나와 있었다.

여동생은 비디오도 보지 않은 채 거북이 찾는 것을 포기하지 않았다.

"영화 시작했어." 내가 말했다. 줄리엣 비노쉬가 나오는 영화였다. "그만 찾고 빨리 와." 다시 한번 소리쳤다.

그러자 여동생이 버럭 소리를 질렀다.

"비디오는 나중에 보고 오빠도 좀 찾아봐!"

"찾아봐도 없잖아."

여동생이 두 발을 구르며 화를 냈다.

"만약 내 발에 밟히거나 엉덩이에 깔리면 어떡해!"

"자기 엉덩이의 턱없는 너비를 알고 있긴 있구나."

나는 농담하고 영화 속으로 빠져들어갔다.

#

"결혼식이 곧 시작됩니다. 밖에서 그만 떠드시고 모두 자리에 제발 좀 앉아주세요." 나는 말해 놓고 나서 킥킥, 웃고는 중얼거렸다. "이거 어떻게 말해야 하는 거야?"

아침상을 치우던 여동생이 또박또박 수정해 주었다.

"이제 곧 예식이 시작될 예정이오니 내빈 여러분께서는 모두 들어오셔서 자리에 앉아주시기 바랍니다!"

"그렇군!"

"뭐가 저렇게 신이 나서 싱글벙글인지 모르겠다." 어머니가 혀를 찼다. "그 나이에 친구 장가가는데 사회나 보고 있는 게 그렇게 좋으냐?"

"어떡해요, 친구들 중에서 제일 잘생겼으니 사회를 봐줘야 돼요."

"여자는 부케를 받으면 시집을 가게 되고 남자는 사회를 보고 나면 장가 간대요, 어머니." 형수가 웃으며 거들었다.

"엄마." 여동생이 설거지하면서 물었다. "올해 안으로 작은오빠 결혼 안하면 가을에 나 먼저 시집 가도 돼?"

"다음 주말이라도 좋으니 제발 먼저 가라." 내가 쏘아붙였다.

"말도 안 돼."

어머니가 정색을 하며 끼어드셨다.

"우리 집은 무슨 일이 있어도 차례대로 할 거다."

"요즘, 순서는 별로 중요하게 생각 안해요, 어머니." 형수가 말했다. "더구나 여동생이 먼저 결혼하는 경우는 허다해요."

"엄마는 지금," 내가 형수에게 설명했다. "순서를 지켜야 한다는 봉건적 명목을 내세워서, 독신으로 살고 싶어하는 저의 신세대적 자유주의를 억압하고 초기 자본주의적 의미의 일부일처제 이념을 실현시키려는 거예요." 그리곤 고개를 돌려 물었다. "맞지, 엄마?"

"걱정이다." 어머니가 대꾸했다. "너무 잘난 자식을 낳아서."

"그런데," 형수가 부엌에서 설거지하는 여동생이 들을 수 있도록 목소리를 높여 물었다. "벌써 결혼 얘기까지 오가고 있는 거예요?"

"그런 건 아니지만……."

"그런데," 형수가 다시 목소리를 낮추며 내게 물었다. "서방님은 정말 혼자 사실 작정이에요?"

"느낌이 오는 사람이 있으면 갈 수도 있지요, 뭐." 나는 어머니를 의식해서 얼버무렸다.

"어떤 느낌이요?"

"사랑하는 느낌이요." 넥타이를 매며 건성 대답했다.

"지금 오빠가 그런 거 생각할 나이야? 작은오빠는," 여동생이 수돗물을 줄이며 말했다. "현실성이 너무 부족해서 탈이야. 사랑하는 느낌 같은 거야 젊은 남녀끼리는 언제든지 기회만 주어지면 생기는 거 아냐? 하다못해 반대 방향의 맞은편 전철 문에 기대선 남자와 눈빛이 마주친 그 짧은 순간에도, 잘생기고 깔끔해 보이는 남자면 나는 같이 살아보고 싶은 느낌이 생기더라." 말해 놓고 여동생은 깔깔, 웃어댄 다음 말을 이었다. "만약 사랑하는 느낌이 생길 때마다 결혼해야 한다면 난 평생 웨딩드레스만을 입고 돌아

다녀야 할 거야."

"그러니까 네가 그 회사에서 빠져나오지 못하는 거야." 내가 쏘아붙였다.

여동생은 이 년 전부터 이벤트 회사에 나가고 있었다. 이 년 내내 지겨워, 때려치울 거야, 라는 말을 입버릇처럼 달고 다닌다. 호텔 결혼식 같은, 주로 고급 혼례만을 맡아 하는 회사였다. 탤런트가 되겠다던 동생의 꿈은 대학을 졸업하면서 방송국 메이크업 디자이너로 수정되었고 메이크업 학원을 다니면서 신부 메이크업을 해주는 지금의 자리로 낙착을 보았다.

"우리 회사 사람들이 결혼하는 사람들을 관찰하면서 내린 결론인데, 사람들이 하필 그전에 사랑한 사람이나 그후에 사랑할 사람이 아닌, 바로 지금의 그 사람이랑 결혼하게 되는 건 단지, 그 사람을 결혼 적령기에 만났기 때문이라는 거야. 그러니까 누구를 만나 사랑해도 상관없는데 단지 순서가 문제인 거지. 그중에서 제일 괜찮은 남자를 바로 결혼 적령기 때 만나야 행복해질 수 있는 거니까."

말과 설거지를 동시에 끝낸 여동생이, 손의 물기를 바지 엉덩이에 닦으며 나왔다.

"고스톱 치냐, 순서가 문제이게."

구두를 신고 바닥을 툭툭, 굴러보며 내가 쏘아댔다.

형수도 한마디 했다.

"아가씨는 정말 직장부터 옮겨야겠어요."

"저도 하루 빨리 옮기고 싶어요. 하지만 다음 직장은 반드시 강남으로 옮길 거예요."

"여기서 강남은 너무 멀잖아요?"

"큰일인데." 거울을 보며 내가 중얼댔다. "신랑보다 잘생겨 보이는 건 예의가 아닌데."

"언니는, 저같이 예쁜 여자들이 강남으로 직장을 옮겨가면, 한남대교를 지나서 가는 줄 알아요?" 여동생이 내 등뒤에 서서 거울 속의 자기 머리를 만지작대며 말했다.

"그러면요?"

"다녀오겠습니다!" 나는 안방의 부모님에게 소리쳐 인사했다.

"예식장에서보다는, 피로연에서 더 정신 바짝 차리세요." 형수가 웃으며 배웅했다.

닫히는 현관문으로 여동생 목소리가 잘리지 않고 따라나왔다.

"강남으로 직장을 옮기려면, 한남대교를 건너서는 안 되구요, 결혼식장으로 들어가야 한다구요."

우주선

"이제 곧 신랑 이규진 군과 신부 송유리 양의 결혼식이 시작될
예정이오니 내빈 여러분께서는 안으로 들어오셔서 자리에 앉아
주시기 바랍니다."

식이 시작되었다.

위치를 맞바꾼 채, 신랑 신부가 동시 입장으로 들어왔다. 주례
선생이 위치를 바로잡아주며,

"둘 다 결혼을 처음 해본다는 게 이로써 증명되었습니다."

농담하자 하객들 속에서 웃음이 터졌다.

그 밖의 절차들은, 순조롭게 진행되었다. 주례 선생은 지루하
게 말을 늘어놓았고, 둘 사이의 혼약을 확고하게 못박고 싶은 듯
양가 부모들은 일관되게 딱딱하고 굳은 표정을 짓고 있었다. 하
객들은 삼삼오오 수군거렸고, 그 속에 지영이 보였다.

그녀는 보이지 않았다.

지영은 다만, 약간 친했던 동창생 결혼식에 와 있는 것처럼, 친구들과 무슨 말인가를 주고받으며 쿡쿡, 웃고 있었다.

#

"신랑보다 더 멋있네?"

식이 끝나자 지영이 다가와 내게 알은체했다.

"하객들이 내 손을 붙잡고 축하한다고 말하는 바람에 진땀을 흘렸다 야." 내가 농담으로 받아넘기며 물었다. "너야말로 축하받아야겠다?"

"고마워, 아직도 나를 신부로 봐주는 사람이 다 있네." 지영이 웃으며 말했다.

득남을 축하한다는 인사였는데, 너야말로 신부로 오해받을 만큼 여전히 예뻐 보인다는 소리로 들은 모양이었다.

"학생이라고 해도 믿겠는데, 뭐."

두리번거리며 내가 말했다. 그러나 사실은 산후 탓인지 일이 년쯤 걸리는 곳에 여행 다녀온 사람 같아 보였다.

그녀는 보이지 않았다.

"주례가 너무 길더라." 지영이 식장을 나서며 말했다.

"매우 적절한 주례사였지 뭐." 말하면서도 나는 두리번거렸다. "두 사람은 앞으로의 지루한 부부 생활도 지금처럼 꿋꿋하고 반듯한 자세로 견뎌내야 한다, 그런 뜻이잖아."

"넌 여전하구나." 지영이 웃었다.

복도에서도 그녀는 보이지 않았다.

"잠깐만."

지영이 나를 세웠다. 그리곤 어딘가를 향해 손짓했다. 그러자 지영이 손짓하는 쪽에서 좀전까지는 보이지 않던 여자 하나가 스르르 나타났다. 그리곤 활짝 웃으며 내 쪽으로 빠르게 걸어왔다. 복도를 가로질러 걸어오는 그 여자의 모습이 내게는 이십여 년 전의 아득한 저 기억 끝에서 걸어오는 것처럼 줌-업되어 보였다. 바로, 은희였다.

"그렇게 두리번거리고도 못 찾아?"

손을 내밀어 악수했다. 내가 자신을 찾고 있는 줄 착각한 모양이었다.

"지영이가 나에게 네가 더 예뻐졌다는 얘기를 안해 주었거든." 내가 덧붙였다. "사람들이 흔히 몰라보게 예뻐졌다는 말을 쓰곤 하는데, 너를 보는 순간 그 말의 개념을 발견한 것 같았을 지경이야." 농담만은 아니었다.

"사람 앞에 세워놓고 바른 소리 해대는 건 여전하구나?" 은희가 농담으로 되받았다.

그녀는 보이지 않았다.

"그쪽은 신부측 식당 아냐?" 지영이 말했다.

나도 모르게 신부 쪽 식당으로 걸음이 옮겨지고 있었다. 나는 한번 더 두리번대고 나서 돌아섰다.

#

"언제 결혼했어?" 내가 맥주를 따라주며 물었다.

"너를 잊고 나서 한 달 뒤에."

은희가 농담으로 받았다.

"보다시피," 나도 농담했다. "나는 아직까지도 못 잊고 있어."

은희가 깔깔 웃어댔다.

"일곱시 비행기랬지?" 지영이 손목시계를 들여다보며 묻고는 중얼댔다. "여기서 네시쯤엔 떠나야 할 텐데."

세시였다. 신랑 신부는 아직 나타나지 않고 있었다.

마치 네가 규진이랑 공항으로 갈 것처럼 걱정을 하는구나, 라고 농담하려다 나는 그만두었다.

지영은 자꾸 두리번거리며 출입구 쪽만 살폈다.

"음료수라도 한 잔 할래?" 내가 물었다.

그녀는 술을 하지 못했다. 그러나 내 말을 알아듣지 못한 채 건성으로 미소만 붙였다 떼었다.

"콜라라도 시킬까?" 내가 다시 물었다.

"나 술 못하잖아."

그녀가 동문서답했다. 그제야 그녀 역시 온통 다른 생각에 정신이 팔려 있다는 것을 알았다.

"술 좀 따라!" 은희가 빈 잔을 흔들어보였다.

"주량까지 늘었구나?"

"넌, 정말 변한 게 없어." 은희가 맥주를 받으며 말했다. "옛날에도 우리 셋이 앉아 있으면 넌, 지영이의 남자 친구 같았어."

"주량만 는 게 아니라 눈치까지 빨라졌군." 농담으로 받으며 둘러댔다. "아직도 너와 눈빛이 마주치면 내 가슴이 떨리기 때문이야. 그래서 자꾸 쓸데없이 지영이에게 말을 붙였던 거야."

"다 지나간 일이니까 솔직하게 말해 봐. 그때 나 좋아하긴 했어?"

"정말이야. 지난번, 규진이 만났을 때도 네 얘기 하며 추억에 잠겼었다구! 규진이 오면 물어봐."

"정말 물어본다?" 그녀가 눈빛을 빛냈다.

"그런데 이 녀석 왜 이렇게 안 오지?"

내가 중얼거리며 시계를 보려던 차에 신랑 신부가 들어섰다. 간편한 여행복 차림으로 바뀌어 있었다. 사방에서 박수를 쳐댔다. 그리고 뒤따라 그녀가, 그들 뒤로 나타났다. 나도 휘파람을 날리며 박수를 쳐댔다. 그리곤 소리쳤다.

"헤이, 기다리다 눈 빠지는 줄 알았어!"

#

각 테이블을 돌면서 신랑 신부가 인사를 건넸다. 그녀는, 신부 친구들 틈에 가 앉았다. 빈 잔을 손에 든 채로 기다렸지만, 내게 눈길을 주지 않았다. 시선은 그녀에게로 향한 채 빈 잔을 흔들어 보이며, 내가 말했다.

"나 좀 쳐다봐 줘라."

신랑 신부가 있는 쪽을 쳐다보고 있던 은희가 내게로 고개를 돌리며 말했다. "아, 미안!" 그리고는 맥주를 채워주었다.

정작 신랑 신부가 나타나자 지영은, 시선을 내렸다. 규진이 신부에게 지영과 은희를 소개했다. 그때, 그녀가 신부에게로 와서 귀엣말을 건넸다. 손목시계를 가리키는 것으로 보아 비행기 시간을 주지시키는 모양이었다. 나는 그 틈을 놓치지 않고 말을 붙였다.

"오랜만이군요?"

"아, 오랜만이네요." 그녀가 지극히 형식적인 태도로 인사를 받았다. 마치 초면인 사람처럼.

"술 받아요." 규진이 그녀를 붙잡아 앉혔다.

서로의 잔을 채워준 후, 각자의 잔을 치켜들었다.

내가 외쳤다.

"새롭게 시작되는 모든 사랑을 위하여!"

잔과 함께 각자의 시선이 별표의 꼭지를 잇는 선처럼 공중에서 엉켰다.

"그러고 보니," 잔을 내려놓으며 규진이 말했다. "은희야말로 정말 오랜만이다. 그러잖아도 우리가 얼마 전에 네 얘기 했었는데."

"정말 내 얘기 했어?" 은희가 놀란 눈으로 나와 규진을 번갈아 보았다. "둘이 짠 거 아냐?"

"너무 부러워요." 유리가 끼어들었다. "이렇게 오래 만나온 친구들이 있다는 게." 그녀는, 약간 지치긴 했으나 한없이 행복해하는 신부의 특유의 들뜬 표정을 지어 보이고 있었다.

"언제부터 알고 지내는 친구들이에요?" 지영을 쳐다보며 그녀가 물었다.

"중학교 때부터요." 은희가 대신 대답했다.

"와!"

그녀가 감탄했다. 그리곤, 턱으로 나를 가리키며 은희에게 농담조로 물었다.

"지겹지 않아요?"

"부부 사이라면 지겨웠겠지만, 자주 만나지 못하니까 남편보다 반가울 때도 있어요." 은희가 웃으며 받았다.

"혹시, 겉으로만 친구인 척 연극하는 거 아니에요?" 유리가 유독 연극이라는 단어를 강조하며 물었다.

공중에서 규진과 지영의 시선이 엉키는 게 보였다.

"겉으로만 친한 친구일 뿐이고 속으로는," 나는 말장난을 쳤다. "더 깊은 사랑을 느끼는 사이죠."

"하하. 맞아!" 은희가 아무것도 모른 채 웃으며 동의했다.

지영은 시침을 떼고 시선을 바깥으로 돌렸다.

"아무튼," 잔을 비우고 나서 누구에게랄 것도 없이 내가 말했다. "이렇게 다시 만나니까 기분이 너무 좋아!"

#

신랑 신부를 배웅하고 나자, 사람들은 잊고 있던 급한 업무가 떠오른 표정을 지어보이며 제각각 흩어졌다. 우물쭈물하다 결국 급한 업무가 생각난 표정을 지어보일 기회를 놓친 몇 사람만이 주차장 앞에, 사업에 실패한 난감한 표정으로 서 있었다. 지영과 은희, 광훈, 성일, 그녀와 그녀의 친구.

"시시하군."

내가 중얼거렸다.

"이런 날은, 술동이와 모닥불을 지펴놓고는, 오른발과 왼발을 번갈아가며 올렸다 내렸다 하는 춤을 추며 밤새워 놀아야 하는데 말야."

"어디 가서 술이나 한 잔 더 할까?" 광훈이 말을 꺼냈다.

그럴까? 하는 표정을 지어보이는 사람은 성일뿐이었다. 지영은 아무래도 좋다는 식이었고, 은희는 끼고 싶지만 내가 껴도 되나? 하고 주저하는 기미였다. 그녀는, 지금이라도 갑자기 생각난 업무가 있다는 표정을 지어보일까 말까 망설이는 동작이었고, 그녀의 친구는 재밌게 해준다면 따라가 볼게요, 하는 눈치였다.

"이 근처 아는 술집 있어?" 성일이 물었다.

"아무데나 가지 뭐." 광훈이 대답하곤, "어디가 좋을까요?" 그녀에게, 물었다.

그녀의 친구가 약간 멀긴 하지만, 이라는 단서를 붙이곤 전망이 좋다며 스카이라운지를 제안했다. 거기까지 갈 생각이라면, 더 가까운 곳에 한강이 내다보이는 분위기 좋은 카페가 있다고 은희가 추천했고, 지영이 식사도 할 수 있는 술집이 낫지 않겠느냐고 의견을 냈다. 식사를 할 생각이면, 근처 대학가도 괜찮을 것 같다고 성일도 끼어들었다.

"한 사람만 더 추천하면," 내가 농담했다. "마음에 드는 곳을 잡아서 각자 갈 수 있겠어요."

마침내, 그녀의 친구가 추천한 스카이라운지로 결정이 났다. 그러나 막상 출발하려고 하니까 나만 제외하고는 모두들 승용차를 가져왔기 때문에, 일곱 명이 여섯 대의 차를 가지고 그곳까지 가는 것은, 게다가 음주운전을 할 수도 없으므로 무리겠다는 의견이 우세해져서 처음부터 다시 의견을 수렴해야 했다. 그리하여 그다지 추천할 만한 곳은 못 되지만 가까운 거리에, 여섯 대의 차를 주차할 만한 카페가 있다기에 그곳으로 향했다.

"민주적 토론이란 도대체가 백해무익한 것이야." 내가 투덜댔다.

#

"청거북이 한 마리가 사라졌어."

화장실 입구에서, 그냥 지나쳐 가려는 그녀에게, 내가 말했다. 그녀가 고개를 돌려 잠시 멈춰 선 자동차처럼 깜박거리는 눈으로 나를 쳐다보았다.

"아무리 찾아도 보이지가 않아."

"한 마리 다시 사줄까요?" 그녀가 존대말을 사용했다. 어깨를 밀어내는 긴 빗장처럼 느껴졌다.

"그냥." 나는 피식, 웃고 나서 말했다. "사라졌다는 거야. 다섯 마리의 거북이 중에서 한 마리가."

"다섯 마리 다 잃어버리면, 그때 연락하세요. 새로 사드릴 테니까." 그녀가 말하고 돌아서 버렸다. 목소리는 차가웠지만 유혹하는 것처럼 느껴지는 어투였다. 다시는 연락하지 말라는 소리인지, 연락을 해도 된다는 뜻인지, 아니면 다만 당장은 만나고 싶은 생각이 없다는 표현인지, 분간이 서지 않는 모호한…….

\#

지영이 먼저 일어나자, 성일도 그 참에 빠져나갔다. 거기까지는 기억났다. 은희는 자신도 가야 한다며, 그러나 술이 깨기를 기다리며 앉아 있었고, 그녀와 그녀의 친구 역시 운전을 핑계로 커피를 주문했다. 그러고 나서 내가 우주선에 대하여 얘기한 것까지도 기억이 났다. 이야기 도중 그녀의 친구가 다음달 유학을 떠날 예정이라는 말에, 꺼낸 얘기였다.

"갑자기 서로 반대 방향으로 흘러가고 있는 고장난 두 우주선에 앉아 있는 기분이야." 나도 모르게 반말이 나왔다. 나는 그때 이미 내가 취했구나, 생각하면서도 습관적으로 내 앞의 잔을 들어 목을 축였다.

"우주선?" 누군가 물었다.

탁자 위에 두 개의 포크를 각기 반대 방향으로 향하도록 놓고 말했다. "망망대해의 우주 속을 끝없이 표류하고 있는 두 개의 고장난 우주선이 그야말로 우연히 탁자 하나가 놓일 만큼의 가까운 거리를 두고 천천히 스쳐 지나가는 거지."

나는 두 개의 포크를 공중에서 평행으로 교차시켜 보이며 말했다.

"그것으로 디 엔드, 끝이지!"

그리곤 물었다.

"종교 있어요? 이런, 저도 무신론자니까 우리는 죽은 뒤에까지도 다시 만날 루트가 없는 셈이군요. 그런데도, 한 잔 안할 거예요?"

"마시지 마."

그녀가 끼어들었다.

"그랬다가는 내일 아침 주차해 놓은 차를 가지러 오면서 또 마주쳐야 할 거야."

"하하." 광훈과 은희가 웃었다.

나는 그녀를 눈으로 흘겼다.

#

"죽은 뒤에까지도 헤어진 사람과 다시 만날 루트가 없다는 말은 너무 슬프다." 은희가 중얼거렸다.

"그렇지만도 않아요. 요즘은 서로 좋아하면서도 헤어지고 나니까." 광훈이 말했다. "더 좋은 사람을 만나게 되더래요."

"이별이 슬프기만 한 시대는 지났지." 내가 말했다. "죽어서도 다시 만날 수 없을 거라는 쓸쓸한 두려움과 그러나 그 바람에 더 좋은 사람을 만날지 모른다는 즐거운 기대가 이별 뒤에는 언제나 동시에 놓여 있거든."

그리고 나서 광훈이 무슨 영화 얘긴가를 했다. 동시에 내가 한

번 더 권하자 그녀의 친구는 결국 술을 마시기 시작했고 그 바람에 이미 주량을 넘겼음에도 불구하고 나는 그녀의 친구가 마시는 만큼을 더 부어넣어야 했다. 그녀와 나는 눈이 마주치면 서로 흘기거나 무시했고, 은희가 내게 말을 걸어올 때면 나는 그녀를 의식하며 더없이 친절하게 대꾸했다. 아니, 했던 것 같다.

그러나 정작 깨어났을 때, 뒷골만 술병에 얻어맞은 듯 쑤셔댈 뿐, 옆에 누워 있는 여자가, 도대체 누구인지 짐작조차 할 수가 없었다.

여관이었고, 어슴푸레한 새벽 여명의 창가를 향해 분명히 남자는 아닌, 여자가 돌아누워 있었다. 누운 모양만으로는 누구인지 알 길이 없었다. 그녀겠지만, 은희일지도 모르고, 그녀의 친구일 수도 있었다. 아니면, 여관 접대부일지도. 누운 채, 그녀의 잠이 깨지 않도록 나는 조용히 눈동자만을 굴려 그녀를 식별할 만한 표식을 찾아보려고 애썼다.

미로

"잘 지냈어?"

"청거북이 죽기만 기다리면서 지냈지, 뭐."

"하하." 그녀가 웃었다. 내가 사준 선글라스를 쓰고 있었다.

"정말이야. 심심하면 어항 앞에 주저앉아서 멍하니 거북이만 들여다보고 있는 거지. 그러면 동생이 지나가다 물어. '오빠 뭐 해?' 그러면 대답하지. '거북이가 죽기를 기다리고 있는 거야.' 그러면 조카 녀석이 쫓아나와서는 울면서 나를 막 때려."

"하하." 그녀가 다시 웃었다.

"거북이 들여다보면서 녀석들이 인간보다 오래 사는 비결을 알아냈어." 커피를 저으며 내가 말했다.

"뭔데?"

"느림. 그러니까, 인간처럼 움직이면 육십 년 내로 다 끝낼 신진대사를 녀석들은 아주 느리게 움직여서 한없이 끌고 나가는 거지. 그런데." 말을 마치고 나서 물었다. "어쩐 일이야?" 학교 앞이라며 그녀가, 전화를 걸어온 거였다.

"그냥, 일 때문에 왔다가 네 전화번호가 기억나길래, 내 기억이 맞나 안 맞나 확인해 볼 생각으로 다이얼을 눌러봤던 거야."

"차라리 총으로 쏴버려." 머리에 대고 방아쇠 당기는 시늉을 해보였다. "피융! ……그리고 나서 총이 작동되는가 알아보기 위해 방아쇠만 당겨본 거라고 하지 그래?"

그녀가 말했다.

"선 봤어."

"아하." 나는 상황을 이해했다. "어떤 사람이야?"

"의사야. 형제가 모두 의사래."

휘파람을 날리고 나서 말했다.

"나이스 히트! 드디어 찾았군."

"그런데, 좀 못생겼어."

"안성맞춤이군."

"왜?"

"원래 옷을 고를 때는," 담배 연기 속으로 한숨을 집어넣고 나서 말했다. "마음에 드는 물건일수록 오래 들여다보아야 해. 흠집이 없기를 바래서가 아니라 찾기 위해서지. 흥정할 때 유리해지거든."

"후훗."

그녀가 짧게 웃었다. 그리곤 창 밖을 내다보며 긴 한숨을 쉬고 나서 볼링 치러 갈까? 같은 어투로 물었다.

"섹스 하러 갈까?"

나는 고개를 젓고 나서 대답했다.

"싫어."

"왜?"

"나도 의사를 만나러 가야 해."

"의사?"

"여의사나 하나 꼬셔야 할까 봐."

그녀가 테이블 밑의 구둣발로 내 종아리를 깠다.

"아파. ……어머니가."

"편찮으셔?"

"신장이 안 좋대. 입원해 계신 지 일주일째야."

"심각해?"

"한쪽을 떼어내야 할지 모른대."

#

"다음 신호등에서 좌회전이야." 나는 손가락으로 가리켜보였다.

그녀가 깜박이등을 넣으며 물었다.

"거북이는 찾았어?"

"찾았어, 화분 받침대 밑에서."

"다행이네."

"하루는, '거북이 찾았다!' 하고 여동생이 보물이라도 발견한 계집애모양 소리를 지르는 거야. 그러나 나가 봤더니 거북이는 이미 죽어 있었어."

"죽었어?"

"거북이를 묻으면서도 여동생은 신이 났지."

"왜?"

"단지 자기 엉덩이에 깔릴 근심을 없애는 일이었으니까."

"조카가 슬펐겠다."

"우회전!" 말하고 나서 대꾸했다. "녀석도 좋아해."

"좋아해?"

"똑같은 크기의 거북이 한 마리를 몰래 사다 풀어놓았거든. 녀석은 거북이가 용궁을 다녀왔다고 믿고 있어."

"저기야." 내가 턱짓으로 가리켰다. "그냥, 이 근처에 세워주면 돼."

그러나 그녀는 차를 병원 안으로 몰고 들어갔다. 내가 빈정댔다.

"혹시, 그 남자가 근무하는 병원이야?"

그녀가 눈을 흘겼다.

"차를 돌릴 곳이 마땅치 않을 뿐이야."

"고마워." 나는 차에서 내렸다.

#

과일을 들고 엘리베이터 앞에 서 있는데 누군가 등 뒤로 다가와 섰다.

그녀였다. 돌아보지 않아도 알 수 있었다. 병원 냄새와 대비되는 그녀의 향수 냄새가 이미 저녁의 긴 나무 그림자처럼 내게 드리워져 있었다.

"이거."

고개를 돌리자, 그녀가 꽃을 내밀었다.

"고마워."

그때 종소리를 내며 엘리베이터 문이 열렸다.

"같이 갈래?"

엘리베이터에 오르며 물었다.

그녀는 웃으면서, 그러나 고개를 저었다.

열림 버튼을 누른 채 내가 말했다.

"어머니는 아마 꽃보다, 너를 더 반가워할 거야. 비디오 가게 아줌마한테 전화 와도, 내가 연애하는 줄 알고 좋아하시는 분이거든."

"홋." 하고 그녀가 웃었다.

그러나 엘리베이터에 오르진 않았다. 닫히는 엘리베이터 문의 열림 버튼을 다시 누르고 내가 입술 모양으로 말했다.

"섹, 스, 하, 러, 안, 갈, 거, 야?"

그러나 그녀는 웃기만 했다. 철컹, 하고 마침내 문이 닫혔다. 그녀는, 아마도 이제 영원히 나를 찾지 않을 것이다. 나는 끙, 하고 한숨을 누르곤 눈을 감았다. 그러나 지하로 가는 엘리베이터였다. 다시 일층에서 문이 열렸을 때, 그녀가 올라타며 말했다.

"내려가는 거여서 안 탄 거야. 그런데 이런 차림새로 찾아뵈어도 괜찮을까?"

그녀는 짧은 미니를 입고 있었다.

"괜찮아." 병실로 들어가며 일렀다. "물으면, 병원 앞 다방 아 가씨라고 하지 뭐."

#

"엄마!"

먼저 들어서며 내가 말했다.

"기가 막힌 선물을 가져왔어."

그녀가 인사했다.

어머니는 허둥 옷을 여미며 일어나 앉아 인사를 받았다. 링거 주사를 맞고 있었다.

"나 좋다고 따라다니는 여자 중의 하나야." 내가 소개했다.

어머니는 웃으시며 그녀를 빤히 쳐다보았다. 형수를 맞을 때 익혀둔 것일까. 새아기 맞는 우리 나라 시어머니들 특유의 (위엄 을 갖춘 듯하면서도 따뜻하고 다정한 듯하면서도 냉정하게 살펴보 는) 바로 그 표정이었다. 어머니는 손수 물건들을 치우며 그녀에 게 앉을 자리를 마련해 주고 과일을 깎으려고까지 했다.

"제가 깎을게요."

그녀가 머리를 쓸어넘기고는 과일을 깎았다. 이 여자는 또 어 디서 배운 것일까. 얌전하게 눈을 내리깔고 얇게 껍질을 깎아 내 려가는 것이, 수십 대째 시어머니 앞에서 우리 나라의 며느리들 이 취해 오던 바로 그 다소곳한 동작이었다. 어머니, 그러면 소자 는 이만 물러가겠사옵니다, 라고 말해야 할 판국이었다. 나는 팔짱을 꼈다.

"이런 몰골로 인사를 드려서 어떡하나."

그새 경황을 되찾은 어머니가 다시 한번 옷깃을 여미며 말했다. 그리곤 다급한 김에 머리맡의 유리컵을 들어 입을 벌리곤 잇새에 뭐라도 끼지 않았나 살펴보는 거였다.

나는 실소하지 않을 수 없었다.

내가 농담했다.

"엄마, 긴장하지 마. 오늘부터 하루에 한 명씩 데리고 올 테니까 그중에서 하나를 고르면 돼."

"언제나 철이 들려고 저러는지, 원." 그녀의 눈치를 살피며 어머니가 말했다. "저 녀석 하는 말은 다 한 귀로 듣고 한 귀로 흘려보내요."

"하나만 고르기가 힘들면 둘을 골라도 돼. 어떻게든 살아보지 뭐."

그녀가 고개를 들어 웃었다. 어머니도 그녀를 마주 보며 웃음을 터뜨렸다. 다정한 고부간 모양.

#

링거액이 다 떨어져 가고 있었다. 그녀가 간호사를 부르러 나갔다.

"누구여?"

어머니가 퀭하니 주름 깊은 눈을 치뜨며 물었다.

"학교 후배예요. 이쪽에 볼일이 있다길래 태워다 달라고 해서 온 거예요."

어머니 얼굴 위로 병색보다 더 역력하게 실망의 기색이 스쳤다.

간호사가 새 링거 병을 가지고 왔다. 우리 병원에 오래 있으면 나처럼 건강하게 돼요, 라고 말하고 있는 듯한 아주 건강한 체격의 아가씨였다. 내 쪽을 힐끔거리고 나서 간호사가 어머니에게 물었다.

"아드님인가요?"

"둘째예요."

"아, 아직 결혼 안 하셨다는 그분이요?"

"벌써 소문 다 냈어?" 내가 끼어들었다.

"어머님께서." 간호사가 링거 병을 교체하다 말고 웃고 나서 말했다. "자기 병은 약 먹어서 나을 병이 아니라 아드님이 결혼해야 낫는 병이라며 중매시켜 달라고 조르세요."

"아이고." 내가 한마디 했다. "잘했어, 엄마."

어머니가 웃었다. 웃을 때마다 쥐어짠 걸레같이 생겨나는 주름. 주름. 수분이 빠져나간 자리의 흔적. 어머니는 살아오면서 흘린 땀과 눈물만큼의 수분을 링거액으로 보충받고 계시는 중인가 보았다.

\#

"다정한 고부간 같아 보였어." 내가 말했다.

"괜히 인사드렸나 봐."

그녀가 한숨을 쉬고 나서 시동을 걸었다.

"손까지 꼬옥 잡으시고 이것저것 물어보시는데, 괜히 죄송하더라."

"괜찮아. 학교 후배일 뿐이라고 말씀드렸어."

"하하." 그녀가 느닷없이 웃고 나서 설명했다. "네가 밖에 나갔을 때 나한테 네 자랑을 막 하는 거야."

"그래?"

"어릴 때부터 워낙 똑똑해서 교수나 판사가 될 거라고 자기는 그때부터 예감을 하셨대."

"하하." 나는 폭소하지 않을 수 없었다.

"그래서 어떻게 똑똑했는데요? 하고 물으니까 어릴 때 큰집에 심부름 보내면 한번도 길을 잃어버리지 않고 집을 찾아갔대."

"하하." 웃고 나서 말했다. "그때는, 길 잃어버리지 않는 게 칠칠맞은 애와 똑똑한 아이를 구별짓는 잣대였잖아."

"아무튼, 좋으신 분 같아."

"그렇긴 해. 기껏 해봐야, 채소가게 아줌마가 비싸게 받는다고 험담하고 다닌 게 저지른 죄의 전부인 분이지."

"응." 잠시 운전에만 몰두하더니 그녀가 입을 열었다. "하지만 난, 그렇게 사는 거 싫어."

"나도 그래. 감옥에 갇혀 사신 분이지."

"감옥?"

"좌회전이야." 내가 길을 가르쳐주었다. 그러나 차는 이미 사거리를 건너고 있었다.

"직진 아니었어?"

"봐, 머리가 나쁘니까 넌 아직도 길을 잃고 다니잖아."

"하하." 그녀가 웃고 나서 유턴할 곳을 찾으며 물었다. "무슨 감옥 말이야?"

"감옥이 아니라 감옥 같은 편견 말야." 내가 고쳐 말했다. "가령, 남의 물건이나 돈이라면, 길거리에 떨어져 있는 것조차 절대 취하지 않으시는 분이야. 하지만 김대중을 빨갱이로 생각한다거나, 이건희나 정주영 같은 인간들을 성공한 인생의 표본으로 여긴다거나, 사(士) 자 들어가는 사람이면 무조건 존경한다거나…… 혹시, 교회 나가냐고 물어보지 않으셨어?"

"안 묻던데?"

"저렇게 장가가라고 성화시지만, 상대가 고졸이거나 무신론자면 마땅찮아 하셔. 특히 천주교 신자면 삼십 점쯤 감점당하고 불교 신자면 절대 안 돼."

"왜?"

"장로님이시거든."

"그래?"

"골수지. 하지만 초등학교도 못 나오셨어. 뒤늦게 입학하긴 했는데 5학년 땐가 전쟁이 났대. 결국, 성경과 텔레비전이 어머니에게는 당신의 유일한 교과서였던 것 같아."

"아하."

그녀가 다시 한번 고개를 주억거렸다. 그리곤 핸드백에서 사진 뭉치를 꺼내 건넸다.

"우리 엄마야."

그녀의 어머니는, 그녀를 닮았다. 내가 말했다.

"모녀가 함께 관상을 보러 가면, 나머지 한 사람은 공짜겠어."

"같이 다니면 자매인 줄 알아."

뒤에 파라솔에서 앉아 찍은 또 한 장의 사진이 있었다. "정말 너를 빼박았는데?" 내가 놀라며 중얼거렸다.

"내가 엄마를 닮은 거지." 그녀가 말했다.

"너를 먼저 알고 있으니까, 네 어머니가 너를 닮은 것처럼 느껴져." 그러나 긴 세월을 사소한 일에까지 부대끼며 살았을 테니 서로 닮아왔다는 표현이 더 옳겠다고 나는 생각을 고쳤다.

"군바리와는 언제 또 맞선을 봤어?" 또 한 장의 사진을 들여다보며 내가 물었다.

"아빠야."

"그래? 요즘 사진인데?"

"엄마가 가지고 다니는 사진이 너무 낡아서 컴퓨터로 다시 현상한 거야. 우리 엄마는," 그녀가 유턴하며 말했다. "나와는 달라."

"뭐가?" 주위를 살펴주며 물었다.

"아직까지도 아버지만을 사랑하셔."

"확실히 다르시군." 내가 빈정댔다.

"텔레비전을 보다 보면 엄마 혼자 아무런 반응도 않고 멍하니 앉아 있는 모습을 자주 볼 수 있어. 그럴 때 옆눈질로 슬쩍 쳐다보면 엄마는 텔레비전이 아니라 텔레비전 위에 놓여 있는 아버지 사진을 보고 계시는 거야."

"그렇군."

나는 나머지 사진들을 훑어보았다. 모두 장교복을 입고 찍은 사진들이었다.

"아직도 우리 엄마는 옷가게 주인이라기보다는 육군 소령의 사모님이셔. 그 자존심 하나로 여생을 버티신 분이야. 지금도 현충일이면 새댁처럼 곱게 입고 국립묘지에 가."

"삶을 버티려면 누구에게나 기대고 의지해야 하는 대상이 필요하지."

"하지만 나는 그게 얼마나 갑갑했는지 몰라. 속옷을 갈아입을 때조차 사진 속의 아버지가 신경 쓰일 정도였으니까. 대학생이 되었을 때도 마찬가지야. 가령, 데모는 생각지도 못했어. 월남전에서 돌아가신 아버지와 전두환이 이상하게도 일종의 '같은 편'처럼 느껴졌어. 후훗." 그녀가 혼자 웃고 나서 이었다. "그게 갑갑해서 많이 대들기도 했지. 엄마에게 아버지는 실재했던 분이지만 나에게는 기억조차 없거든. 차라리 엄마가 재혼이라도 하면 좋겠어, 하고 말한 적도 있어. 아무튼 고등학교 다닐 때까지, 그것이 부정적이든 긍정적이든 아버지가 나를 어디선가 내려다보고 계실 거라는 생각이 언제나 내 머리를 떠나지 않았어."

"일종의 시뮬레이션 효과지."

"뭐?"

"시뮬레이션 효과. 어떤 시인은 '작용하는 허구'라고 표현했어."

"뭔데?"

"실재하는 게 아닌데도 불구하고, 작용을 하는 거지. 일테면 산타 할아버지처럼 말이야."

"정말! 지금이 십이월이었으면 좋겠다." 유월의 하늘을 내다
보며 뚱딴지같이 그녀가 중얼거렸다. "눈이나 왔으면!'

"그러고 보니 크리스마스가 점점 다가오고 있는 중이야." 내
가 농담했다.

#

"다섯 살 때, 나는 이미 산타클로스가 가짜라는 사실을 알아챘
지. 아무리 교묘하게 분장을 해도 내 눈을 속일 수는 없었거든.
산타클로스 분장을 하고 선물을 나눠주던 할아버지가 다름아닌
바로 내 아버지였던 거야."

"나는 교회에 나가지 않았는데도 크리스마스 때가 되면 양말
을 걸어놓았었는데!" 그녀가 말하곤 웃었다.

"주일학교 시간이었어. 아이들이 무릎 꿇고 눈을 감은 채 산타
클로스가 선물을 갖고 나타나기를 바라며 저마다 간곡하게 기도
를 올리고 있는데 미리부터 한쪽 눈을 뜨고 있던 내가, 먼저 발견
하고 소리쳤지. '우리 아빠다!' 눈을 꾹 감고 기도를 올리던 여동
생도 눈을 뜨고 내게 귓속말로 동조했어. '정말, 아빠잖아?' 일순
간 주일학교 학생들 전체가 술렁대기 시작했지. 그러나 곧 잠잠
해졌어. 어머니가 내 뒤통수를 탁, 때리면서 '이 녀석아, 아빠는
지금 집에 계시잖아!' 하시곤 나를 뒤쪽으로 데려갔기 때문이야."

"하하."

그녀가 웃고는 물었다.

"그런데 이쪽으로 가는 거 맞아?"

"맞아." 대답하곤 말을 이었다. "이내 푸짐한 선물이 나누어졌고, 아이들의 술렁거림은 그것으로 그만 진정되었지. 그러나 나는 속아넘어가고 있는 저 어리석고 무지몽매한 백성들에게 무엇이 진짜 진실인가를 밝혀야겠다고 생각했지. 나는 엄마에게 소리지르며 따졌어. '아빠가 분명해! 저 산타 할아버지는 가짜야!'"

"그래서 어떻게 됐어?"

내가 입을 다물고 있자 그녀가 재촉했다.

"언제나 그렇듯이 진실은 아는 자만 외로울 뿐이고 밝히려는 자만 탄압받을 뿐이지. 사실을 발견한 몫으로 내게 돌아온 것은 엄마에게 또 한번 뒤통수를 얻어맞는 일이었어. 게다가 그 바람에 나는 아무런 선물도 받지 못했고. 왜 내게는 선물을 안 주냐고 따지니까, '너는 산타가 없다고 믿으면서 어떻게 산타에게 선물 받을 생각을 하니?' 하는 거야."

"우리 이쪽 길로 온 것 같지 않아." 그녀가 중얼거렸다.

나는 무시하고 말을 이었다.

"집으로 돌아오는 길이었어. 선물을 잔뜩 받아 안은 여동생은 어느새 그 산타클로스가 진짜였다고 우기기 시작하는 거야. 나는 신경질이 나서 여동생에게 말했어. '아빠가 분명해! 아빠는 집에 없어!' 그리고 여동생과 내기를 했지. 도착해 보니까 그러나 아버지는 집에 계셨어. 그 옆에 내 선물 꾸러미도 하나 놓여 있었지. 아버지 말씀이 방금 전에 산타클로스 할아버지가 놓고 간 거라는 거야. 선물을 풀려고 하자 아버지가 꾸러미를 잡아채고는 산타클로스 할아버지에게 감사 기도부터 드리래. 지난 일년 동안 잘못한 것을 고백하고 앞으로는 부모님 말씀 잘 듣겠다고 산타에게 기도하지 않으면 선물을 주지 말라고 산타 할아버지가 아버지에게 일러두었다는 거야. 속이 빤히 들여다보이는 거짓말인 줄 알면서도 나는 재빨리 산타 할아버지에게 기도를 올렸지."

"하하, 귀엽다."

"국민학교 내내, 크리스마스 때마다 나는 이런 소동과 절차를 반복해야 했지. 이상한 것은, 막상 크리스마스가 되면 그동안 부모님 말씀을 잘 안 들어서 올해는 산타 할아버지가 선물을 가져다주지 않는 게 아닐까, 하는 불안감이 생긴다는 거야. 또 선물을 받고 나서는 나도 모르게 흰 눈으로 뒤덮인, 산타 할아버지가 산다는 북극의 어느 마을을 상상하게 되는 거야."

"그건 나도 마찬가지였어."

"산타는 이 세상에 존재하지 않지만 우리 가족들에게는 마치 존재하는 것과 같은 작용을 했던 거지. 생각해 보면 참 신기한 일이야. 우리 식구들뿐만 아니라 세상 사람들이 실제로 산타가 존재한다고 생각하지는 않지만, 다들 산타를 상상하고 있기 때문에 지금도 크리스마스 때가 되면 산타가 실재로 존재하는 것과 같은 소동과 현상들이 세상 곳곳에서 일어나잖아. 이게 바로 '작용하는 허구' 지. 산타클로스 할아버지나 너의 돌아가신 아버지, 또 각종 소설, 영화들, 텔레비전의 연속극과 광고 이미지들…… 이 모든 게 일종의 '작용하는 허구' 지."

"저기서 좌회전 해."

사거리를 가리키고 나서 나는 말을 이었다.

"무신론자인 내가 볼 때, 우리 어머니의 '주님' 또한 '작용하는 허구'의 일종인 것만 같아. 어머니는 새벽 기도를 하루도 빼먹지 않는 골수야. 그래야만 하루 일과가 편하게 풀린대. 또 교회를 통해서 불우이웃돕기도 하고 매주 병원과 소년원으로 자원 봉사도 나가셨어. 그리고 요즘은 거꾸로 교회 신자들이 교대로 매일 병 문안을 와서 어머니 수발을 들어주고 있어. 과연 '주님'이 실재하느냐 않느냐의 문제와는 별도로, 어머니 인생에 있어서만큼은 실제로 '주님'이 존재하는 것과 흡사한 일종의 유사 작용들이 일어나는 걸 볼 수 있어." 나는 말을 마치고 손을 들어 길가의 모텔 하나를 가리키며 말했다. "저리로 들어가."

"강의 없어?"

#

"하고 싶지 않아." 그녀가 내 손을 뿌리쳤다.

"네가 오자고 한 거잖아?"

그러나 그녀는 다시 한번 내 손을 뿌리치며 의자에 앉았다. 그리곤 건너편 의자를 가리키며 말했다.

"가까이 오지 말고 거기 그냥 앉아."

나는 침대에 벌렁 드러누워 버렸다.

"미로야."

뜬금없이 그녀가 말을 뱉었다. 마치 '미로'라는 이름의 아이가 근처 어딘가에 있어서 그 아이를 나직이 부르는 어투였다.

"지금 나에게 다섯 개의 대본이 쥐어져 있어. 한 명은 의사. 두 명은 회사원. 한 명은 연구원. 그리고 너!"

"이거야말로 다섯 마리의 청거북이군." 내가 웃고 나서 말했다. "제외시켜 줘. 난, 결혼 따위는 안 해."

"다만 가정을 해보는 거야."

손가락을 꼽아가며 그녀가 중얼거렸다.

"첫번째는 의사 사모님이어서, 경제적으로 안정되겠지만 단조로운 생활에 시댁 식구들의 높은 콧대를 견뎌야 하고 다소 못생긴 그의 외모에 정을 붙여야 하고, 그래도 생전 바람은 피울 것 같지 않은 순진한 구석이 있지만, 이건 믿을 게 못 되고…… 그 다음은, 보잘것없는 샐러리맨의 아내이지만 귀여운 연하의 남편과 살 수 있는 즐거움, 그러나 너무 작은 키에 가난한 시댁, 그리고 그러나 무엇보다도 한없이 선량해 보이는 그 눈! 그 다음 역시, 샐러리맨의 아내이긴 마찬가지지만 일류대 출신에다 또 분양받아 놓은 아파트가 있고 웬만큼은 가정적일 것 같지만, 시댁 식구들의 관계가 좀 복잡한 것 같고 고지식할 것 같은 여성관에다가 너무 가느다란 목소리도 문제야…… 그리고 다음은 전원주택에다가 클래식 등등의 고상한 취미에 어줍잖지만 들어줄 만한 피아노 연주 솜씨, 그리고 공부만 하는 연구원 특유의 순진함이 있어 보이긴 하지만 편모 슬하에서 자란 사람이라 좀 편집증적일 것 같은 성격이야…… 마지막으로 너는, 무엇보다 솔직한 구석이 있고 시부모님이 착하신 것 같아. 게다가 키도 키고 코도 오똑하고 무엇보다 테크닉이 뛰어나. 하지만 기약 없는 셋방살이를 해야 할 것 같고, 여자 관계가 복잡해 보여. 결혼하고 나서도 틈만

나면 딴짓 할 게 분명해……." 그녀가 머리를 저으며 말했다. "정말 복잡하군. 도대체 어떻게 대차대조표를 내야 하지?"

#

"일단 나를 비롯해서." 베개를 끌어안으며 말했다. "가난한 자식들은 빼!"

"왜?"

"넌, 절대로 경제적 조건을 포기 못해."

"네가 그걸 어떻게 장담해?" 그녀가 신경질을 냈다.

"내가 네 입장이라면 나도 포기하지 않을 테니까." 나는 반 바퀴 굴러 베개에 턱을 괴고 엎드렸다.

"휴." 그녀가 의자 등받이에 기대며 중얼거렸다. "도대체 누구를 택해야 좋을까?"

"각각 다 결혼해서 살아보지 않은 다음에야 알 수 없지 뭐. 아니." 나는 고쳐 말했다. "살아봐도 알 수가 없어. 중학교 때 말야." 나는 베개를 가슴 쪽으로 좀더 바짝 끌어안으며 말했다. "한번은 규진이 녀석이 난데없이 내게 물었어. '사랑과 돈 중에서 뭐가 더 중요하다고 생각해?'"

"유치해." 그녀가 말을 잘랐다.

"그땐 모든 게 터무니없이 심각하던 때였잖아. 게다가 녀석과 나는 문예반원이었거든."

"뭐라고 대답했는데?" 그녀가 냉장고에서 생수를 꺼내 따라

마시며 물었다.

"뭐라고 대답했을 거 같아?"

"사랑이라고 했겠지. 넌 그때부터 연애 지상주의자였을 테니까."

"아냐. 돈이라고 대답했어."

"그래? 하긴 그러고 보면, 넌 워낙 냉소적인 성격이어서 돈이라고 했을 것도 같다."

"내가 선택하기도 전에 규진이 먼저 '난 당연히 사랑이 먼저라고 생각해.' 하고 말하기에, '나는 돈이 더 중요하다고 생각해.' 하고 대답한 거야. 그래야 대화가 진행되니까."

"그래서?"

"그 다음은 나도 생각이 잘 안 나. 아무튼 그 뒤로 이런 생각을 한 적이 있어. 돈을 중시하는 친구 A와 사랑을 더 중시하는 친구 B가 '과연 누구 생각이 옳은가, 삼십 년 뒤에 만나보자.' 하고 내기를 한 거야. 그리고 정말로 삼십 년 뒤에 둘은 만났지. A는 과연 돈을 좇아 사업가가 되어 있었고, B는 사랑을 실천하기 위해 성직자가 되어 어려운 사람을 돕고 있었어. 둘이 만나 얘기를 나눴지. 사업가가 먼저 말했어. '나는 계획대로 사업을 해서 어느 정도 성공했네. 그러나 돈만이 인생의 전부는 아니라는 생각이 들어서 사람들과도 좋은 관계를 가지려고 애를 썼지. 그런데 내 사업이 부도가 나버렸네. 그러자 그 동안 그렇게 가깝게 호형호제 하던 사람들이 모두 발길을 끊더군. 도와주는 사람은커녕 안부전화 걸어주는 사람조차 없었어. 그러나 내가 다시 재기에 성공하자 인간들이 또 호형호제 해가며 내 주변에 가득 몰려왔어.

역시 돈이 더 중요했던 걸세.' 그러자 성직자가 말했어. '그건 네 주변 사람들도 모두 돈을 더 중요시해야 하는 사업가들이었기 때문일세. 내 주변엔 그러나 사랑을 필요로 하는 사람들투성이였네. 나는 가난한 사람들을 도우며 함께 일했네. 힘들 때도 많았지만 사람들이 나로 인해 좀더 행복해지는 모습을 볼 때면 나 역시 행복했네. 그들은 눈물을 흘리며 내게 감사했지. 돈을 벌어 저 혼자 안락하게 살아가는 사람들이, 나에겐 지금도 모두 잘못 살고 있는 사람들로만 보이네.'"

"흠." 그녀가 한숨 같은 소리를 내뱉고 나서 물었다. "핵심이 뭐야?"

"살아봐도 어느 게 더 옳은지 비교 불가능하다는 거야. 결국은 자기 생각대로 살아갈 수밖에 없어."

"머리 아파. 앞으론 그렇게 간단하게 핵심만 얘기해." 그녀가 쏘아붙였다.

\#

"나 말야." 섹스가 끝난 후 그녀가 말했다. "두 사람 중에 하나를 택할 거야. 의사 아니면, ……너!"

"축하해."

박수를 느리게 짝, 짝, 짝, 세 번 쳐주고 말했다.

"그럼 서둘러서 결혼식 날짜부터 잡아."

"아직 결정한 게 아냐. 너와 할지, 그 의사와 할지는."

"나와는 불가능하니까 그 의사 녀석이랑 결혼 날짜 잡으란 말야."

　#

"정말," 그녀가 내 쪽으로 돌아누우며 물었다. "나와 결혼할 생각이 전혀 없는 거야?"

"나도 모르겠어. 누가 결혼할 거냐고 물어오면," 천장의 격자 무늬를 쳐다보며 내가 말했다. "나는 묻는 사람에 따라 각각 다르게 대답하게 돼." 그녀의 젖가슴이 옆구리를 기분좋게 눌러주고 있었다.

"가령, 부모님이 물으면, 좋은 사람 만나면 보름 내로 식 올릴 테니까 걱정 말아요, 하지. 안 그러면 자꾸 재촉하실 테니까. 어머니는 독실한 기독교 신자여서 독신주의를 거의 죄악시하거든. 그리고 형수가 물으면 괜찮은 사람이 나타나야 하는 거죠, 하지. 괜찮은 사람 있으면 소개를 해주던가 안 그러면 재촉하지 마십시오, 하는 뜻으로. 친구들이 물으면 미쳤다고 결혼해? 그러지. 녀석들은 내심 내 독신 생활을 부러워하거든. 약올리려는 거지. 만약 여학생들이 물으면 나는 독신주의잡니다, 라고 대답하지. 홍미를 끌기 위해서지. 그리고 여러분과 자유 연애는 할 수 있지만 결혼이라는 단서를 다는 따위의 연애는 안합니다, 하고 방패막을 치는 거야. 그리고 교수님들이 물으면 좋은 사람 있으면 소개 좀 시켜주세요, 그러지. 혹시 정말 괜찮은 여자라도 만날 수 있지 않

148

을까 싶어서 말야."

"네가," 그녀가 물었다. "너 자신한테 물었을 때의 대답은 뭐야?"

눈을 십여 차례 깜박여본 다음에 내가 말했다.

"……NO야."

"왜?"

"그 따위 이유는, 서른 가지라도 댈 수 있어." 나는 베개를 천장으로 던졌다가 받았다.

"그중 하나만 말해 봐."

"당신이 세상에서 제일 사랑스러워, 라고 저녁마다 거짓말하면서 살 자신이 없어." 말하고 덧붙였다. "그러나 가장 큰 이유는 모델이 없다는 거야."

"모델이랑 결혼하고 싶어?"

"하하."

웃고 나서 설명했다.

"시뮬레이션으로서의 모델 말야."

"어려워."

그녀가 채널을 돌려보듯 내 젖꼭지를 만지작거리며 말했다.

"쉽게 말해 봐."

"그 누구도 여성지에서 전문가들이 추천하는 '결혼에 골인하는 10가지 묘안 20가지 전략', '신혼을 즐기는 요령 22가지', '남편 출세 공략 베스트 10' 따위를 읽어가면서 그때그때 즉흥적으로 살아갈 수는 없는 거야."

"내가," 그녀가 내 가슴을 꼬집으며 물었다. "즉흥적으로 살고 있다는 거야?"

"아니 너는 지나치게 계획적으로 살고 있지. 네가 아니라 내가 추구할 만한 결혼의 모델이 없다는 말이야."

나는 일어나 창가로 갔다. 커튼 틈새로 건너편 인도가 내다보였다. 너무나 무심하게 지나다니는 행인들과, 너무나 평온하게 잎새를 흔들고 서 있는 은행나무와 언제 올지 모를 다음 손님을 기다리는 커피 자판기 한 대가 침착하게 서 있었다. 그 풍경이야말로 너무나 고요하고 평화로워 보여서 불과 사오 미터 바깥인데도 불구하고 전혀 다른 시공간에 가서 촬영해 가져다 놓은, 평화를 상징하는 시뮬레이션 영상 같아 보였다. 내가 말을 이었다.

"아이들이 상상하는 '산타클로스 할아버지'나 우리 어머니가 섬기는 '주님'이거나, 혹은 너희 어머니가 잊지 못하는 네 아버지의 이미지 같은 것 말야. 그런 것들에는 사람을 끌어당기는 일종의 후광이 있어."

"아우라 같은 것 말야?"

"응. 적어도 두 가지 중에 하나는 있어야 결혼을 할 수 있지. 영원히 그녀만을 사랑할 것 같은 낭만적 환상, 아니면 결혼을 하면 훨씬 더 안락한 삶을 누릴 것 같은 사회 경제적 환상. 그런데."

그녀가 이불을 끌어 덮으며 내가 하려는 말을 가로챘다.

"결혼에 환상을 갖고 있는 사람은 이제 아무도 없지."

\#

"아주 멀리 여행이나 갔으면 좋겠다."

그녀가 몸을 길게 늘이며 하품을 늘어지게 한 다음 중얼거렸다. 그리곤 침대에 엎드려 누우며 물었다.

"불영계곡이나 보길도, 어때?"

"내일 오전에 강의 있어."

"갑갑해." 그녀가 한숨을 섞어 뱉고 물었다.

"휴강하면 안 돼? 휴강하면, 학생들도 좋아하잖아?"

"당장은 좋아하지. 그렇지만 자기네들끼리 있을 땐 짜증내. 비싼 수업료 냈는데 휴강이라고."

서른세 살

"우리, 도망가서 살까?" 은희가 안전벨트를 매며 물었다.

"어디로 가나 똑같아."

속도를 올리며 내가 말했다. 다행히 길은 막히지 않았다.

"제주도를 가든, 프라하를 가든, 기차역에서 내리면 늙고 무료한 역무원이 무표정한 표정으로 표를 받고, 역 앞의 광장엔 맥도널드 햄버거 가게가 있고, 숨겨진 골목 뒤로는 그렇고 그런 여자들이 모여 손님을 기다리는 창녀촌이 있지. 그리고,"

나는 손을 뻗어 얇게 음악을 깔았다. 바흐의 파르티타. 몇 번 곡인지는 헷갈렸지만, 따라 흥얼거릴 수 있는 소절이었다. 핸들이 한결 부드러워졌다. 목소리를 조금 높여 말했다.

"시내로 들어가면 훨씬 값비싼 고급 레스토랑들이 눈에 띄고 백화점이 있지. 교외에는 고급 저택들이 늘어서 있을 테고. 결국 대부분의 남녀는 맥도널드 햄버거집에서 여자를 만나면서, 빈민가 생활보다는 교외의 값비싼 저택 생활을 동경하고, 백화점의 화려한 쇼핑을 꿈꾸고, 그러다 보면 인간에 대한 편견과 차별과 욕망이 생겨나고, 그것에 이르지 못하는 자기 자신에 대한 혐오와 연민과 짜증을 털어내기 위해 구차한 이유로 부부 싸움을 시작하게 되는 거지."

"햐!" 은희가 탄성을 질렀다. "여기만 나와도 가슴이 트인다."

평야로 들어가고 있었다. 웃자란 김포평야의 벼포기들을 밟고 가는 바람의 물결이 차의 속도만큼이나 빨라 보였다. 그 위로 느린 듯, 그러나 더 빠르게 지나가는 구름 그림자들도 보였다.

"어디나 똑같다면," 창 밖을 내다보며 은희가 중얼거렸다. "조용한 시골은 어떨까? 강수연이 나온 영화 「지독한 사랑」 봤어? 우리도 거기 주인공들이 살림 차린 그 바닷가 허름한 집 같은 거 하나 빌려서 한 달만 살까?"

\#

"내가," 담배를 물며 말했다. "시국 사건으로 도망갔다가 보름도 안 돼서 자수한 대학교 선배 얘기 한 적 있었나?"

"아니."

"다른 사람은 바로 잡혀 들어갔는데 그 선배만 운좋게 잡히지 않고 시골로 튀었지."

신호등에 걸려 차가 멈췄다. 창을 약간 내리고 불을 붙였다. 그리곤 출발과 함께 말을 이었다.

"그 선배의 외갓집이 충북 단양 근처에 있는데 그리로 도망쳤어. 그 선배 따라서 나도 한 번 가본 적 있는데. '오티'라는 고갯마루 밑에 있는 스무 가구 남짓의 조그마한 마을이야. 육이오도 그곳을 비껴갔을 정도로 작은 마을이지. 여름엔 소쩍새가 엄청나게 울어쌓는데, 정말로 사람보다 소쩍새가 더 많이 사는 그런 동네야. 선배의 외할머니가 사는데 그 외할머니는 그 마을에서 태어나 그 마을로 시집 가서 그 마을에서 늙으신 그런 분이어서, 그야말로 남의 집 다락에 남아 있는 곶감 개수까지 꿰차고 있다고 말해도 과언이 아니지. 어느 정도냐 하면."

말하면서 그녀를 힐끗 보았다. 고개를 창가 쪽으로 약간 돌린 채 바깥 풍경을 보는 것인지, 잠자코 내 말을 듣는 것인지, 아니면 음악에 빠져 있는 것인지 구분이 서지 않는 그런 표정으로, 은희는 앉아 있었다.

"앞뒷산 무덤들조차도 다 일일이 아는 사람이어서 김 매다 아무데서나 엉덩이 까고 오줌 누기조차 쑥스럽다고 하실 정도래."

"하하. 그렇겠다."

밝게 웃곤, 기지개를 켜며 말했다.

"늙으면 그런데 가서 살면 좋겠어. 마음이 얼마나 평화로울까!"

"그렇지가 않아. 그 선배가 내려가니까 동네 사람들 전체가 자기네 친척이 놀러 온 것처럼 반기더래. 그러나 그 선배는 그곳에서 보름도 버티지 못하고 자수해 버렸어."

"왜?"

"동굴 때문이었지."

"……석회암 동굴?"

"그 동굴 말고 플라톤의 '국가'에 나오는 동굴 말야. 플라톤이 세상을 동굴에 비유하면서, 우리는 다만 빛이 들어오는 동굴 입구를 등지고 서서 빛의 그림자를 쳐다보고 있다고 말한 부분 있는데, 기억나?"

"대학교 교양 시간에 배운 것 같아." 그녀가 말해 놓고 웃었다. "하하. 정말 까마득한 얘기다."

"플라톤이 그러잖아. 우리가 실제라고 믿는 것들은 다만 실재하는 이데아의 그림자에 지나지 않는다. 그런데도 사람들은 입구쪽으로 고개를 돌려 실재하는 이데아의 세계를 정면으로 바라보지 못한다. 설령 용기를 내어 입구 쪽으로 고개를 돌린다 해도 갑자기 빛에 노출된 두 눈은 너무 눈부셔 아무것도 발견하지 못한채 다시 자신의 시각에 익숙한 그림자 쪽으로 얼굴을 되돌리고 만다."

"그런데?"

"플라톤의 이러한 동굴 설명은, 세계의 실상을 외면한 채 자신의 낡은 관습적 세계에 머물려고 하는 속인들의 게으른 생활 태도를 꼬집는 비유로도 읽을 수 있는데, 그게 실감나게 느껴지더라는 거야."

"어떻게?"

"저녁을 먹고 나서 마을을 산책하는데, 온통 시끄럽기 짝이 없는 거야."

"왜?"

"집집마다 텔레비전을 크게 틀어놔서."

"맞아, 시골 사람들은 텔레비전을 엄청 크게 틀어놓더라."

"그런데, 그 텔레비전이 한결같이 KBS에 맞춰져 있대. 난시청 지역이라 그 채널밖에 안 나오니까. 그래서 사람들은 집집마다 앉아서 똑같은 연속극과 뉴스를 보고 있는 거지. 그때, 김수연 극본의 무슨 연속극인가가 제일 인기가 좋을 때였는데, 재벌의 딸과 변호사와 가난한 청년 사이의 삼각 관계를 다룬 얘기였어."

"「사랑과 야망」인가?"

"몰라. 아무튼, 집집마다 그 연속극을 보고 있더래. 그때 선배의 유일한 말상대로, 방학이라 내려와 있는 옆집의 중학생 녀석이 하나 있었는데, 언제부턴가 그 녀석도 서서히 그놈의 일일연속극에 빠져들어가는 눈치더니 마침내 선배가 놀러 가도 연속극이 끝날 때까지는 눈길 한번 주지 않더래. 구멍가게라고도 부르기 민망스러운 조그마한 점방이 하나 있는데, 맥주나 마실까 싶어 내려가 보면 그곳 주인 아주머니조차도 돈만 받아 놓고는 연속극에서 눈을 떼지 못하곤 몹시 귀찮은 표정으로 손수 집어 가지고 가라며, 턱짓이나 손사래를 쳐대고."

나는 담배를 비벼 껐다.

"그 연속극이 재밌긴 했어, 나도 재밌어서 빼놓지 않고 봤는걸 뭐."

"그래, 이해는 해. 그분들에게는 그게 그나마의 위안거리였을 테지. 그러나 취조당하고 있을 동료들을 생각하지 않을 수 없는 그 선배 입장에선 통속적인 연속극과 현실을 감춘 엉터리 보도만으로 일관하는 텔레비전의 뉴스 소리만 왕왕대는 그 산골이야말로 감옥처럼 느껴지더래. 그러면서 이것이 바로 플라톤이 말한 동굴이구나 싶더라는 거야."

"······그랬겠다."

"결국 자기 발로 감옥으로 들어가버렸지."

"지금도?"

"감옥에 들어가서 외국어 공부를 시작했어. 지금은 배낭여행 다니면서 여행 가이드북을 만들고 있어."

\#

"정말 여기도 맥도널드가 있네?" 은희가 손가락으로 가리켰다. 차가 강화읍으로 들어서고 있었다.

"어디나 같다니까."

나는 말하고 전등사 쪽으로 방향을 틀었다.

한동안 입을 다문 채 창 밖만 응시하더니 말했다.

"그런데 왜 하필 강화로 온 거야?"

"드라이브하기엔 최적이야. 여기가 경기도에서 가장 많은 문화재를 보유하고 있는 곳이기도 해." 내가 설명하고, 물었다. "보문사로 갈까, 아니면 전등사로 갈까?"

"뭐가 다른데?"

"보문사는 조용하고, 법당 문이 꽃살무늬야. 전등사는 사람이 많고 바람 피운 아내를 벌주기 위해 목수가 법당의 처마 기둥마다 발가벗겨 앉혀놓은 나무 조각상이 있어."

"보문사가 낫겠다. 그런데," 은희가 창 밖을 휘둘러보며 말했다. "잘못 알고 있는 거 아냐?"

"뭘?"

"가장 많은 문화재를 보유하고 있는 곳이 아니라 가장 많은 모
텔을 보유하고 있는 곳 같아."

"하하."

내가 웃고 나서 말했다.

"우리 나라의 모든 국도에 십 미터 간격으로 서 있는 게 세 가
지 있대. 플라타너스, 회색 전봇대, 그리고 오리탕집."

조금 있다가 은희가 중얼거렸다.

"과연 그렇군."

# #

"세상의 끝 같아." 은희가 말했다.

정수사에서 함허동천으로 들어가는 길이었다. 비포장으로 바
뀌더니 솔숲 너머로 썰물진 검은 갯벌이 나타났다. 그리고 그 위
로 쏟아진 아크릴 병처럼 붉게 노을이 지고 있었다.

바다를 정면에 두고 차를 세우며 내가 말했다.

"무진의 특산물이 안개라면, 강화의 문화재는 썰물진 갯벌의
저녁 노을이지."

늙은 화가의 평생에 걸친 붓질같이, 갯벌이 수억의 아지랑이로
일렁이고 있었다.

저녁 하늘로, 배웅 나온 듯

밤별이 떴다.

#

"나 많이 늙었지?" 의자 받침대를 뒤로 젖히고 누우며 은희가
물었다.

"아직 이십대 같아 보여."

"후훗. 고마워. 그때가 좋았지. 그때, 내가 툭하면 '서른세 살
넘으면 죽을 거야.' 라고 입버릇처럼 하던 말 기억나?"

"그래." 나는 손을 들어 그녀 머리를 쓸어주었다.

"그런데." 은희가 한숨을 쉬고 나선 말했다. "바로 그 나이야."

그러곤, 몸을 돌려 나를 쳐다보았다.

내가 가슴에 손을 넣자, 그녀가 몸을 돌려 빼냈다.

"하지는 않을 거야."

"왜?"

#

"나 사랑해?" 정면으로 쳐다보며 물었다.

"응." 내가 대답했다.

파도 소리가 단잠에 든 옆방 노인의 숨소리같이 고르게 들려오
고 있었다.

"거짓말!"

내가 설명했다.

"사랑은 세상에서 신축성이 가장 뛰어난 고무줄일 뿐이야."

"고무줄?"

"사랑이란 단어의 개념망이 너무 넓다는 뜻이야. 사랑은 누가복음 13장 1절에 나오는 의미로부터 결혼해 달라는 뜻이거나 단지 함께 섹스하자는 뜻에 이르기까지 그야말로 이어령비어령이지 뭐."

"난 남편에게 육체적인 불만은 없어. 그냥 가끔 이야기나 커피 정도를 나눌 사람이 필요할 뿐이야." 은희가 말했다.

"이야기?"

"아직도 우리 나라 정치인은 다 용서할 수 있지만 나 늙는 건 용납이 안 돼." 자신의 문장 뒤에 한숨을 찍고, 그녀는 말을 이었다. "서른을 넘기기가 이렇게 힘든 줄 몰랐어." 그리곤 내가 뭐라고 응대하길 기다리더니 다시 이었다. "네가 그 선배처럼 세계여행을 다니면서 내게 이따금 엽서를 보내오면 좋겠다. 마치."

"마치." 내가 말을 가로챘다. "「메디슨카운티의 다리」에서의 클린트 이스트우드처럼?"

"너도 봤어?" 그녀가 고개를 내 쪽으로 돌리며 물었다.

"「정사」도 봤지?" 내가 물었다.

"응. 이정재 연기 너무 못하더라. 하지만 이미숙은 훨씬 더 섹시해졌어!"

"『고등어』와 『무소의 뿔처럼 혼자서 가라』도 읽었어?"

"응. 내가 좋아하는 작가야."

"혹시 「엄마에게 애인이 생겼어요」도 봤어?"

"응."

"『마지막 춤은 나와 함께』도 읽었어?"

"응. 그건 그런데 『새의 선물』만 못하더라."

"제길, 다 섭렵했군." 투덜거리고 나서 물었다. "정말 안 할 거야?"

"그런데 그날 그 여자 말야." 은희가 갑자기 말을 돌려 물었다. "둘이 전부터 아는 사이였어?"

"누구?"

"그날, 규진 씨 결혼식 때 감색 정장 입은 신부 친구 있잖아."

"그전에 몇 번 만난 적 있어."

"지금도…… 만나?"

"결혼할 거야."

"정말?" 그녀가 깜짝 놀라며 상체를 일으켰다.

"가을에."

"가을 언제?"

"의사랑 한대."

"쳇, 난 너랑 결혼한다는 말인 줄 알았잖아!" 그녀가 팔꿈치로 때리고 나서 말했다.

"우리 남편, 얘기는 잘 안 통하지만 좋은 사람이야. 최소한의 예의는 지키고 싶어."

빵, 하고 나는 이마로 클랙슨을 눌러버렸다. 그리곤 투덜대듯 물었다. "키스는?"

예언

냉커피 잔의 얼음 조각이 마침내 모두 사라져버렸다. 개망초 핀 들판을 보여주면서 여름이 열흘쯤 일찍 시작되었다고 기상대는 밝히고 있었다. 나는 젓기를 그만두었다. 그제서야 그녀는 입을 뗐다.

"나 결혼하지 말까 봐."

묻지 않고 나는 다음 말을 기다렸다.

그러나 그녀는 또 그만큼의 간격을 두고 침묵을 지킬 작정인가 보았다.

하는 수 없이 소리내어 물었다.

"왜?"

"그까짓 이유를 대라면 서른 가지도 더 넘어."

"하나만 대봐."

그녀가 모자 그늘 속에서 노려보았다.

"자봤는데 별로야?" 내가 농담했다.

그녀가 어이없어하는 표정을 지어보이며 엽차에 손가락을 넣어 적신 다음, 내게로 튀겼다.

"하긴 그 정도의 자기 관리를 못할 네가 아니지." 내가 빈정댔다. "병원 차릴 비용이라도 달래?"

한숨을 쉬고, 입을 떼어 대답하기조차 귀찮다는 표정을 지어보이며 그녀가 말했다.

"그의 왼쪽 눈밑에 사마귀만한 점이 하나 있는데 그게 도무지 내 마음에 안 들어."

"후훗." 나는 쓰게 웃었다.

"웃자고 하는 소리 아냐. 그 점 하나 때문에 벌써 일주일째 싸우고 있단 말야."

"떼어버리라고 해. 그 정도 수술은 간단하잖아." 짜증내듯 말했다.

"그럴 시간이 없다는 거야."

"종합병원이라며? 성형외과도 있을 거 아냐?"

"내 말이 그 말이야. 화장실 가다 깜박해서 문을 잘못 열어보는 실수만 해도 될 일인데 말야. 도대체 그럴 여유조차 없다는 거야. 매사가 다 이런 식이야."

"딴짓 할 시간도 없겠군." 내가 중얼거렸다. "최고의 신랑감을 만난 줄 알아."

"빈정대지 마." 그녀가 긴 한숨을 쉬고는 말했다. "어쩌면 이대로 가다가는 가을에 결혼하기 힘들 것 같아."

"왜?"

"생각해 봐. 점 하나 때문에 일주일 이상을 싸워야 한다면, 나머지 진짜 문제들, 패물이며 살림 장만, 시부모 모시는 문제들을 다 합의하려면 한두 달이 아니라 일이 년은 더 걸릴 거야." 그녀가 짜증 섞인 한숨을 내쉬었다. 그리곤 또다른 불평들을 주워섬겼다. "결혼식장마저 자기네 시댁 식구들이 사는 울산에 내려가서 하자는 거야. 그게 말이 돼?"

나는 단지 눈썹만 들었다 놓았다.

"이 결혼, 정말 다시 생각해야 할까 봐." 그녀가 다시 투덜댔다.

"그다지 걱정 안해도 되겠어." 커피잔을 흔들며 내가 말했다. "너는 예정대로 되어가고 있는 거야."

"어째서?"

그녀가 눈을 깜박였다.

"이런 것들이야말로 결혼의 실제 절차거든. 우리 형도 결혼할 때 그랬어. 예단이 어떻고 신부 어머니 되는 사람 성격이 어떻고……. 나는 그때 정말 파혼하는 줄 알았어. 그런데 알고 보니 결혼이라는 게, 그렇게 하는 거더라. 내가 아는 여자 후배 중에는 결혼할 때 몸무게가 십 킬로나 빠진 녀석이 있어. 결혼식 때 예뻐 보이려고 다이어트하는 줄 알았을 정도야. 규진이 녀석만 해도 그만둘까 봐 하는 소리를 내 앞에서 수백 번 했어. 내가 볼 때," 나는 목을 축이고 나서 이었다. "결혼 준비 절차에는 집, 혼수 장만, 식장 예약만이 아니라 양가 실랑이와 그만둘까 하는 심각한 고려와 과연 이렇게까지 해서 결혼이란 걸 해야 하나, 하는 회의와 그리고 마지막에는 지금처럼 가까운 친구 하나를 불러내 푸념하는 일까지도 일종의 비공식 절차로 포함되어 있는 거 같아."

"정말로 심각하단 말야!" 그녀가 목청을 높였다.

"바로 그거야." 나도 목소리를 높였다. "그 상황에서는 누구나 그런 대사를 뱉어. 왜냐하면, 정말로 심각하니까. 그러나 이제 와서 어쩔 거야? 결국 그러한 불평은," 나는 목청을 다시 낮추며 말을 이었다. "말하자면 저항의 표시가 아니라 수순대로 잘 적응하고 있다는 표시일 뿐이야. 본래 감옥에 들어온 죄수가 감정의 변화를 전혀 보이지 않을 때보다는 약간의 불평과 말썽을 피울 때 간수는 더 안심을 한대."

"그 비유는 딱 맞아." 그녀가 말했다. "결혼은 정말 감옥이야."

\#

그녀가 웨이터를 불러 얼음을 부탁했다. 그리고 그제서야 내게 관심을 보여왔다.

"다른 바쁜 일 있는 거 아니지?"

"바빠."

"방학했잖아?"

"번역 일을 하는 중이야. 병원에도 가봐야 하고⋯⋯."

"참, 어머니 어떠셔?"

"잘 안 되나 봐."

"수술, 잘 끝났다고 했잖아?"

"그게 아니라, 딱히 마음에 드는 간호사가 없으신 것 같아. 자꾸 네 얘길 하시는 걸 보니."

"하하." 그녀가 고개를 젖히며 웃었다. "남자를 고르는 게 아니라 시어머니를 고르는 거라면 너를 선택했을 텐데."

"조건을 고르는 게 아니라면, 이겠지." 내가 빈정댔다.

"그래. 단지 남자를 고르는 거라면 너를 선택했을지 몰라." 그녀가 눈웃음을 지어보였다. 그리곤 그제서야 본래의 용건을 꺼냈다. "주말 동안만, 나와 함께 다녀줄래?"

\#

그녀는, 일층 출입구에 자리한 잡화점 코너부터 기웃대기 시작했다. 선글라스까지 꺼내 쓰고 있어서, 인파 속으로 섞이면 문득, 모르는 타인들 중의 한 사람 같아 보였다.

"뭘 살 건지 생각해 두지도 않은 거지?" 내가 다가서며 투덜댔다.

"사야 할 게 한두 가지가 아니야." 그녀가 에스컬레이터에 오르며 말했다.

"대충이라도 목록을 적어오지 그랬어?"

"하하." 그녀가 웃고 나서 "네가 그렇게 잔소리를 해대니까." 말하고, 나머지는 귓속말로 속닥였다. "정말 내 신랑 같아." 그리곤 팔짱을 끼면서 평소 목소리로 말했다. "자기야. 나는 남편 식사할 때 옆에서 잔소리하는 아줌마랑, 아내가 쇼핑할 때 옆에서 잔소리하는 아저씨가 제일 싫어."

#

    그녀는 화장품 코너와 가전제품 코너와 주방용품 코너를 차례
차례 순례했다. 상품들의 세계는 원시림처럼 깊고 울창했으며 막
상 안으로 들어가 보면 바깥에서의 예상과는 달리 제법 차갑고
신선한 기운이 돌았다. 그녀는 제품들 사이의 미세한 기능 차이
와 회사 이미지와 질감과 색감의 차이, 그리고 그 차이만큼 벌어
져 있는 가격 사이를 재며 코너마다 휘젓고 다녔다.

#

    "피곤하지?" 그녀가 돌아보며 물었다.
    "내려야 했을 정거장을 놓치고 버스의 바깥 풍경을 멍하니 보
고 있는 기분이야." 그녀를 따라온 것을 나는 후회하고 있었다.
    "예복만 봐줘."
    그녀가 여성복 코너로 들어갔다.
    그리곤 코너마다 들어가 옷을 하나씩 살펴보고 마음에 드는 것
이 있으면 거울 앞으로 가서 몸에 대보고는 내게 물었다.
    "이거 어때?"
    나는 옷에 붙어 있는 가격표부터 들여다보고는 말했다.
    "엄청난 가격이군. 천원짜리 지폐로 이어 붙이면 열 벌도 만들
겠어."
    그녀가 점원 아가씨에 웃으며 말했다.

"무슨 신랑이 결혼 전부터 저렇게 쩨쩨하게 구는지 몰라요."

그러나 사실 그 가격만큼 그녀가 더 예뻐 보이거나 섹시하게 느껴지긴 했다. 그 옷을 입기 전까지는 드러나지 않던 허리선이 돋보인다든가, 가슴이 도드라져 보인다든가, 엉덩이의 생김새가 전혀 다른 여성의 것처럼 색다르게 조형되어진다든가, 종아리가 까치발 선 것만큼 더 길어 보였다. 어떤 옷들은 확실히 그녀의 나신보다도 아름답게 그녀를 만들어보였다.

#

결혼예복과 가전제품들을 예약하고, 세 켤레의 구두와 다섯 벌의 옷, 그리고 떨이로 파는 싸구려 티 두 장을 샀다. 그것들을 양손에 들고 주차장으로 내려가면서 내가 말했다.

"구입하길 잘한 것 같아. 천원짜리 지폐로 들고 내려가야 했다면 이보다 훨씬 더 무거웠을 거야."

그리곤 차 문을 열어주며 놀렸다.

"사모님, 어디로 모실까요?"

#

"이거 무늬만 나무가 아니잖아?" 뒤꿈치로 마루를 쿡쿡 굴러보며 내가 물었다. "벽지도, 국산이 아니군." 나는 손바닥으로 직접 벽을 쓸어보았다.

"뭐 마실래?" 에어컨을 틀고는 그 앞에 서서 머리를 뒤로 묶으며 그녀가 물었다.

"과연 탁월해."

직접 부엌으로 들어가 냉장고를 열면서 내가 말했다.

"어떤 회사 세탁기 광고 문구에 이런 구절이 있대. '자기만을 위해 특별하게 설계된 세탁기를 꿈꾸지 않는 가정주부가 있겠습니까? 사실," 콜라를 꺼내 그녀에게 흔들어보였다. "그것을 꿈꾸지 않는 주부가 있겠어?" 그녀가 고개를 끄덕여보였다. 하나를 따서 그녀에게 가져다주며 말을 이었다.

"그러나 만약 주부들이 그 세탁기를 구입하게 된다면, 수십만 명의 가정주부들은 똑같은 세탁기를 구입하는 꼴이 되는 거지. 한 사회학자는 이러한 현상을 '구조적 모델'이라고 이름 붙였어. 그의 이론에 따르면 결국 현대인들은 자기 자신만을 위한 개성적인 화장, 미용, 의상, 취향을 꿈꾸며 제품을 구입하지만 결국 그러한 소비 과정을 통해 역설적이게도 서로 닮아간다는 거야."

내가 말하는 동안, 그녀는 가져온 물건들을 풀어 각각의 있을 곳에 넣어두었다. 동작이며 놀림이 이 집에서 이미 수년째 살아온 사람처럼 자연스러워 보였다.

"결국 서민 대중들이 살아가는 건 다 그게 그거야. 그때그때 유행하는 엇비슷한 영화나 음악, 엇비슷한 감동과 유행어, 엇비슷한 가구들과 가전제품들, 엇비슷한 반찬들, 심지어 뉴스를 바라보는 태도까지도 다 '구조적 모델화'가 되어 닮아가지. 그리고 그렇게 되면 결국 그들은 식별되지 않는, 다섯 마리의 청거북이 중의 한 마리와 다를 바가 없어지는 거지."

"그러나 중산층은 역시 달라." 나는 두 팔을 벌리고 실내를 둘러보며 소파에 앉았다. 그리곤 엉덩이로 소파를 쿡쿡 구르며 말했다. "나 같은 사람들은 여기 있는 물건의 그 무엇 하나도 평생 꿈꾸지 못할 것들이야."

"그만 놀려." 그녀가 쇼핑백을 접으며 쏘아붙였다.

"너도 결국은 이렇게 살 거잖아?"

"내가?"

"교수 되면 말야."

"하하." 웃다가 그만 사래가 걸렸다. "교수는," 기침을 하고 말했다. "아무나 되는 줄 알아?"

"나중에 교수 할 거 아냐?"

"교수가 되려고 애쓰느니, 긴 사다리 하나를 만들겠어."

"왜?"

"차라리," 집게손가락으로 천장을 가리키며 말했다. "하늘의 별을 따는 게 더 쉽거든."

"후후." 그녀가 실소했다.

"우리 시간 강사들은, 점심 식사 때 삼사천 원 하는 음식값 가지고도 서로 우물쭈물거리지. 그것으로 싸가지 없는 놈과 있는 놈으로 구분짓기를 할 정도야. 지금 보니까, 너를 이 친구에게로 밀어버리길 정말 잘했어."

"알긴 아네?"

탁자 위에다, 자신의 한쪽 주먹을 다른 쪽 주먹 위에 포개어 올려놓은 다음 그 위에 자신의 턱을 얹으며 그녀가 말했다. 그녀는 마룻바닥의 양털가죽 위에 앉아 있었다.

"뭘?" 내가 물었다.

"나를 이곳으로 보낸 게, 너라는 거 말야."

"웃기지 마." 소파에 등을 붙이며 내가 말했다. "너는 결국 이곳으로 올 여자였어." 그리곤 고개를 돌려 창 밖을 내다보았다. 뒷산의 아카시아 숲이 자기 집의 정원처럼 한눈에 내려다보였다.

내가 빈정댔다.

"정말 고위층이 되었군."

"'자기 실현적 예언'이라는 말 알아?"

여전히 두 주먹 위에 턱을 올려놓은 채 두 눈을 깜박이며 그녀가 묻고, 설명했다.

"자기가 말한 내용에 의해서 자기가 그 내용대로 되어가는 예언을 말하는 거야."

"골치 아파." 남은 콜라를 비우며 내가 잘랐다. "요점만 말해."

그녀가 웃고는 설명했다.

"가령 점쟁이가 점을 보러 온 여자에게 '당신은 올해 운수가 별로 안 좋아요. 일이 잘 안 풀릴 것 같습니다.' 하고 말하면, 그 여자는 그 한해 동안 내내 심리적 위축을 느껴서 정말로 하는 일마다 잘 안 풀릴 수가 있잖아. 그런 거야."

"그런데?" 상체를 그녀 쪽으로 기울이며 물었다.

"네 말대로 내가 결국은 이 남자를 택했을지 몰라. 하지만, 네가 그렇게 절대 결혼하지 않을 거라고 미리 못을 박듯 단언해 버리지 않았다면 나는 적어도, 이렇게 빨리 너를 포기하지는 못했을 거야."

"후훗." 나는 냉소하며 물러났다.

"적어도 이것 하나만은 너도 인정해야 해." 그녀가 손가락으로 탁자에 물그림을 그리며 말했다. "네가 나에게 그 길을 보여주지 않은 한, 네가 보여줬더라도 내가 그 길로 걸어가지 않았을 거라는 사실까지를, 네가 단언할 수 없다는 것 말야."

내가 중얼거렸다.

"할 수 있는 것인데 하지 않은 것이라면 하지 못한 거와 같아."

"후훗." 이번엔 그녀가 냉소했다.

그리고 동시에, 우리는 각자 한숨을 내쉬었다.

#

나는 고개를 숙인 채 손가락으로 유리 탁자에 물그림을 그리고 있는 그녀를 물끄러미 쳐다보았다. 우연찮게도 세상의 사물들이 동시에 멈칫, 하고 있는 것처럼 아무 소리도 들리지 않았다. 이상하게도 사방이 조용했다. 마치 교통 사고 난 직후처럼. 우리의 통념과는 다르게 세계가 운행을 잠깐 멈추는, 그런 때가 있는 것인지 모른다.

그러나 착각이었다. 잠시 후 어이없게도 에어컨 멈추는 소리가 들렸다.

#

그녀가 일어나 빈 캔을 들고 부엌으로 들어갔다. 등에 대고 내
가 말했다.

"우리는 아마 죽어도 헤어지지 못할 거야."

그녀가 부엌에서 손을 씻으며 물었다.

"무슨 소리야?"

"나도 한번 예언을 던져본 거야."

그녀가 웃으며 눈을 흘겼다.

볕이 탁자의 삼분의 일까지 들어와 있었다. 애들은 아직 안 들
어왔어? 하고 물어보면 딱 좋을 것 같은, 조용한 오후였다.

#

"결혼하고 나서도 직장 다닐 거지?" 내가 물었다.

"그것도 문제야. 그 사람은 계속 다니라고 하는데, 시부모님들
이 못마땅해하는 것 같아." 대답하고 그녀 혼자 중얼댔다. "여기
서 좌회전인가?"

"네 생각은?"

"반반이야. 그만 쉬고 싶은 생각도 있고······." 그녀가 건성으로
대답하곤 차를 길가에 세웠다. 그리곤 고개를 숙여 두리번댔다.

"여기도 아닌데?"

"뭘 찾는 거야?"

"레스토랑."

"아무데서나 먹자."

그러나 그녀는 제 고집대로 차를 다시 유턴하곤 두리번댔다.

"절대로 그만두지 마. 그만두면 넌 끝도 없이 타락할 거야. 안 봐도 뻔해."

"말도 안 돼." 그녀가 비웃고는 "그 반대잖아. 내가 직장을 계속 다니고 싶어하는 이유는."까지만 말하고 끊었다. 내가 이어주었다.

"때로 자유롭게 딴짓 하고 싶어서다?"

"이쪽이 틀림없긴 한데." 중얼거리곤, "집에만 있으면 편하긴 하겠지만 그만큼 갑갑하겠지?" 그녀가 대화의 페이지를 슬쩍 넘기려 했다.

내가 말했다. "타락을 막아주는 건 양심이나 도덕성이 아니라, 자기 일이야."

"저겄다." 그녀가 클랙슨 누르듯 짧게 소리쳤다.

나는 말을 마저 이었다.

"자기 일 열심히 하면서 다른 남자 만나는 기혼 여성은 차라리 괜찮아. 거기에 비해 다이어트 걱정과 반찬 걱정을 삼 분마다 바꿔 하면서 하루를 보내거나, 돈 내고 사우나 찾아다니며 땀 빼는 멍청한 주부들이야말로 한심해 보여. 그거야말로 서글픈 자기 타락 아닐까?"

그녀는 내 말을 듣는 둥 마는 둥 고개를 빼들고 차를 인도 쪽으로 붙인 다음, 주차원에게 키를 넘기고 앞장을 섰다.

#

"괜찮지?" 그녀가 눈을 깜박이며 물었다.

"좋군." 둘러보며 말했다. 미닫이문과 다다미방으로 짜여진 횟집이었다. 기모노를 입은 웨이트리스들이 게다 끄는 소리를 내며 오가고 있었다.

"교토에서도 유명한 고급 일식집인데, 우리 나라에 체인점을 낸 거야. 세계에 모두 아홉 곳밖에 없대." 그녀가 말하곤 집게손가락으로 내 입을 가리키며 말했다.

"빈정대려고 그러지?"

"후훗."

나는 웃기만 했다.

#

"하하. 난 왜 이렇게 일찍 어두워졌나 했네." 그녀가 선글라스를 벗으며 말했다.

내가 모텔을 가리켰다.

그러나 그녀는 무시한 채 지나쳤다.

"왜 안 들어가?"

"여기선 싫어." 또 하나의 모텔을 그냥 지나치며 그녀가 말했다. 차는 그녀의 신혼집 쪽으로 되감기듯 달리고 있었다.

"거기선 내가 싫어." 내가 말했다.

그녀는 그러나 대꾸하지 않은 채 그녀의 신혼집이 있는 곳으로 핸들을 틀었다. 그러나 그 앞도 그냥 지나쳤다.

"어디 가는 거야?"

"여행!……신혼 여행 가는 거야."

나는 창 밖을 내다보며 그녀의 터무니없는 말에 대한 설명을 기다렸다.

"우리 신혼 여행 다녀오는 장면 안 찍었잖아." 그녀가 약간의 간격을 둔 다음 설명했다. "정확히 말해서 대학원생 남편과 아르바이트 여학생 부부가 삼박사일의 신혼 여행을 떠나는 장면을 찍으러 가는 거야."

나는 한숨을 한번 내쉰 다음 창 밖으로 시선을 던지며 물었다.

"월요일에 출근 안 해?"

"삼박사일 동안의 신혼 여행 장면을 찍는다고 배우들이 정말로 삼박사일 동안 촬영하는 거 봤어?"

\#

그녀가 CD를 찾아 넣고, 볼륨을 올렸다. 댄스곡이 스피커 밖으로 튀어나와 들썩댔다. 그녀가 목청을 높이며 말했다.

"정말 누군가 우리가 만나는 장면들을 찍어서 두 시간짜리 영화로 편집해 주었으면 좋겠다. 처음 만나던 날의 모습, 그리고 첫키스와 첫섹스 하는 장면, 서로 다투던 장면, 쇼핑하던 장면들 모두 말야. 하나의 또다른 인생을 산 것 같을 거야, 그치?"

"인터넷에 '부유층 주부의 사랑 놀음'이란 제목으로 또 하나의 히트작이 올라갈지도 모르지." 내가 빈정댔다.

#

그날의 저녁 해는, 서해안의 그 많은 어촌들 중에서도 '작당'이라 불리는, 아주 작은 어촌 앞으로 떨어졌다. 그것을 그녀와 나, 단둘이 목격했다. 일곱 가구가 전부인 작당의 주민들은 모두 각자의 집 마루에 앉아서 텔레비전을 보고 있었다.

그녀와 나 둘만이 차 속에서 비지스 음악을 차체가 흔들거릴 만큼 크게 틀어놓고 따라 부르며 해가 바다 너머로 내려가는 것을 보았다.

"카메라가 있었다면 나는 이 차를 360도 턴으로 찍거나 저 저녁 해가 우리 차 속으로 떨어지는 것처럼 보이게 뒤에 있는 저 솔숲쯤에서 롱테이크로 찍었을 거야. 그리고 우리는 사랑한다고 말하고 섹스신을 펼치는 거지." 그녀가 중얼거렸다.

"한국 영화를 많이 보는 편이야?" 내가 물었다.

"아니." 그녀가 도리질치며 눈을 깜박였다.

"그런데," 내가 놀렸다. "생각이 왜 그렇게 유치해?"

"하핫." 웃고는 생각난 듯 말했다. "어쩌면, 카메라가 있을 거야." 그녀가 트렁크를 열어 상자를 꺼내 뒤지더니 마치 새라도 잡은 아이처럼 카메라 하나를 번쩍 들어보이며 활짝 웃었다. 그리곤 자랑스럽게 말했다.

"내가 대학생 때 사진반 회장까지 지낸 거 모르지?"

#

"여기가 어디쯤인지 알겠어?"

고개를 들어 밤하늘을 올려다보며 내가 물었다.

그녀가 모기를 쫓느라 자기 팔등을 손바닥으로 때리며 말했다. "'작당'이라고 마을 입구 푯말에 씌어 있었어. 못 봤어?"

"아니, 고개를 들어봐."

"아." 그녀가 탄성을 질렀다. "별 좀 봐!"

내가 다시 물었다. "대체 여기가 어딜까?"

"작당이라니깐!" 그녀가 다시 팔등을 손바닥으로 때리며 말했다.

#

"'작당'이라고는 지도에도 나오지 않는군." 지도를 들여다보고 나서 내가 물었다. "가까운 시내로 나가야지?"

"민박할래."

"그래도 명색이 신혼 여행인데 호텔 가서 자야 하는 거 아냐?"

"싫어. 대학원생 부부가 무슨 돈이 있다고 호텔에서 자?"

"그래도 신혼 첫날인데?"

"그래도 안 돼. 돈을 아껴서 그것으로 시부모님 선물이라도 사 갈래."

"효부 났군."

그녀는, '민박'이라는 글자가 '낙서 금지'라는 단어 옆에 또다른 낙서처럼 적혀 있는 허름한 민박집을 골라 들어갔다.

"정말 괜찮겠어?"

누군가의 아주 선량한 외할머니일 것 같은, 노인 한 분이 슬리퍼를 꿰신고 나왔다.

"방 있어요?" 그녀가 나서며 물었다. "얼마예요?"

#

그녀는 그 와중에도 삼천 원을 깎았다. 그녀가 자랑스런 표정으로 물었다.

"어때, 내 솜씨?"

그러나 정작 방을 보고는 한숨을 내쉬었다.

"거기 앞에 서봐."

잠시 낙망하는 표정이던 그녀는 카메라를 꺼내 셔터를 누르면서 중얼댔다.

"나중에 자기가 교수님 되면, 오늘 찍은 사진 보며 우리 웃자."

말하곤 덧붙여 종알댔다.

"먼저 청소부터 해. 자기는 빗자루 빌려다 쓸어. 내가 걸레 빨아올게. 그리고 교대로 문 앞에서 지켜주면서 목욕하고, 화장실

갈 때는 자기가 플래시 들고 따라와 줘. 하하. 너무 재밌다. 그치?"

"벗겨줘." 그녀가 옷을 입은 채로 반듯하게 누우며 말했다.

내가 그녀 옷을 다 벗겼을 때, 그녀가 목소리를 죽이며 속삭였다.

"그냥 안에다 해."

"싫어."

"왜?"

내가 말했다.

"당분간은 맞벌이를 해야 하니까."

앵무새

"이쪽으로 앉아."

여동생이 방석을 내놓았다.

전혀 당혹스러워하는 빛이 아니어서, 도리어 내가 당혹스러웠다. 이 당혹을 피하려고 나는 일부러 내려야 할 전철역에서 한 정거장 먼저 내려 나머지를 천천히 걸어서 왔다. 내가 천천히 걸어가고 있는 동안 내려야 할 전철역에서 내린 또 하나의 내가, 이곳에 먼저 다다라 퍼부었을 모든 극단적인 언쟁과 충돌이 어느 정도 식어 있기를 기대하며.

"커피 마실래? 아니면……?" 그러나 여동생은 마치, 기다렸던 사람이 기다리던 시간에 나타난 것처럼 자연스럽게 행동했다.

"주스 있어?" 내가 물었다.

"학교에서 오는 거야, 집에서 오는 거야?" 여동생이 주스를 내오며 물었다.

하긴 동생으로서는 이 순간을 수없이 상상해 두었을 것이다. 그녀는 다섯 마리의 새끼 오리가 한 마리의 어미 오리를 따라가는 그림이 그려져 있는 에이프런을 매고 있었다. 단정한 새댁처럼.

#

"너도 강남의 고위층이 되었구나."

창 밖을 내다보며 내가 중얼거렸다. 멀리 남산 타워의 불빛이 낮은 별빛 같아 보였다.

"꼭대기층이라 많이 더워." 여동생이 말했다.

열다섯 평이거나 열일곱 평짜리였다. 텔레비전 위에 놓여 있는, 그와 여동생의 액자 사진이 보였다. 두세 걸음 떨어진 거리에 앉아서 보아도 두 사람은 부부보다는, 나이차가 많이 나는 오누이나 숙질간 같아 보였다. 그 사진 액자의 양쪽을 펜으로 괄호 쳐 놓을 수만 있다면, 집안 구조와 모양새는 누가 보아도 달콤한 신혼 부부의 새출발을 표현하고 있었다. 바깥 엘리베이터의 벨소리를 들을 수 있을 만큼만 낮게, 첼로 협주곡이 흐르고 있었고, 부엌 식탁 위에는, 그의 벨이 울리는 순간에 된장찌개나 생선 매운탕에 들어갈 것이 분명한 야채와 파가 가지런히 다듬어져 있었다.

"엄마는 좀 어떠셔?"

여동생이 자기 몫의 커피를 가져와 탁자 맞은편에 앉았다.

"자꾸 우셔." 내가 농담했다.

"……나, 때문에?" 초점 흐린 사진같이 동생의 목소리가 흔들리며 나왔다.

"아니, 연속극 보시면서."

"후홋." 여동생이 활짝 웃었다. "다행이다, 여전하시네."

"그러나 엄마가 그렇게 우시는 건, 결국 우리 키우며 고생했던 기억들 때문이지. 우리 어릴 때는 우시는 거, 거의 못 봤는데……."

"남의 장례식에 가면 필요 이상으로 우셔서, 맺힌 직성을 푸시는 게 우리 엄마였잖아."

"네가 이러고 있는 거, 엄마는 상상도 못하셔. 만약 알게 되더라도……."

여동생이 말을 가로챘다.

"알아, 돌아가실지도 모른다는 거."

목을 축이고 나서 내가 말했다.

"넌 아직도 엄마가 어떤 분인지 모르는 것 같아. 아무런 변화도 보이지 않으실 분이야. 아버지가 알게 될까 봐 그리고 교인들 보기 남부끄럽다며. 그게." 나는, 한숨을 섞어 말을 맺었다. "우리 엄마잖아."

나는 소설 앞부분의 몇 장면을 다시 찾아 읽어보는 정도의 간격을 둔 다음, 옛일을 떠올렸다.

"자신이 믿고 싶은 거면 산타든 사탄이든 정말로 존재하는 것처럼 믿게 만들었지만 믿고 싶지 않은 일이면 무시하거나 감쪽같이 없애버려서 정말 그런 일이 있기는 있었는지 의심이 갈 정도였잖아. 아버지가 술집 여자를 데려왔을 때도 그랬고, 형이 옆집 창고에 불 냈을 때도 그랬고……."

"후홋, 맞아."

동생이 탁자 모서리를 손톱으로 긁으며 웃었다.

"엄마가 인부 하나 불러서 목재 사다가 그날 밤으로 고쳐 놓았지. 사실은, 큰오빠가 불장난할 때, 나도 옆에 있었는데."

　#

부엌으로 가서 주스를 반쯤 다시 따라 마시며 내가 물었다.

"직장은 이제 안 나가?"

"응." 동생이 대답하곤 부엌으로 왔다. "맥주 줄까?"

"그래."

나는 뭐라고 불러야 할지 몰라, 식탁에 놓여 있는 사진 속의 그를 턱으로 가리키며 물었다.

"자주 오니?"

"응?"

식탁 위의 것들을 치우던 여동생이 고개를 돌렸다. 그리곤 내 시선을 따라가선 사진을 발견하고 대답했다.

"그런 편이야."

자주 오는 편이라면, 그것은 일주일에 몇 번 정도를 의미하는 걸까. 묻고 싶었지만, 나는 참았다. 정력이 좋은 만큼이겠지. 젠장, 넌 이렇게 사는 게 좋으니? 하고 물으려다가 숨을 돌려 말했다.

"혼자 있으면 심심하지 않아?"

"학원 나가."

"애들, ……가르쳐?" 식탁 의자를 빼 앉으며 물었다.

"아니야." 잣, 호두, 북어포, 그리고 오이를 썰어 오동나무 접시에 내놓으며 동생이 대답했다. "아침에 일어학원 나가고, 월수금은 피아노 배우러 다녀. 피아노는 저 사람이 하라고 해서 배우는 건데, 쳐본 지 너무 오래돼서," 여동생이, 손바닥을 펴보면서 말했다. "체르니 처음부터 다시 배워. 그럭저럭 재밌어. 30번까지 나가면," 여동생이 맥주를 따라주었다. "저 사람이랑 헤어질 거야."

나는 잠자코 맥주를 마셨다. 녀석의 말에 간섭하고 싶었지만, 녀석은 내 생각을 말할 자리는커녕 그가 관여할 자리도 두지 않은 자기 계획을 이미 세워둔 모양이었다.

"모두 정리하고 일본 가서 메이크업 공부 더 하고 올 거야." 여동생이 자기 잔에도 맥주를 채우곤, 반쯤을 비웠다.

한숨이, 나도 모르게 흘러나왔다.

\#

"오빠." 녀석은 불러놓고, 마루에 놓인 오디오로 가서 음반을 갈아끼우고 돌아왔다. 이번엔 장영주 연주의 바이올린곡이었다.

"내가 잘못된 길을 가고 있다고 생각지 말아줬으면 해. 난, 그냥 이것도 여러 연애 방식의 한 종류에 지나지 않는다고 생각해. 나름대로 재미있고, 행복하고, 그리고 나는 또 내 나름의 분명한 계획이 있어."

"나는." 하고 입을 열었다. 그러나 그때까지도 망설여졌다. 내가 단지 친오빠라는 자격으로 참견해서, 누가 보아도 더 나은 방향으로 길을 틀어놓았다고 할 수 있는 그런 모델이 있긴 있는 것일까. 맥주를 비우는 것으로 대화를 늦추다 일단 입을 뗐다. "너를 언제나 괴롭히는 입장에 있었던 것 같아."

"그런 건 아냐."

여동생이 엷게 웃으며 짧게 도리질쳤다.

잣을 집어 하나씩 넣으며 내가 말했다.

"네가 뭔가 조금만 이상한 짓을 하려고 할 때마다 내가 즉시 나서서 간섭하거나 엄마에게 말해 버렸잖아. 고등학교 때, 네가 친구들과 휩쓸려 대중가수들의 공연 쫓아다닐 때 말야."

"하하. 맞아. 그래서 우리 친구들이 오빠를 '선도부장'이라고 불렀잖아."

"초등학교 들어가기 전이었나? 옆방에 세들어 살던 술집여자 따라서 네가 통닭 먹으러 갔었을 때도 내가 엄마한테 이르는 바람에 엄청나게 맞았던 거, 기억나?"

"후훗. 그 언니, 기억난다! 정말 까맣게 잊어먹었던 일인데." 여동생이 고개까지 젖혀가며 하하, 웃고는 남은 맥주를 비웠다.

"지금도 나는," 마음속의 것을 마침내 꺼내보였다. "내가 너에게 괜한 간섭을 하는 게 아닌지 솔직히 나 자신조차 자신이 없다. 하지만 나는 너의 이런 생활은," 눈으로 둘러보면서 말했다. "중산층을 흉내내는, 그저 껍데기뿐인 삶이라는 생각밖에는 안 들어."

"오빠!"

동생이 말을 가로챘다.

"나는 이 문제를 오빠가 너무 오빠 방식대로만 고지식하게 생각하지 말았으면 해."

"너에겐," 가까스로 화를 누르고 말했다. "내가 고지식해서 이러는 것으로 보이니?"

"솔직히 말해서," 여동생이 숨을 한번 고른 후 말을 이었다. "여기로 찾아온다면 작은오빠보다는 큰오빠이기를 바랐어. 큰오빠는 보수적이지만 그래도 내가 눈물 한번 글썽이면 모든 걸 이해해 주거든. 그런데 작은오빠는 언제나 원리 원칙만 내세워. 이론과 현실은 엄연히 별개인데도 말야."

나는 잠시 아무 생각 없이 탁자에 놓은 동생과 그의 사진을 멍하니 들여다보고 있다가,

"그렇지 않아."

입을 떼어, 반박했다.

"그 말 역시, 이론과 현실은 별개이다, 라는 또하나의 이론인 거잖아? 결국 사람은 살아가면서 끝없이 자기 이론을 세우고 부수고 수정해 갈 수밖에 없어."

"하지만 감정이나 느낌을 더 중요하게 생각하는 사람도 있어."

"감정대로 사는 사람에겐, 감정이 더 중요하다는 나름의 이론이 세워져 있는 거라고 봐야 해. 이론은 누구에게나 다만 개똥철학 같은 형태로라도 갖고 살아야 하는 필수적인 거야."

"하지만," 동생이 냉장고에서 맥주를 꺼내오며 말했다. "오빠는 그 정도가 언제나 너무 지나쳤어. 오빠, 데모에 미쳐 있었을 때, 기억나?"

탓한다기보다는 놀리고 싶어하는 투로, 동생이 상기시켰다.

그리곤 물었다. "잣 좀 더 꺼내다 줄까?"

"그래."
잣이 생각보다 고소했다.

#

"이건 제주도에서 찍은 거니?"
화제를 돌려볼 생각으로, 사진을 턱으로 가리키며 물었다. 어쨌든, 언성을 높인다고 풀릴 일이 아니었다.
"아홉시 뉴스만 시작되면 아빠랑 매일 싸웠잖아. 기억나?" 동생이, 남해야, 라고 대답하고 물었다.
"그래." 나는 대답하며 웃었다.
뉴스가 시작되면 나는 흥분했고, 그때마다 아버지는 단순하게 세상을 보지 말라고 나무랐다. 형은 중간에서 어떻게든 타협점을 끌어내 보려 했고, 어머니는 뉴스 보면서 싸우느니 재미있는 연속극이나 보자면서 채널을 다른 데로 돌렸다가 아버지에게 야단 맞기 일쑤였다.
내가 말했다.
"엉터리 대화였지. 무엇보다도 서로 사용하는 언어가 달랐던 것 같아."
"난," 동생이 말을 가로챘다. "도대체 우리 가족이 왜 그렇게 거창하고도 열띤 토론을 벌여야 했는지, 지금도 그때를 생각하면 좀 우스워. 사실은 옷이나 반찬 투정, 아니면 방 청소하는 것도 귀찮고 싫어서 다들 엄마에게 떠맡겼으면서도 저녁때만 되면 정치 뉴스 보면서 서로 싸우고 기분 상하고⋯⋯."

"그래."

나는 맥주로 입을 축인 다음, 쓰게 웃으며 말했다. "네 말대로, 쌀 걱정과 반찬 투정의 반복이었던 일상생활과는 무관한, 말들의 공허한 전쟁일 뿐이었어."

"엄마 말대로 재미있는 연속극이나 보는 게 더 나았을지 몰라."

"그런데 그 난상토론을 일시에 중단시킬 수 있었던 건 바로 너였지." 내가 웃으며 말했다. "네가 마루로 나와서 '내일 시험 있단 말이야!' 하고 신경질 내면 다들 입을 다물어버렸잖아."

동생이 짧게 웃고 말했다.

"아무튼 결국 오빠로 인해 우리 집은 매일 시끄럽기만 했어. 안 그래?"

"그랬는지도 모르겠다. 그러나," 나는 잣을 하나 입에 넣으며 변명했다. "그건 80년대에 대학생 자녀를 둔 집안의 전형적 풍경이었어. 식구들과 얘기 나눌 때의 내 표현이 다소 극단적이긴 했지. 하지만 다른 더 극단적인 친구들과 얘기 나눌 때면 아버지가 내게 한 소리, 제발 좀 세상을 단순하게 보지 말라는 그 소리를, 내가 그들에게 하고 있었어.

또 같은 과 친구 녀석들 중에는 시국에 아무런 관심도 갖고 있지 않던 녀석들도 많았는데, 그러나 그 친구들도 집에 가서 뉴스나 신문 보다가 결국 부모님이랑 말다툼을 하게 된다는 거야. 그땐 누구나 그렇게 균형잡기가 힘들었어."

"아무튼 난," 오이를 집어 토끼처럼 갉아먹으며 동생이 말했다. "반드시 이렇게 되어야 하며 이렇게 살아야 한다는 식의 어떤 원칙이나 이론이 있다고 생각지는 않아."

#

"더 마실래?" 동생이 물었다.

나는 고개를 끄덕이고 나서 불쑥 물었다. "술과 마스터베이션과 전자오락의 공통점이 뭔지 알아?" 그리곤 대답했다. "혼자서도 마냥 즐겁다는 거야."

"후후." 동생이 바람 빠지는 소리로 웃었다.

"광신도와 극단적인 운동권 학생과 대중문화에 중독된 친구간의 공통점은 뭔지 알아?"

"글쎄, ……소리친다는 거?"

"앵무새와 같다는 거야."

"앵무새?"

"가령, 광신도의 경우는 '주 예수를 믿으라, 그리하면 너와 네집이 구원을 얻으리라!' 하고 성경의 몇몇 구절들만을 달달 외워서 외쳐대. 자기 나름의 생각이나 목소리는 사라지고 없어. 식사 기도문조차 사실 판에 박은 것처럼 언제나 한결 같아. '주님 오늘 이 음식을 차린 손길 하나하나에 당신의 은혜가 충만하게 하시고…….' 또 극단적인 운동권은 늘 '해방, 이 억압된 현실을 뚫고, 저들의 음모 앞에 맞서서 당당하게…….' 따위의 낡고 거대한 단어들만 들먹거리지. 그들 역시 자기 개인의 생각이나 표현이 없어.

비판적 거리를 유지하지 못한 채 대중문화에 중독되어 있는 친구들 경우도 마찬가지야. 왕재미 없어, 짱입니다요, 따위의 유행어나 천편일률적인 유머 시리즈, 유행하는 영화와 패션…… 의 문법을 그대로 차용하지. 그들이 사용하는 언어는 말뜻에 대한 깊은 이해 없이 말소리만 따라서 하는 앵무새의 지껄임과 다를 바가 없어."

"후후. 오빠야말로 진짜 새 같아."

동생이 일어나 잣을 봉지째로 꺼내 오며 말했다. "잣을 너무 잘 먹네."

맥주를 들이켠 뒤에 잣을 집어먹으며 나는 말을 이어 나갔다.

"이런 앵무새가 우리 주변에는 무수히 많아. 거창한 연설을 펼치는 정치가들, 남의 학설만 짜맞춰 늘어놓는 학자들, 교과서적인 말만 반복해서 지껄여대는 선생들……. 나는 그래서, 공식적인 자리에서의 목소리 톤과 사용하는 어휘가 평소와는 달라지는 작자들은 믿지 않아. 그건 모두 가짜이기 십상이지."

"그런데, 그거야말로 오빠의 대학생 때 모습이야." 동생이 일침을 놓았다.

"맞아. 인정해. 그리고 지금의 네 모습이기도 해!" 나도 모르게 목소리가 올라가고 말았다. 바닥에 흘린 잣을 찾다가 포기하고는 말을 이어 나갔다. "사실은 누구나 약간은 앵무새야. 말하자면 각자 일종의 문화적 사투리를 사용하고 있는 셈이지. 가령, 내가 대학생이었을 때 학생 운동권의 용어를 그대로 빌려서 '결국 파쇼 정권과 매판 자본에 대한 심판이 분명하게 이루어지지 않는 한, 광주 학살과 같은 일들은 끝없이 반복될 것이고 민중들은 계속해서 착취당하는 삶을 살 수밖에 없는 거예요.' 하고 말하면, 아버지는 '세상이 정치적인 것만으로 구성되어 있는 것은 아냐. 먹고 살아야 하는 경제적인 문제라든가, 또 북한이 언제 쳐들어올지도 모르는 상황에서.' 하는 식으로 군사 정권의 문법을 그대로 차용하든가, 아니면 '정치란 수신제가부터 하고 난 뒤에 해야 하는 거다, 성급하게 생각해서 될 일이 아니다.' 라고, 어릴 때 서당을 다녔던 분답게 갑자기 봉건적 문자들을 빌려 쓰셨지.

형은, '아직 어려서 저래요, 저러다 졸업반 되면 그러지 말라고 해도 자기가 알아서 대기업에 취직하려고 알아서 도서관에 처박힐 거예요.' 하고 현실주의자들의 논리를 내세워 중재하려 했고, 엄마는 옆에 있다가 '말세야. 보험금 타려고 지 애비 죽이는 놈들이 없나, 그러나 이런 때일수록 나서지 말고 공부에 열중해. 일흔일곱 번씩 일흔 번 참으라고 예수님도 말씀하셨다.' 하는 식으로 기독교 언어를 빌려서 타협점을 찾으려 했고……."

목을 축이고 다시 말을 이었다.

"그리고 이런 식으로 언어를 사용하는 것은, 어쩌면 지극히 자연스러운 현상이긴 해. 무언가를 추구하면서 살다 보면 그것을 흉내내고 모방하게 마련인 거니까. 나는 요즘도 학생들을 가르치는 말투며 방식이 내 지도교수를 그대로 빼닮았다는 소리를 들어. 그러니까 서태지를 좋아하는 사람이 있다면 우선 그의 창법과 복장을 먼저 흉내내려고 할 테고, 기독교 신자가 된 사람은 성경 구절부터 자꾸 외우고 인용하게 되는 거지. 그러나, 자기 의견이 들어 있지 않은 짜깁기식 논문을 그 사람의 목소리라고 인정할 수 없듯이, 다른 계층의 복장이나 겉치레를 마구잡이로 흉내내는 것 역시 자기다운 삶이라고 할 수는 없어."

"오빠가 나한테 하려는 말이 뭔지 알겠어." 팔짱 낀 팔을 탁자에 올려놓으며 동생이 말했다. "오빠가 오늘 한 말, 마음에 새겨 둘 테니까 오빠도 내 입장을 좀더 길게 이해해 줬으면 좋겠어."

#

"옛날에," 내가 말했다. "산중 암자에 덕망 높은 노승이 살고 있었대. 도를 깨치고자 하는 사람들이 먼 길을 마다 않고 그를 찾아와서 '도대체 도란 무엇입니까?' 하고 물으면 그 노승은 다만 웃으면서 엄지손가락을 들어보였어.

그런데 그 노승이 얼마 동안 암자를 비우고 출타를 해야 했어. 그래서 노승을 모시는 동자승만 남아 암자를 지키고 있었는데, 하필 그때 어떤 사람이 아주 먼 길을 걸어 노승을 찾아왔지. 동자승은 그를 그냥 돌려보내기도 미안하고 해서 '저에게 물어보시면 제 스승님의 방식대로 대답을 해드리지요.' 했어. 그래서 그가 '그래, 그대의 스승은 도가 무엇이라고 하던가?' 하고 묻자, 스승이 평소 하던 대로 엄지손가락을 딱 들어보였어. 이 일에 재미를 붙인 동자승은 객이 찾아와 도에 대해 물을 때마다 그렇게 답해 주었지. 그리고 나중에 노승이 돌아오자, 동자승은 일의 앞뒤를 신이 나서 떠벌렸지.

그러자 노승이 화를 내면서, '고약한 놈, 버르장머리없이 함부로 스승의 흉내를 내다니!' 하면서 칼로 동자승의 엄지손가락을 잘라버렸어. 동자승은 노승의 지나친 반응에 혼겁을 했지. 원망스럽기도 하고. 그래서 암자를 내려갈 생각으로 짐을 꾸렸어. 그런데도 노승은 '잘 가거라.' 한마디 할 뿐, 동자승을 달래거나 붙잡지 않았지.

마침내 동자승이 서운한 마음에 울먹이면서 암자를 내려가는데, 노승이 '동자야!' 하고 부르더니 묻더래.

'그래, 도란 무엇이더냐?'

동자는 습관대로 문득 엄지손가락을 들어보이려고 했지만, 그러나 자신의 엄지손가락은 이미 베어져 버린 뒤여서 아무런 대답도 하지 못했어. 그리고 바로 그 순간, 도가 무엇인지를 깨칠 수 있었대."

내가 다 말하고 나자 동생이 웃으며 지껄였다.

"들어본 적이 있는 얘기야."

"그래?" 눈썹을 치떴다. "후, 나야말로 앵무새처럼 지껄여댔군."

"그런데도 이렇게, 오빠한테 들으니까 느낌이 새로워. 앵무새와 엄지손가락, 앵무새와 엄지손가락……." 동생이 입엣말로 중얼거렸다.

전화벨이 울렸다.

\#

"내가 클래식을 좋아하기 시작한 게 언제부터인지 알아?" 내가 물었다.

"응?"

벽시계를 힐끗대던 동생이 난데없는 나의 질문에 눈썹을 치떴다. 저 표정은 나와 닮은 부분이다.

　"초등학교 때, 흑백 텔레비전을 집에 처음 들여놓으면서였어. 정규 방송이 시작되기도 전에 텔레비전을 틀어놓고 삼십 분 동안 꼼짝않고 기다렸잖아."

　"하하. 기억나. 그래서 맨날 엄마한테 혼났잖아. 전기세 나가게 텔레비전 켜놓는다고."

　"응. 처음엔," 나는 잣을 집어 하나씩 넣으며 말했다.

　"텔레비전 프로를 하나도 빼놓지 않고 볼 욕심으로 텔레비전을 미리부터 켜놓고 기다렸던 건데, 나중엔 아니었어. 화면 조정 시간에 흘러나오는 모차르트 피아노 소나타가 너무 좋아서 틀었던 거야. 정말 경쾌한 멜로디였거든. 나중에 혼자 있을 때는 나도 모르게 그 멜로디가 입에서 흥얼흥얼 흘러나오는 거야. 화면 조정 시간의 그 둥글고 네모난 기하학 도형을 보면서 모차르트를 알게 된 사람은 나밖에 없을 거야." 말하곤 잔을 비웠다. 그리곤 다시 말을 이었다.

　"인생이란 게 그런 건지 몰라. 길을 계속 가다 보면 처음 의도와는 다른 결실을 얻기도 하지. 특히 남녀 관계에는, 어느 것이 옳고 어느 것이 그르다고 딱히 정해진 규율이란 게 없으니까, 더 이상 내가 간섭하진 않겠다."

　말을 마치고 일어났다.

　"가려고?"

　동생이 따라나오며 건성으로 잡았다.

　"그 사람, 곧 들어올 건데 만나보고 가지 않을래?"

결혼은, 미친 짓이다　**195**

보물

"나, 결혼한 것처럼 보여?" 그녀가 물었다.

별로 변한 게 없었다. 하긴, 두세 달 새에 달라질 게 뭐가 있단 말인가. 게다가 전과 똑같은 모자와 선글라스를 끼고 있었다. 내가 말했다.

"한 가지만 빼놓고 그대로네."

"뭐야, 그 한 가지가?"

선글라스 속으로 두 눈을 깜박거리며 그녀가 물었다.

"전에는 '결혼한 것처럼 보여?' 따위의 늙어빠진 질문은 하지 않았어."

"하하." 그녀가 웃고 나서 물었다. "어떻게 지냈어?"

"바빠, 번역 일거리를 맡아서. 학교 앞에 자취방을 하나 구했어." 설명하고 담배를 빼물며 물었다. "새로 옮긴 직장은 마음에 들어?"

"하핫." 그녀가 좀더 큰 소리로 웃고는, 대답했다. "매우."

"네 적성에 맞을 줄 알았지."

"그런데 벌써," 그녀가 팔짱을 끼곤, 뒤로 물러나 앉으며 말했다. "무료해."

"수영, 헬스, 골프, 요리 강습, 그리고 백화점 문화센터……." 열거해 놓고 나서 물었다. "……중에서 어디 나가?"

소리 없이 웃고 나서 그녀가 대답했다.

"헬스랑 승마."

"호오."

가늘게 휘파람을 날렸다.

"나로선 아마 평생 불가능한 일이군."

"생각보다 비싸지 않아." 그녀가 말했다.

"헬스 따위야 열심히 일해서 돈 벌면 다닐 수 있겠지. 그러나 너처럼 '무료해.' 라고 말할 수 있는 그 상태는 영원히 불가능할 거야."

피우려던 담배를 도로 집어넣었다. 감기가 드는지 목이 쓰렸다.

"방학하면 좀 한가해질 거잖아?" 그녀가 물었다.

"나는 죽어도 그렇게까지 '타락' 하지 못할 거 같다는 소리야."

"약올라?"

"후훗."

웃어넘기고 나서 중얼거렸다.

"아침상 차려주고, '다녀오세요.' 한 다음에 오전엔 헬스나 승마, 그리고 오후엔 쇼핑하고 돌아와서 저녁상 맛깔스럽게 차려놓는 게 하루 일과겠군."

"대충."

"무슨 요리를 잘해?"

"거의 다."

소리내지 않고 활짝 웃어보인 다음 그녀가 덧붙였다. "그중에서도 특히 매운탕이나 갈치조림은 내가 봐도 정말 맛있게 잘해."

말하곤 입맛까지 다셔보였다.

"그렇겠군. 반주와 수다까지 곁들이겠지?"

"수다?"

그녀 말투를 흉내냈다.

"'자기야, 있지. 갈치가 시장보다 백화점이 더 싼 거 있지. 생선이나 야채는 백화점 문 닫을 때가 제일 싼 거 같아.' 등등등."

"하하."

그녀가 크게 소리내어 웃고는 말했다.

"아직 그렇게까지 유치해지진 못했어."

"곧, 그렇게 되겠지." 내가 중얼거렸다.

"멋대로 추단하는 건 여전하구나." 그녀가 쏘아붙였다.

"틀림없어. 머지않아 치와와를 키운다고 하거나 골프를 배운다고 할 거야. 그러면서, '생각보다 운동이 많이 되는 거 같아.', '좀 비싸긴 하지만 그만한 가치가 있더라. 필드에 한 번 나갔다 오면 스트레스가 쫙 풀려.', '미국에서는 우리 나라 당구나 볼링처럼 이미 일반화되어 있는 운동이야.' 이런 따위의 말들을 지껄일 게 분명해."

"제발, 질투 그만해."

그녀가 다시 쏘아붙이곤 계산서를 집고 일어나며 말했다.

"잘난 네 자취방이나 구경시켜 줘."

\#

"아직 차는 바꾸지 않았군." 중얼거리고 나서 안전벨트를 매며 놀렸다. "시부모 눈치 보는 중이야?"

그녀는 대꾸하지 않고 물었다.

"내가 다시 연락할 거라고 생각했어?"

"수영 강사가 멋대가리 없는 녀석이라면."

"어떻게 알았어?"

그녀가 놀란 표정으로 묻고는, 떠벌렸다.

"정말로 거기 아줌마들 웃기지도 않아. 좀 젊고 잘생긴 수영 강사가 하나 있는데, 별의별 소문이 다 있어."

"고가 밑에서 좌회전이야." 길을 가르쳐주곤 놀렸다. "너도 한 번 시도해 보지 그랬어. 네가 잘하는 거잖아? 수영복 입고 있는 남자 엉덩이 때리는 거."

"하하."

그녀가 웃고는 말했다.

"내 결혼식에 네가 정말로 올 거라곤 상상도 못했어. 얼마나 깜짝 놀랐는지 몰라."

"전에는 가장 슬픈 장면이었는데, 요즘은 가장 감미롭고 행복한 결혼식 풍경으로 바뀌었어." 내가 말했다.

"뭐가?"

"애인이 지켜보는 가운데 결혼식 올리는 거 말야."

"후훗." 그녀가 웃었다.

"그러니 안 갈 수가 없었지."

#

"생각보다 깨끗하네?"

둘러보며 그녀가 말했다. 냉장고 안까지 살펴본 다음 책상 모서리에 엉덩이를 걸치며 덧붙였다.

"그런데 조금 좁다."

"좁아? 넓은 게 아니고?"

보일러 리모컨 단추를 누르며 내가 말했다. 바닥엔 사람이 앉았다 간 정도의 온기만 남아 있었다.

"책까지 다 들여놓고도 이 정도 공간이면 굉장히 넓은 거야. 일반 학생들 자취방은 이 절반도 안 돼."

"나랑 둘이 살기엔 말야."

그녀가 말하곤 하하, 웃은 다음 벽에 등을 기댄 채 그대로 주루룩 주저앉으며 물었다.

"이런 방은, 얼마쯤 해?"

"만원짜리야."

"만원?"

그녀의 주저앉은 바지 바깥으로 팬티 윤곽이 돌올져 나타났다.

"정확히, 만원짜리 지폐로 깔았을 때의 넓이만큼을 전세값으로 받더라. 제길, 더럽게 비싼 방이지. 하지만 네가 사는 동네는 십만원짜리 수표로 깔았을 때의 가격일 거야, 아마."

"후훗. 그럼, 삼사천?"

"천육백."

"생각보다 싸다." 그녀가 다시 한번 둘러보며 말했다.

"천육백이 싼 거라구?" 내가 따졌다.

"싼 거 아냐?"

"빈부의 격차를 느끼게 하는 발언 좀 자꾸 하지 마." 그녀 시선을 피하며 내가 중얼거렸다. "신랑 얘기를 할 때보다도 더 멀게, 네가 느껴져."

#

"여기 꽂혀 있는 책들, 다 읽은 거야?"

"아마."

"책들을 보니까 마치 너의 뇌 속에 들어와 있는 기분이야." 사면에 꽂혀 있는 책들을 훑어보더니 그녀가 말했다. "네가 하는 말들은 거의 다 여기 있는 책들의 어느 한 문장에서 따온 거지?"

"후훗." 웃으며 물었다. "커피?"

그녀가 고개를 끄덕이며 말을 이었다.

"그래서 책 많이 읽은 사람들은 본심을 알 수가 없어. 온통 남의 관점뿐이지. 아마 자기 자신조차도 자기 본심을 모를 거야. 그치?"

커피를 타며 반박했다.

"네 차림새나 화장도 마찬가지야. 패션 잡지와 백화점에 있는 상품들의 어느 한 코디에서 따온 것들이잖아."

"그렇군. 프티부르주아와 인텔리겐치아. 그러고 보면 우린 정말 잘 어울리는 한 쌍이야, 그치?"

그녀가 나와 눈을 맞추고는 코를 찡그리며 웃었다.

커피를 내가며 내가 말했다.

"진정한 인텔리겐치아는 부르주아를 언제나 경멸해 왔어."

"맛있네?"

그녀가 한 모금 삼켜보고 나서 동그랗게 눈을 치뜨며 말했다.

"우리가 결혼했다면 바로 이런 방에다 이렇게 신혼 살림을 차렸겠지?"

"후후." 웃고 나서 빈정댔다. "안 하길 정말 잘했다 싶겠군."

"응."

그녀가 대답하고는 웃어댄 다음, 물었다.

"나랑 결혼했어도, 함께 외출했다가 돌아오면 네가 이렇게 손수 커피를 타다 주었을까?"

"전에 내가 말한 적 없어?"

그녀 옆에 주저앉으며 말했다.

"설거지나 커피 타주는 횟수 따위로 매일매일 사랑지수를 체크당하는 게 싫어서 결혼 따위는 하지 않을 거라고."

"처음 들어보는데?" 그녀가 빈정거렸다. "다른 여자한테 했나 봐."

"틀림없이 너에게 말한 적 있어. 그건." 말하곤 덧붙였다. "만나는 여자마다 늘 빼놓지 않고 해두는 얘기거든."

그녀가 슬쩍 흘겨보고 나서는, 커피 잔을 바닥에 내려놓으며 말했다.

"난 내 집도 좋지만 이런 곳도 좋아. 마치 고향에 와 있는 것처럼 편해. 중학교 때까지만 해도 가게 뒤에 딸린 단칸방에서 살았거든."

"좁고 폐쇄적인 곳을 편애하는 건 유아기로의 퇴행 욕구를 의미해."

그녀는 아랑곳않고 말을 이었다.

"한 번은 페트병에다 고구마를 키운 적이 있는데 그 줄기가 방문 쪽으로 휘어지는 거 있지. 문 열고 닫을 때 잠깐씩 들어오는 햇볕을 쬐려고 말야."

#

그녀가 창문을 열었다.

그녀의 향수 냄새를 담은 풍선처럼 차가운 공기 덩어리가 뺨을 빠르게 툭, 하고 스쳐지나갔다. 팔짱 낀 두 팔을 창턱에 얹고 두 다리를 깡충거리며 그녀가 중얼거렸다.

"집들이 다닥다닥 붙어서 여름엔 좀 시끄럽겠고 가까운 곳에 백화점이나 대형 마켓이 없어서 쇼핑할 때 불편하겠다."

그리곤 후훗, 웃고는 다시 중얼댔다.

"사춘기 때까지만 해도 나 역시 이런 데서 오순도순 살림을 시작할 거라고 상상했었는데."

돌아서더니, 이번엔 한 발자국씩 떼면서 말했다.

"여기다 우리 신혼 여행 가서 찍은 사진을 올려놓고, 여기에는 식탁을 놓고 꽃병도 하나 놓으면 딱 좋겠다. 내가 저녁상을 차리면서 자기가 오나, 안 오나 내다볼 수도 있잖아."

그리곤 다시 하하, 웃고는 말했다.

"자기가 가끔 기분좋은 날은 뒷집 담 너머로 돌아와서 나를 어흥, 하고 놀래켜 줘. 알았지?"

"유치해." 잘라 말했다.

"내가 아직 세상에 때가 묻지 않았을 때 꿈꿨던 신혼 모습이야. 유치해도 상관없어."

"연속극 아니면 국산 영화 보면서 상상했던 거겠지."

내가 빈정댔다. 나는 벽에 기대어 물구나무서기를 하면서 말했다. "그런 건 정말 웃기는 사기극에 불과해."

"열쇠 만들어줘." 그녀가 요구했다.

무시하고 말을 이어 나갔다.

"체코의 어느 망명 작가 회고에 의하면, 소련의 지배가 가장 잔인하게 진행되던 시기의 공산 국가 영화관에 범람했던 소련 영화들은 도저히 믿기지 않는 순수성을 담고 있었대."

"순수성?"

"그러니까," 피가 거꾸로 몰리는 걸 느끼면서 내가 설명했다. "당시 영화에서 그려지는 두 러시아인들 간에 나타날 수 있는 가장 큰 갈등은 단지 연애 관계의 오해였다는 거야. 그러니까 그는 그녀가 자기를 더 이상 사랑하지 않는다고 믿는 거야. 그리고 그녀 또한 그가 자기를 사랑하지 않는다고 믿는 거지. 그러다 마지막에 모든 것이 단지 오해에 불과했다는 것을 깨닫고는 서로 포옹하고 행복의 눈물을 글썽이는 것으로 영화의 막을 내린다는 거야. 우리 나라 영화나 소설도 모두 그 따위들뿐이지.”

내가 자세를 바로 했다가 두번째 물구나무를 섰을 때, 주머니에서 열쇠꾸러미가 툭, 떨어져 나왔다. 그것을 냉큼 줍더니 그녀가 말했다.

“후훗, 고마워. 나갔다 올게.”

그리곤 정말 나갔는가 싶을 즈음 다시 방문을 열어 머리를 들이밀고는 두 눈을 깜박거리며 물었다.

“같이 갔다 오지 않을래?”

\#

그녀는 물건 하나하나를 신중하게 골랐다. 화병 하나를 살 때조차도 백화점 세일 가격표를 가방에서 꺼내 비교했다. 식탁을 살 때는 가구점을 네 곳이나 돌아다녀본 후에 다시 맨 처음 가게로 돌아가서 오천 원을 더 깎고는 구입했다.

반나절을 꼬박 쇼핑한 뒤에 구입한 그녀의 물건 목록은 다음과 같았다. 원목 식탁과 식탁 의자 두 개, 풀밭이 들어 있는 식탁보, 원두 커피, 계단식 폭포가 들어 있는 버티컬, 자주색 커피 메이커, 곰이 앉아 있는 커피 잔 세트, 원목으로 만든 커피 잔 받침 한 세트, 크리스털 화병, 크리스털 화병 받침대, 호랑이가 앉아 있는 실내용 슬리퍼, 오리 모양의 욕탕 슬리퍼, 토끼가 두 발로 서 있는 전화기 깔개, 강이 그려진 긴 액자 하나, 노란 꽃이 피어 있는 욕실용 바닥 깔개 하나, 미키마우스 모양의 칫솔꽂이용 컵, 사슴이 풀을 뜯고 있는 앨범 한 권…….

#

쇼핑 수레 가득히 실려 있는 물건들을 뒤적여보면서 기어코 내가 한마디 했다.

"정말 신경질나는군."

"왜?"

"배고파 죽겠는데 먹을 건 하나도 없잖아."

"하하. 나도 배고파. 계산하고 햄버거 사먹자. 그리고 지하 매장에 가서 갈치 사다가 내가 맛있는 조림 해줄게."

그녀가 말하곤 쇼핑 수레를 계산대로 밀고 가며 덧붙였다.

"계산은 반반씩 하기야."

"싫어." 내가 말했다. "네가 다 지불해."

"그러는 게 어딨어?"

"그거 알아?" 내가 묻고 설명했다. "전부 없어도 그만인 물건들뿐이란 거."

"그게 아니라 있으면 더 좋은 물건들이야."

그녀가 말하곤 손을 내밀었다. 지갑을 꺼내 입맛을 다시며 넘겨주었다.

#

"이제 좀 신혼집 같네."

그녀가 어깨에 두 손을 얹고는 사방을 휘둘러보며 말했다. 그런 그녀의 동작이야말로 즐겁게 대청소를 막 끝낸 새댁 같아 보였다.

그러나 나는 주저앉으며 투덜거렸다.

"덕분에 방만 더 비좁아졌어. 신혼살림이 아니라 소꿉살림 같아."

"거기 앉으면 어떻게 해? 그건 방석이 아니라, 발닦개야."

"웬놈의 발닦개가 내 손수건보다 더 예뻐?"

나는 말하고 거기에 얼굴을 부볐다.

"원시인처럼 굴지 좀 마."

일어나 앉으며 말했다.

"전쟁이 나면 말야, 제일 붐비는 곳은 고속도로나 대피소가 아니라 백화점일 거야. 너 같은 여자들이 몰려와서 '피난용 티스푼 나온 거 없어요?' 하고 물어댈 게 틀림없거든."

"그래도 좋지?"

그녀가 앞치마를 두르며 웃었다. 거기에선, 캥거루 가족이 깡충깡충 뛰어가다 말고 고개를 돌려 웃고 있었다.

내가 물었다.

"혹시 멸종되어 가는 동물 수만큼 그림에 살려 넣기로 하는 국제협약이 체결되었다는 얘기 들어본 적 있어?"

"하하."

그녀가 웃고는 "잠깐만." 하더니 가방에서 사진기를 꺼냈다. 그리곤 내게 내밀며 말했다.

"나 요리하는 거 찍어줘."

그녀는 싱크대 앞으로 가서 한 손에 냄비 뚜껑을 다른 손에 국자를 든 채, 약간 부끄러움을 타는 듯한 표정으로 웃어보였다.

#

"이 닦고 와." 그녀가 가슴을 떠밀며 말했다. "입에서 갈치 비린내 난단 말야."

나는 그러나, 그녀를 책상 위로 안아 올렸다.

그리곤 억지로 입을 헤집고 혀를 넣었다. 그러나 그녀는 받아들이지 않고 도리질치며 말했다.

"이 닦고 오기 전엔 절대 안 돼. 이러니까 결혼하면 서로의 성적 매력이 급격하게 감소되는 거야."

하는 수 없이 나는 착한 신랑처럼 욕실로 들어가 오리 모양의 욕탕 슬리퍼를 신고, 미키마우스 모양의 칫솔꽂이용 컵에서 칫솔을 꺼내 이를 닦았다. 그리곤 거울을 보고 히죽, 웃어보았다.

#

그녀는 촛불과 와인을 차려놓고는 바흐의 브란덴브르크 협주

곡을 단정하게 깔아놓았다. 그리곤 착한 신랑의 어깨를 잡고 의자에 앉힌 다음 책 하나를 펴들고, "「보물」이라는 시야, 들어봐." 하고는 읽어 나갔다.

세상에 제일 가는 보물을 얻었으니
어디에 방 하나 있었으면.
열려라 참깨 같은 동화 속 나라의 풍요는 없지만
두 번 짧게, 한 번은 길게 고양이 울음 울면은
그녀가 살금살금 나와서 키 작은 대문을 따준다면.
샘터를 돌아 뒤란을 지나 불빛 한 점 보이지 않으나
정숙한 그녀같이 속으로 더욱 따뜻한 온돌방이었으면……

방 한 칸이 비좁아 제 가슴에 굴을 파고 묻어버렸던
옛사랑은 어디를 가든 쥐똥나무 빽빽한 산울타리로 막아서고
먼 한 촉의 전구 불빛이 가장 큰 그리움으로 자랄 때까지
나는 길 위에 갇혀 있었습니다.
세월의
홀로 주인이신 하느님,
이 땅은 언제나 세월의 것이고 거기 세들어 사는
한 뼘 세월은 영원히, 우리의 몫입니다. 다만 닦고 닦지 않는다면
누구의 것도 될 수 없는 램프의 요정 같은 깨달음을
이제금 얻었으니……
작은 방 한 칸이어도 좋겠어요.

독수공방 하느님께 폐 끼치지 않도록
늘 웃음도 깨물어 조용히 삼키는 행복을 누리고 싶어요.
욕심은 작을수록 당당하며 사람의 몸과 마음은
열릴수록 신기하여 얼마나 많은 보물로 가득한지, 하느님
아주 작은 방 한 칸이어도
좋겠어요.

"아멘." 내가 말하곤 물었다. "네가 쓴 거야?"

"아니, '이만'이라는 시인의 시야."

"처음 들어보는데?"

"무명 시인 같아."

"자식, 그렇게 소박한 꿈이나 꾸고 있으니까 무명시인밖에 안
되지."

"이것도 사진 찍어둬야지."

그녀가 말하곤, 카메라를 자동 셔터로 맞춘 다음 착한 신랑의
얼굴에 자기 얼굴을 대며 웃었다. 그리곤 자신의 시집 읽는 모습
도 찍어달라면서 포즈를 취했다.

"두 번 짧게, 한 번은 길게 고양이 울음 울면은 그녀가 살금살
금 나와서 키 작은 대문을 따준다면……." 그녀가 중얼거리고 나
서 말했다. "난 이 부분이 제일 좋아."

"난," 카메라를 치우고, 그녀 옆으로 가서 책을 들여다보며 손
가락으로 짚어가며 읽었다.

"이 부분이 좋아. 사람의 몸은 열릴수록 신기하여 얼마나 많은
보물로 가득한지……."

그리곤 손을 그녀 가슴속으로 집어넣었다. 그녀가 뿌리치는 듯하다가 안겨왔다.

\#

그녀가 귓불을 혀로 간지럽게 핥으며 파고들었다.

"서두르지 마." 내가 키득대며 말했다. "촛불 다 타려면, 아직 멀었어."

그러나 그녀는 내 아랫도리로 먼저 내려가서 입으로 삼켰다. 고무 풍선의 한 끝을 입심으로 힘껏 당길 때마다 풍선에 혹이 생겨나듯 내 것이 자꾸만 커지며 부풀어올랐다.

"서두르지 말라니까."

내가 다시 말했다. 그리고 물었다.

"거북이는 어떻게 섹스하는지 알아?"

"참, 거북이 잘 크고 있어?" 그녀가 단추를 풀며 물었다.

"조카 녀석이 잘 돌봐주고 있어."

그녀를 눕히고 나서 삽입하며 설명했다.

"거북이들에게 각각 이름까지 지어줬어. 한돌이, 두돌이, 세돌이, 이런 식으로."

말하며 나는 움직이기 시작했다.

"그리고 아침저녁으로 인사를 나누지. 한돌아 잘자, 두돌아 잘자, 세돌아 잘자……."

"귀엽다." 그녀가 몸을 뒤틀며 말했다.

"거북이는 어떻게 섹스하는지 알아?"

가빠지는 숨을 돌리며 내가 물었다.

"어떻게 하는데?" 그녀가 바로 누웠다.

"느리게."

"홋." 그녀가 신음인지 웃음인지 모를 소리를 냈다.

"아주 단순해."

나는 다시 삽입하고 느릿느릿 움직이면서 설명했다. "다만 느리게 하는 거지. 어느 정도냐 하면, 보고 있는 사람조차도 설마 저것들이 섹스를 하는 중일까 싶을 정도로 느리게 하는 거야. 그래서 인간에게 자신들의 섹스 장면을 들키지 않고 녀석들은 맘껏 즐긴다고."

"말도 안 돼."

그녀가 말했다. 그녀의 콧등이 얇게 젖기 시작했다.

나는 다시 체위를 바꿨다.

약오른 거북이 머리 같은 내.것을 그녀가 손으로 잡아 넣었다. 그리곤 고개를 비틀어 내 목덜미를 핥았다.

"어느 정도냐 하면," 되도록 천천히 움직이며 내가 말했다. "어항 위를 지나가는 해그림자보다 더 느리다니까."

그녀가 하핫, 하고 웃음과 신음이 섞인 소리를 냈다.

\#

그녀가 몸을 비틀기 시작했다. 달아오를 만큼 달아올랐다는 신호였다.

"그런데," 다시 체위를 바꾸며 말했다. "정말 웃기는 건 우리 조카 녀석이야."

"왜?"

"웃기잖아. 아무리 봐도 그놈이 그놈인데, 분간도 못하면서 이름을 붙인다는 게 말야. 그래놓고는 자기는 분간할 수 있다고 우기는 거야."

"실제로, 구분할지도 모르잖아?" 숨을 몰아가며 그녀가 말했다. 나는 깊이 발을 디뎠다.

그녀가 세차게 몸을 흔들기 시작했다.

마침내, 뒤집어진 거북이가 되어 탄식을 내지르며 그녀 위로 엎어졌다.

자동차의 적막한 타이어 소리가, 읽어가는 소설의 페이지를 넘기는 것 같은 소리를 내며 지나갔다.

#

"한 마리가 또 죽었거든." 그녀 위에서 움직이지 않은 채, 눈을 감은 채로 내가 말했다.

"그래서 다시 녀석 몰래 한 마리를 새로 사다가 놓았어. 그런데도 녀석은 눈치를 못 채."

"후훗. 그 조카 녀석 정말 귀엽다." 내 콧등에 입을 맞추며 그녀가 말했다.

"그래서 내가 또 알아냈지."

"뭘?"

"하느님이 세상을 아직도 심판하지 않는 이유는, 스카이라운지 높이쯤에 떠서 세상을 구경하고 있어서가 아니야."

"그럼?"

"인간이 너무 많고, 또 대중이란 것들은 그 외모나 생각이나 옷차림까지도 너무 비슷비슷하니까, 어느 놈이 어느 놈인지 도대체 구분이 안 가는 거야."

다시 자동차의 적막한 타이어 소리가, 소설의 페이지를 넘기는 소리처럼 지나가고 나서 길 가던 아이가 개구리다, 하는 어투로 그녀가 말했다.

"빠진다!"

#

밤이 되자, 기어코, 오한이 들었다. 보일러 온도를 더 높였다. 담요를 뒤집어쓰고 물을 끓여 설탕을 타서 마신 다음, 화살 맞은 짐승 모양 방 한구석에 쿵, 몸을 처박았다. 온몸이 흥건히 젖어들었다.

그녀는, 지금쯤 다른 채널의 방송에 나가서 연기하고 있겠지.

생각하다가, 까무룩히 잠에 빠져들었다.

양주

"인사해." 규진과 세은을 인사시켰다. 세은과 저녁을 먹고 오는 길이었다.

"네 놈이 왜 장가를 가지 않으려고 하는지 알겠다." 규진이 내 귓속에다 속닥였다.

"뭐래요?" 세은이 물었다.

"네가 참 예쁘대."

세은이 웃고, "저는 그럼 그만 갈게요." 인사하고는 돌아섰다.

"도둑놈이 따로 없구나."

세은의 뒷모습을 쳐다보며 녀석이 말했다. "지금이라도 역할을 바꾸자. 네가 회사 다니면서 유리랑 살아. 난 대학원 다니면서 저런 미성년자나 꼬셔서 놀게."

"그냥 친한 제자일 뿐이야."

내가 변명을 해도 녀석은 계속 투덜댔다.

"제길, 나는 혼자만 취직이 돼서 늘 너에게 미안한 마음을 가지고 있었는데 그게 아니었잖아?"

"하하. 내 자취방에 쌓여 있는 번역 원고나 보고 나서 그런 말해." 말하고 나서 물었다. "웬일이야, 갑자기?"

"며칠만 재워줘."

"왜?"

"오늘부터 별거하기로 했어." 전작이 있었는가 보았다. 녀석 입에서 엷은 술내가 났다.

"미친놈." 나는 말장난쳤다. "별 거를 다 하네."

#

"유리 씨, 임신중이라며?"

양주를 따라주며 물었다. 녀석은 단번에 비우고 나서 중얼거렸다.

"처제가 와서 돌봐주고 있어."

"그래도 네가 옆에 있어야 하는 거 아냐?"

속도를 늦출 양으로 녀석의 잔을 비워둔 채로 버려 두었다.

녀석이 자작으로 두 잔을 연거푸 비우고 나서 말했다.

"내가 있으면 오히려 더 신경이 날카로워져. 눈길 마주치는 것조차 못 견뎌해. 처음엔 그저 임신중이어서 신경이 날카로워졌나 보다 했지. 임신하면 여자들은 신경이 거의 동물적으로 변해 버리잖아."

216

"그래."

안주 접시를 녀석 쪽으로 밀어주며 내가 응대했다. "우리 형수는 임신했을 때, 냉장고에 넣어둔 자기 요플레를 남편이 꺼내 먹는 걸 보고 순간적으로 살인 충동이 느껴졌대더라. 나는 그 뒤로, 조카 녀석 나올 때까지, 보리차 먹을 때조차 형수가 뒤에 있나 없나 살펴보고 나서 꺼내 마셔야 했다구."

우스갯소리 삼아 말했지만, 녀석은 여전히 심각한 표정을 지은 채, 다시 자작으로 따라 마시고 말을 이었다.

"엊그제야 알았어. 임신하기 전부터 이미 지영이에 대해 눈치채고 있었던 거야."

"유리 씨도, 다 알면서 결혼한 거야?" 내가 놀라 물었다.

"어차피 우리 나이에 한 번쯤 사랑 비슷한 거 경험해 봤을 게 뻔하잖아. 유리 걔도 말로는 여전히 아니라고 잡아떼지만, 사귀어본 사람이 있었을 게 뻔하고. 그러니까 또 이해를 했던 거겠지. 그리고 결혼하고 나면 자연스럽게 연락이 끊어지겠지, 하고 낙관했겠지."

녀석은 다시 자작으로 잔을 비우고 말했다. 다섯 잔째 안주에는 손도 대지 않은 채였다.

"그런데 임신을 하고 나니까, 더 이상 자기 자신도 자기 감정을 어떻게 하지 못하겠나 봐."

"그렇군."

술을 비우곤 녀석에게 잔을 건네며 물었다.

"지영이도 알아?" 아무래도 잔을 돌려야만 녀석의 속도를 늦출 수 있을 것 같았다.

"아이 낳을 때까지는 연락을 끊겠대. 같은 여자로서 죄의식 같은 게 느껴진다면서."

"넌?"

"흥."

녀석이 코웃음치고 나서 말했다.

"죄의식 따위는 없어. 죄의식? 그런 건, 아홉시 뉴스 한 번만 보면 싹 없어져 버리더라."

말하곤 잔을 단번에 비우곤 내게로 건넸다.

"아니, 너는 어떡할 생각인 거냐구!" 술을 받으며, 다시 물었다.

"모르겠어."

한숨을 쉬고는 뱉었다.

"이런 식으로 연락 끊으면 서로 지쳐서 결국은 헤어지게 될지도 몰라."

"그럼, 이 기회에 깨끗이 헤어지는 건 어때?"

"못해."

녀석이 고개를 내저었다. 상체가 덩달아 흔들거렸다. 벌써 취기가 오르는가 보았다.

"그럼, 이번 기회에 지영이랑 살림을 차려버리던가." 내가 말했다.

"그게 가능하냐, 새끼야?"

녀석이 내게 짜증 섞인 눈총을 쏘아댔다.

"그게 가능하면 진작 그렇게 했지 씨팔, 미쳤다고 이러고 있겠어."

씨부렁거리곤 술잔을 재촉했다.

#

"그만 마셔."

내가 잔을 빼앗았다. 그러자 녀석은 웨이터를 불러 술잔을 부탁했다. 이미 취해 버린 것이다. 결국 내가 또 술값을 계산하게 생겼다. 소주나 마시자니까 자기가 살 테니까 양주집으로 가자고 굳이 우기더니만. 녀석은 다 좋은데 늘 먼저 취해서 나자빠지는 바람에, 친구와 제 동료들로부터 욕먹고 산다.

"그만 마셔!"

웨이터가 가져온 술잔을 가로채며 내가 말했다.

"만약 그러한 대차대조표를 만들어볼 수만 있다면, 네 녀석의 인생을 괴롭게 만드는 것은, 지영의 존재보다도 술값 치르기도 전에 먼저 뻗어버리는 너의 잘못 든 술버릇일지 몰라, 인마."

#

"그런데 말야." 비틀거리며 앞서 걷던 규진이 걸음을 늦추더니 내 어깨에 팔을 걸며 나직이 물었다.

"너, 은지 죽은 거 알아?"

"뭐?"

"자살했대. 지난봄에."

"자살?" 나는 녀석을 바로 세우며 다그쳤다. "자세히 좀 말해 봐."

"나도 자세한 건 몰라." 녀석은 피식, 웃더니 술내를 끼얹으며 중얼거리는 거였다. "그때 너한테 전화해서 사랑했지만 다시는 만나지 않겠다고 했을 때, 자살할 결심이었던 거 아닐까?"

"그때?" 나는 한참 만에야 그 일을 떠올렸다. 마치 백미러로, 뒷차가 교통사고로 뒤집히는 것을 목격한 기분이었다. 그것도 나의 실수가 발단이 되어…… 나는 도리질쳤다. "말도 안 돼! 그때 전화한 게 은지일 리 없어."

"가능성은 충분하잖아. 은지가 아니라고 확신할 수도 없었으까 말야." 말하고 녀석은 킬킬킬, 기분 나쁘게 웃어댔다.

콩나물비빔밥

"말속엔 이미 자기 암시성 같은 게 들어 있어." 비닐봉지를 내려놓으며 내가 말했다. "예언의 자기 실현성 비슷한 거 말야."

"무슨 소리야?" 그녀는 앨범을 정리하고 있었다.

"슈퍼마켓 아줌마도, 그리고 비디오 가게 아저씨까지도 너와 내가 주말부부인 줄 알아."

"하하. 원했던 거잖아?"

"도대체 어디에 쓰려고 앨범을 만드는 거야?" 내가 물었다.

"이 사진은 정말 잘 나왔다. '달콤한 신혼'이란 이름을 붙여서 여성지에 보낼까?" 그녀가 묻고는 후훗, 웃고 나서 대답했다. "이렇게 정리해 놓으니까 좋아. 우리가 정말 사랑하는 사이는 아니었나 싶기도 하고."

"봐, 누가 봐도 너무나 잘 어울리는 신혼 부부 같잖아. 그치?" 사진을 들여다보며 그녀가 물었다.

그녀를 뒤에서 안으며 사진을 들여다보았다.

"아무리 생각해도 한 군데밖에는 쓸모가 없는 짓이야." 그녀의 젖가슴을 그러쥐며 말했다. "네게 돈을 요구하는 공갈용으로 말야."

"설마, 지금 자기 암시 하는 중이야?"

"도대체 위험스럽기 짝이 없는 앨범 만들기에 네가 왜 집착하는지 모르겠다는 말이야."

쿠션에 기대 누우며 내가 중얼거렸다.

그녀는 더 이상 아무 대꾸도 하지 않고 얌전히 앉아, 나머지 사진들을 정리하는 일에만 골몰했다.

#

"유리와 규진 씨, 헤어진 거야?" 그녀가 파를 썰며 물었다. 양념 간장을 만드는 모양이었다. 군침이 돌았다.

"별거중일 거야."

읽던 책을 접었다.

"왜?"

"규진에게 여자가 있어."

"아하!" 그녀가 알겠다는 듯이 고개를 끄덕였다. "혹시 결혼식 때 아이보리색 니트 입고 왔던 여자 아냐?"

"저녁 반찬은 뭐야?" 쿠션에 등을 대고 물었다.

"웃기다."

그녀가 도마질을 멈추곤 말했다.

"규진 씨 전혀 바람기 없게 생겼던데! 얼굴도 사실, 무지 못생겼잖아?"

"못생겼다고 연애도 못해? 걔네, 정말 사랑하는 사이야."

"콩나물국에 콩나물무침. 그리고," 말하면 놀랄걸? 하는 표정으로 그녀가 눈을 깜박거리며 나를 쳐다보았다.

"그리고?"

"그렇게 사랑하는 사이라면, 지금이라도 유리와는 이혼해야 하는 거 아냐? 아이 낳기 전에 말야."

"그게 쉽나. 이혼하고 헤어지면 당장 살 집도 마땅찮고, 직장 진급도 제한을 받고, 유리 씨는 유리 씨대로 몇 배 더 힘들어질걸?"

"콩나물비빔밥!"

그녀가 퀴즈의 정답을 알려주듯 말하곤, "그까짓 것들을 다 두려워하면서 어떻게 사랑을 해?" 따졌다.

"남 얘기 하듯 하지 마. 너 같으면 그것들을 다만 사랑한다는 이유만으로 다 감수할 수 있을 거 같아?"

"잘만 헤어지더라."

입술을 삐죽대며 이번엔 마늘을 다지기 시작했다. 마치 우리 자신을 정상적인 부부로 착각하는 사람 같아 보였다.

"자본주의 사회에서 이혼율은 본래 도덕성이나 부부애가 아니라 자녀 문제나 주부들의 재취업률 따위에 의해 조절되는 거야."

내가 말하고 나서 덧붙였다. "난 차라리 라면이나 끓여 먹을래."

"콩나물비빔밥 싫어?"

"지난번엔 수제비, 다음엔 시래기국이거나 비빔국수 할 생각이지?" 내가 빈정댔다.

"모두 별미 음식이잖아, 이런 거 요새 돈 주고도 못 사 먹어."

"너에겐 별미지만 나에겐 별로, 별 NO야, NO!" 말장난치곤 다시 눈을 책에 박으며 말했다. "라면이나 끓여줘."

"지금 반찬 투정하는 거야? 내가 이렇게 정성을 다해서 밥을 차리고 있는데?"

"웃기지도 않은 짓 좀 그만해." 내가 소리 질렀다.

"먹기 싫으면 말아." 그녀가 콩나물을 무치며 말했다. "달랬단 봐라."

#

"젠장." 책을 던져놓고 외투를 걸쳤다.

"어디 가는 거야?"

나는 대답하지 않고 나갔다. 그녀가 계단까지 따라나오며 옷섶을 붙잡고 물었다.

"어디 가?"

"라면 사러 간다, 왜?"

"그러면 고추도 좀 사와." 그녀가 앞치마에서 동전을 꺼내 건넸다.

"미쳤냐, 네가 사와. 난 라면만 먹을 거야." 뿌리치고 계단을 내려갔다.

"나야말로 웃기지도 않아."

뒤에서 그녀가 투덜거리는 소리가 들렸다.

나는 대문으로 쾅, 막아버렸다.

슈퍼마켓에 가서 라면을 사고 있으려니까 실소가 나왔다. 우리를 보고, 누가 부부 사이가 아닐 거라고 의심하겠는가.

\#

고추 봉지를 싱크대에 팽개치듯 올려놓았다.

"결국 사올 거면서!"

그녀가 웃으며 눈을 흘겼다.

"라면, 집에 있었잖아?" 쌀통 위에 라면 있는 게 눈에 띄었다.

그녀가 쿡, 눌러 웃으며 말했다.

"어차피 누군가 고추를 사러 나갔다 와야 했거든."

"비켜!"

신경질을 내고는, 라면 끓일 냄비를 가스레인지에 올려놓았다.

"정말 라면 끓여 먹을 거야?"

"그래!"

"밴디기 콧구멍!"

\#

그녀가 저녁상을 차렸다. 나는 라면 끓는 냄비를 식탁으로 가져갔다.

"정말, 그거 먹기만 해!" 그녀가 노려보았다.

라면을 한 젓가락을 집어 올려 후후, 불어 식혔다.

"정말 먹기만 해!"

나는 후루룩 라면을 빨아 넣었다.

"나 혼자 이거 다 먹으란 말야!" 그녀가 버럭 소리를 질렀다.

그리곤 방구석으로 가서 쭈그리곤 고개를 파묻었다. 나는 두 번째 젓가락질을 했다. 그녀 어깨가 들먹거리는 게 보였다. 젓가락을 식탁에 팽개쳤다. 그중 하나가 미끄러져 나가더니 방바닥의 재떨이 위로 떨어졌다.

\#

"이제 끝낼 때야."

창 밖을 쳐다보며 입에 넣은 채 망설이다가, 마침내 혀를 움직여 뱉었다. 내가 망설였던 만큼의 시간이 다시 지나고 나서야 그녀는 올려다보며 물었다.

"뭘?"

"이 부질없는 연극 말야. 서로 지겨워지기 시작하고 있잖아."

"자신 있어?"

그녀의 젖은 두 눈이 우중의 자동차 비상등처럼 빠르게 깜박댔다.

"어차피, 언제까지고 계속될 수는 없는 거잖아." 내가 중얼거렸다. "설마 그 이유가 하필 콩나물비빔밥 때문일 거라고 예상하진 못했지만……."

그녀가 다시 물었다.

"정말 끝낼 수 있어?"

"일단 헤어지면." 침을 삼키고 말했다. "잊든 잊지 못하든 달라지는 건 하나도 없어. 잊을 수 없을 땐 잊어야겠다는 의지로, 다른 여자를 찾을 테니까."

"후──."

그녀가 긴 한숨을 소리내어 뱉었다. 그리고 그 한숨보다도 나지막하게 마치, 자기 자신에게 대고 말하듯 중얼거렸다.

"하긴 나도 그럴 거야."

#

한바탕 섹스가 끝나고 난 뒤, 그녀가 반듯이 누운 채로 천장을 쳐다보며 말했다.

"나, ……다시 너를 만나러 올지 몰라."

"오지 마."

그녀가 바라보고 있을 천장의 어디쯤을 쳐다보면서 나는 잘라 말했다.

"내가 오면 매정하게 돌려보내 줘."

나는 미처 대꾸할 말을 찾지 못했다. 입 속에 침만 고였다.

일정한 간격을 두고 세 번의 한숨을 내쉰 다음 그녀가 갑자기 물었다.

"타락한 걸까?"

그리곤 덧붙였다.

"날이 갈수록 아무런 죄책감도 느껴지지가 않아. 그냥 언젠가 네가 말한 것처럼 두 개의 드라마에 겹치기 출연을 하고 있는 것 같을 뿐이야. 그래서 남들보다 약간 바쁘게 살아가는 듯한 느낌 뿐이야."

"타락이라면 네가 승마를 배우면서 삶이 무료하다고 느낀 순간에 이미 시작된 거 아닐까? 아니, 서로의 조건을 계산하는 순간부터 이미 시작된 거지." 내가 비아냥댔다.

그녀가 중얼거렸다.

"하지만 선진국의 경우는 말야. 우리 같은 사이가 비일비재한가 봐."

"난 안 가봐서 몰라." 내가 잡아뗐다.

"누가 가봐서 하는 소리야?" 그녀가 팔꿈치로 어깨를 치고는 몸을 돌려 안겨왔다. 그녀의 몸에서 그녀만의 냄새가 묻어났다.

"하긴, 얼마전 신문을 보니까 미국 녀석들의 경우," 그녀 사타구니의 털을 만지작대면서 농담을 걸었다. "한 놈이 일생을 통해 만났다 헤어지는 섹스 파트너의 평균 숫자가 이삼십 명을 웃돈대. 부럽지?"

"응."

그녀가 대답하곤 쿡쿡, 웃어댔다.

내가 말했다.

"부러워할 것 없어. 그 숫자 중에 4할이 동성 파트너래."

228

"하하."

그녀가 웃으며 내 가슴팍으로 바짝 파고들었다.

"그러나 그렇다고 해서 그 자식들이 우리보다 타락했다고 할 수 없어. 왜냐하면 우리 나라 권력층이야말로 부패한 놈들투성이 잖아. 오히려 합리적이고 성숙한 사회일수록 성이 자유로울 수 있는 게 아닐까?"

"맞아." 그녀가 한숨과 신음을 섞어 내쉬었다.

"그렇다고 우리를 비롯한 요즘의 젊은 친구들이 양키 자식들 마냥 자유로워진 것도 아니야."

"그럼?"

그녀의 깊은 곳이 젖어들기 시작했다.

"다만 체제가 타락한 만큼 우리 자신들도 뭐 어때? 하는 식으로 살아가는 거야. 성숙해진 자들의 자유로운 연애가 아니라 지배 체제가 타락한 만큼의 무너진 도덕률로 인해, 각종 신파가 자유롭게 번성하고 있는 거지."

"그럴까?"

#

젖어 있는 그녀의 것에 삽입했다. 마지막이다, 라고 생각하니 흥분되었다. 천천히 그리고 조금씩 빠르게 그녀에게로 빠져들어 갔다. 그녀가 내 팔을 꽉 쥐었다. 그녀를 그러쥐고 힘껏 달음박질쳐 나갔다. 넓은 벌판이 나타났다. 눈을 감고 나는 한껏 내달렸다. 그리고 그 들판 끝으로 낭떠러지가 나타났을 때, 그녀로부터 홀쩍 떨어져 나갔다. 무엇인가 까마득하게 굴러 떨어지는 소리. 흙먼지 같은 여운이 모두 가라앉기를 기다린 다음 내가 중얼거렸다.

"우리 역시 두 개의 길을 모두 가볼 수는 없는 거였어. 우리가 이런 식으로 만나는 건 사랑 없이 의사와 결혼한 것보다 훨씬 더 치사한, 두 개의 길을 다 가보려는 욕심에 불과해."

그리고 한 번 더 확인 못질을 했다.

"이제 끝내야 할 때야."

채널

은지의 친구를 만나보았다. 그러나 그녀의 자살에 대하여 그녀 역시 자세히 알지는 못했다. 어떤 특정한 이유가 아니라, 여러 가지 힘겨운 상황이 중첩되면서 실의에 빠진 것 같다는 막연한 추측만 할 뿐이었다. 삶의 세계에서 자살은 본래 이해되지 않는 것인지 모른다. 확실한 건, 그녀가 이승을 떠난 것이 그 낯선 전화가 걸려온 그 무렵이라는 사실뿐이었다.

"혹시 나에 대해 무슨 말 하지 않았어요?" 그녀가 죽기 이틀 전에도 만났다는 말끝에 내가 물었다.

"아직도 은지를 못 잊으시나 봐요?" 그녀가 되물었다.

나는 그냥 웃어보였다. 그리고 속엣말로 중얼거렸다. 어쩌면 이제부터 잊지 못할지 모르겠다고.

#

　그녀에게서는 삼 주째 연락이 없다. 그동안, 그녀는 격주로 내 자취방을 다녀갔었다. 그녀는 왜 굳이 격주로 다녀갔던 것일까. 처음으로 이런 의문을 가져본다는 게 놀랍다. 밖에는 눈이 오고 있다. 알 수 없다. 아마 남편의 야근 진료일이거나, 성욕이 차오르는 주기였을 것이다.

　나는 지금 식탁에 올라가 앉아, 이따금 눈 내리는 창 밖을 내다보며 그녀가 남기고 간 유일한 물건인 앨범을 들여다보고 있다. 얼핏 봐도, 그것은 그대로 다정한 신혼 부부의 사진일기에 다름 아니다.

　그것도 아주 가난한, 그러나 그 가난조차도 달콤한, 일테면, 화단에 들어가지 마시오, 라는 푯말이 서 있음에도 불구하고 굳이 그 안으로 들어가서, 그 푯말까지 앵글 속에 넣은 채, 염치도 없이 어깨동무하고 활짝 웃고 있는 그녀와 나. 사람들이 보고 있는 길거리에서 키스하는 장면을 그녀가 손을 바깥으로 뻗어 스냅으로 눌러 찍은, 깜짝 놀라고 있는 나와 장난기 가득한 그녀. 물에 다 젖은, 그래서 브래지어까지 관각되어 드러나 있으면서도 바다를 배경으로 활짝 손을 벌려 웃고 있는 그녀. 앞치마를 두르고 한 손에는 국자를, 다른 손은 자신의 옆구리에 얹은 채 어색한 미소로 포즈를 취하고 있는 나. 싸구려 국산 포도주 빈 병을 들고 더도 덜도 아닌 그 포도주 빛깔만큼 발그레한 얼굴로 웃고 있는 그녀. 창문에 줄을 매달아 널어놓은 그녀와 나의, 나비 문양의 팬티 한 쌍. 혹은, 창틀에 색깔별로 가지런히 놓여 있는 오백원짜리 선인장들…….

232

사진 속에서만큼은, 그녀도 나도 한없이 행복해 보인다. 약간의 부끄러움, 수줍음, 순간순간을 행복에 겨워하는 눈빛이 그 속에는 보관되어 있다. 이제야 나는 깨닫는다. 사진 속의 삶은 그녀가 가보고 싶어했던 또 하나의 길이라기보다는, 그녀와 내가 갔어야 했던 길임을. 그러나, 우리에겐 그 길을 갈 용기가 없었다.

가야 했는데 가지 못한 비겁함, 가고 싶었던 길을 가지 않은 죄책감, 이 행복에 겨워 보이는 사진들 뒤에 정말 가려져 있는 것은 바로 그런 쓸쓸함, 그런 뉘우침이 아닐까? 그것이 그녀가 굳이 자신과 나의 모습을 현실적으로는 백해무익하기만 한 사진이라는 형식으로 남겨두려 한 이유가 아닐까?

아니, 그녀와 나의 사진 찍기 놀이는 단순한 쓸쓸함이나 뉘우침 이상의, 현실을 견디고 싶어하는, 안간힘으로서의 '드라마 요법' 같은 것이었는지 모른다. 정신병 환자를 치료하는 가장 고전적 기술 중에 하나인 '사이코 드라마' 에서, 환자는 상처받기 이전의 자기로 돌아가서 일인이역의 연기를 맡는다. 상처받은 나와 상처받지 않은 나. 환상에 빠져 있는 나와 현실을 직시하는 나. 꿈을 꾸고 있는 나와 실재를 바라보고 있는 나…… 그리하여 엉켜 있던 원시적 감각들을 분별하는 능력이 생겨난다. 꿈과 현실을 구분하고, 환상과 실재를 구분하고, 이상과 현실을 구분한다. 꿈과 현실을 혼돈하던 원시인은, 그것이 다만 꿈에서 일어난 일이었음을, 욕망과 죄악을 혼동하던 중세인은 그것이 다만 성적 호르몬의 자연스러운 해소였음을, 텔레비전과 현실을 혼동하던 현대인은 그것이 다만 극중 이야기였음을 이해하고 분별력을 갖게 되는 것이다.

그러나, 하고 나는 지금까지의 생각을 뒤집어본다. 지나치게 소박한 추론에 불과한 것인지 모른다. 왜냐하면 우리는 환상과 실제를 혼동하기는커녕, 꿈과 현실을 구분짓지 못하기는커녕, 하나의 현실 속에 다차원적인 세계가 동시에 공존하고 있다는 사실을 너무나 잘 알고 있다. 마치 텔레비전의 채널처럼, 다양한 삶의 양식이 서로 어긋나는 삶의 공식들이 하나의 세계에 공존하고 있으며, 지금 겪고 있는 고통이나 슬픔을 벗어나기 위해서는, 그것과 맞서 싸우기보다는 다만 채널을 돌려버리면 그만이라는 것을 너무나 또한 잘 알고 있다. 집이 소란하고 시끄러울 때는 카페에서 친구들을 만나거나 쇼핑을 하면 된다. 친구들이 시덥잖을 때는 애인을, 애인이 시시할 때는, 그 애인과 따따부따하기보다는 채널 돌리듯 새애인으로 바꿔버리면 되는 것이다.

　텔레비전의 일세대라고 할 수 있는 우리 부모 세대들은, 극중 인물과 실제인물을 곧잘 혼동했지만, 그래서 텔레비전과의 거리를 상실해 버리기 일쑤였지만, 그러나 우리 세대는 다르다. 우리 세대는 각자의 내면이 아예 텔레비전처럼 구조화되어 있다. 우리는 텔레비전으로 세계를 인식하며, 따라서 세계에 대해 논평하지 않고, 텔레비전에 나온 것들에 대해서 논평한다. 그나마 귀찮으면 우리는 텔레비전을 끄듯이 신경을 끈다. 다시 세계가 궁금해지면 이리저리 채널을 돌리듯 전화를 걸어보거나 각양각색의 공간들을 조금씩 기웃거려본다.

　심지어 우리 모두는 탤런트가 되어버렸다. 탤런트의 배역과 역할을 좌우하는 것은 탤런트 자신의 의견이 아니라 광고주와 시청자들의 반응과 방송국 소유주이듯, 우리들은 끝없이 광고로부터 욕구를 전달받고, 타인의 시선에 의해 조절당하고, 우리의 물질적 소유주인 직장 상사나 부모로부터 간섭을 받는 세대다.

내 안에, 언제부터인가, 텔레비전이 들어와 있는 것이다!

그리고 우리의 결혼과 직장 생활은 정해진 대본처럼 상투화되어 가고 있다.

#

벨이 울린다. 그녀일지 모른다. 수화기에 손을 올려놓은 채 나는 망설인다. 벨은 끊겼다가 다시 운다. 어느 쪽을 선택해도 나는 상관없는데, 그러나 한 가지만 선택해서 행동해야 한다. 이것이 현실이다.

그녀, 번지점프 하러 가다

산다는 게 무엇일까?
냄새 지독한 남편의 양말 한 짝을 손에 쥐고
그녀는 생각했다.

물론 그녀조차도 자신이
냄새나는 양말짝을 손에 쥐고서 인생을, 생각하게 될 줄은 몰
랐다.
결혼 전만 해도 깊은 생각에 잠기고 싶을 땐
모카향 커피를 따라 마시거나 밤기차로
겨울 바다에 갔었다.

그러나 이제는 이 좁은 집구석이 그 어느 겨울 바다보다도 더
넓고 막막하다.

인생에 대한 생각 때문에서라기보다는
양말 한 짝을 마저 찾으려고 침대 밑과 장롱 뒤로 얼굴을 집어
넣다 보니
정작 찾아야 하는 건 양말이 아니라
나 자신이 아닌가,
하는 생각이 그녀의 시야를
갑자기 양말의 비린내가 코를 덮치듯
덮쳐왔기 때문이다.

그녀는 겨울 바다만 가면 늘 하던 버릇대로
넋을 놓고 주저앉아 버렸다.
그러곤 세상 바깥 저 너머를 내다보는 듯한 멍한 눈으로
화장대 손거울을 가져다
들여다봤다.

쥐구멍만 한 손거울 속에는
매우 늙어버린 여자 하나가 자신을 마주 바라보고 있었다.
표정으로 보나 나이로 보나 그 손거울은 차라리 친정 엄마 사
진이었다.
겨울 바다에만 가면 전신으로 느껴지던 그 쓸쓸한
세월의 바람 소리가 그 늙은 여자의 눈시울과
허파 속에 고여 출렁거렸다.

간혹, 옆집 여자들과 수다를

떨어보기도 했다.

양말을 벗어서는 아무 데나 쑤셔 박아놓는 남편에 대하여.

잠을 자도 꼭 텔레비전을 켜놓고 코를 골면서 자는 남편에 대하여.

주식과 스포츠 뉴스와 피로밖에 모르는 남편에 대하여.

다른 여자도 깔깔대며 맞흉을 봤다.

——베개를 끌어안고 자는 줄 알았는데 이불을 들쳐보니 그게 그이 똥배지 뭐예요.

그러나 그녀들은 남편이 돌아올 시간이 되자 정확히 일어나 돌아갔다.

그제야 그녀는 이렇게 모여 앉아

남편 흉이나 보며

여생을 견디는 게 자기에게 남겨진 일생이란 걸 알았다.

남편 흉과 신세 한탄이야말로 하릴없는 아줌마가 자신을 하릴없는 아줌마로 완성시키는 마지막 절차라는 걸.

남편이 돌아와

양말만 쿡 처박아놓은 채 발도 씻지 않고

텔레비전 앞에 드러누워서 밥 줘, 하고 말했을 때 그녀는 드디어

차려 먹어! 하고는 옆방으로 가서

인생에 대해 생각하느라 고단해진 머리를

자기 무릎 위에 그릇 포개듯

올려놓고 앉아 울었다.

그때 남편이 따라와 말을 걸었더라면
한바탕 싸울 수도 있었으리라.
그러나 남편은 주식 동향과 스포츠 뉴스가 끝난 다음에야
몰래 다가와
(그녀는 그의 발 냄새 때문에 그것을 금새 눈치 챌 수 있었다.)
겨드랑이에 손을 넣으며 간질러댔고
그러나 그녀는 여기서 지면 안 된다고 자신을 타일렀다.
하지만 그 누구도 그녀에게, 보다 나은 인생을 쟁취하기 위해
서는 남편의
간지럼을 잘 견뎌야 한다, 고 가르쳐준 적이 없기 때문에
그녀는 그만 까르르, 웃고 말았다.

어머니만 웃어버리면 세상은 얼마나 화목한가.(――하고 그녀도
어릴 때
엄마가 짜증내면 생각하곤 했었다.)
딴에 불안을 느꼈는지 눈알만 뒹굴리던 세 살배기 딸년도
배시시 예쁜 웃음으로 달려들지 않는가.

모든 세월은
인내하고 용서하는 사람이 있어서
다행히 폭발하지 않고 흘러가는 것이라고 그녀는 생각해 본다.
그러나 그것은 인내하는 그 당사자만 알 수 있다.

242

다른 사람들은 오히려
아무렇게나 살아도 세월은 잘 흘러가는군, 하고
생각하다가, 심지어 나중엔 그래도 자기가 잘했기 때문에
이만큼 우리 가정이, 우리 회사가, 우리 모임이
잘 흘러왔지 않냐고 자부한다.

그 염치없는 자부심을 반박하기 위해선
인내하지 않고 용서하지 않고 폭발해 버리는 길밖에,
다른 방법은 없다.
그러나 그렇게 했을 때 득을 보는 사람은
아무도 없기에, 결국 이승에서는 더 사랑하는 쪽이 인내하고
용서하며
그걸 아무도 알아주지 않는 쓸쓸함까지 맛보며
살아가야 한다.

그녀는, 그날 남편의 밥상을 정성껏 차려주었을 뿐만 아니라
텔레비전을 보고 있는 남편의 어깨까지 주물러주었다.
하, 어리석은 이 남자는
그걸 무슨 신호로 받아들이곤 그날 밤,
그녀 배 위로 올라와 되지도 않는 힘을 쓴답시고 낑낑댔다.

사는 게
왜 이 모양일까!
낑낑대는 남편을 배 위에 올려놓은 채로

그녀는 생각했다.

어떤 의무감에 시달려 낑낑대는 가여운 남편을 배 위에 올려놓곤
아, 아, 아, 거짓 교성을 내지르며 자기 인생을
뒤돌아보게 될 줄은, 그녀 자신도
몰랐다.
너무나 어처구니없고 괴롭고 허무하고 우습기까지 한,
그리고 나중엔 아주 약간이나마 어떤 자극이 느껴지는 것도 같아서
그녀는 엉덩이에 힘을 주긴 주었다.
주먹 쥐듯 엉덩이에 힘을 주었고
남편은 나가떨어졌다.

그러곤, 그제야, 어쩌면 오늘이 그날인지 모른다는 생각에 그
녀는 경악했다.
이런 과정을 거쳐 한 인간이 이 세상으로 나오는 것이란 말인가.
그리고 세상의 어리석은 남편들은 아빠가 된 자신을
자랑스러워하게 되는 것이란
말인가.

사타구니를 씻다 말고
그녀는 몸을 웅크려 물 속으로 들어가 보았다.
욕조는 자궁 속처럼 좁고 고요했다. 그녀는 그 속에 얼굴을 박고,
(양말 짝을 손에 들거나, 낑낑대는 남편을 배 위에 올려놓은 자세가
아닌)

244

차라리 그런 자세로, 인생을 생각해 보기로 했다.
부력 때문에 그녀의 엉덩이만이 수면 위로
불룩, 나와 있었다.

마치, 거기 어디 다른 세상으로 가는
구멍이라도 있어
그리로 들어가려는 사람처럼, 이 세상에다 자신의 엉덩이를 까
내밀어 보인 채
그녀는 고집스럽게 얼굴을 박고는
처음으로 인생을, 다른 인생을
생각해 보기 시작했다,
욕조 속에서.

그러자, 생각지도 않은 동작에서 생각지도 않은 아이디어가 떠
오르듯
그런 그녀에게
갑자기,
생각지도 않던 번지점프가,
번지점프를 한번 해보고 싶은 욕심이
생겨났다.

마치 남편 몰래
애인을 만나러 가는 사람처럼
그녀는 그녀의 내복을 이것저것 갈아입어 보았다.

만약 사고라도 나서 죽게 된다면, 하고 상상해 보니까 내복만큼은
예뻐야 할 것 같기에 그녀는 가장
야한 것으로 골랐다.

다음 날, 딸애를 옆집에 맡기고
찡기는 내복을 입고 걸어나가자니 참으로 오랜만에
연애하러 가던 옛날 기분이 되살아났다. 좀더 젊어 보이려고
처녀 때 옷을 찾아 입은 탓에
그녀의 몸뚱이는 가죽 소파처럼 탱탱했다.

그동안의 그녀야말로 살찐 소파처럼 안락하기만 했던 것이다.
때론 세탁기나 밥솥도 소파에 앉아 리모컨으로 조절했으면 싶
었다.
동시에 그녀야말로 남편과 딸에게는
기대기 좋은 소파이자
심부름시키기 좋은 리모컨이었다.
늘 같은 자리에 머물면서 자신들의 응석을 받아주길 바란다는
점에서
그들은 그녀를 정말 푹신한 소파쯤으로
여기는지도 몰랐다.

그런 그녀가 아무 말도 않고
집을 비웠으니 남편은 그녀를 의심하며 제3의 인물을
상상해 볼 것이다. 어떻게 살찐 소파가 혼자 걸어나갈 수 있겠는가.

완고한 시대 식구들은 이 사건을 두고
살찐 소파가 혼자
걸어나간 경우보다도 더 경악하리라.

며칠 전까지만 해도 그녀 역시 이런 외출은
꿈도 꾸지 못했다. 아침 햇살을 보면 세탁기를 돌렸고
노을이 보이면 저녁밥을 서둘렀다.
그녀에게 있어
인생을 지혜롭게 사는 방법은
세일 때까지 기다렸다가 맞춰 물건을 사는 것이라는 데에
추호도 의심을 품지 않았다.

어떡해서든 전철의 빈자리에 찡겨 앉아 갈 수 있는 행운이라
든가
지갑과 쇼핑 꾸러미를 잃어버리지 않고 귀가하는 것으로
모든 것이 자신의 계획대로 되어가는 중이라고
믿어 의심하지 않았다.
(게다가 떨이로 산 싸구려 과일이
의외로 맛있을 때
그녀가 얼마나 자기의 선택에 대만족하는지는
그녀 남편도 눈여겨 봐왔으리라.)

그런 그녀가,
다른 사람의 칫솔조차

반드시 정해진 위치에 놓여 있어야 안심하던 그녀가,

겁도 없이 까닭도 없이 혼자 삼십 미터 상공에 올라가 뛰어내
리려 하다니

그녀 자신조차도

사실은 진작부터 불안해져서는

이제 겨우 버스 터미널에서 버스표를 끊었을 뿐인데도

누군가 어깨라도 부딪치면

마치 삼십 미터 벼랑 끝에 위태롭게 서 있는 사람처럼 놀라

화들짝대는 거였다.

지금이라도

돌아가야 하는 것이 아닐까.

버스가 출발하려 하자 그녀는 생각했지만 그러나

그녀는 마침내 집에 돌아가, 어디 갔다 이제 오는 거야? 하고

짜증 부릴 남편에게

슈퍼 갔다 왔어, 하는 식의 범상한 말투로

번지점프하고 왔어, 하고 말한 뒤에

남편이 지어 보일 그 맹한 표정을 구경할 생각을 하니

그만 그 표정을 구경해 볼 욕심에서라도 꼭 해내고야 말겠다고

마음을 다잡았다.

그러나 결코 고지식한 남편의 놀라는 표정을 보자고

번지점프를 하러 가는 건 아니었다. (경악하는 그이의 표정을 보려면

미니스커트를 입고 시장에 다녀오는 것만으로도 충분했다.)

그녀는 어떻게 해서든 자신의 인생을 다시 한번
추스려 보고 싶었다.

삼십 미터 높이에서 뛰어내릴 때 얻어지는
그 긴장감으로,
흐트러진 자신의 인생을 어떡해서든
다시
추슬러 세우고 싶었다.
그러다 사고라도 나서 죽으면? 하고 어디선가
남편의 목소리가 들렸다.

그렇더라도 상관없어! 그녀는 남편에게 신경질 내듯
단호하게 말했다. 그저 똑같은 하루를 반복하는, 그래서 지나고 나면
하루쯤 없었어도 상관없을 그런 날들의
연속일 바에야,
오래 산다고 많이 사는 건 아니잖아!
(한때는 그녀에게도 스물아홉 살까지만 살아야지, 하던
이십 대가 있었다.)

……
모든 걸 뿌리치고 마침내 그녀는 점프대 위에 올라와 있었다.

올라서자 아찔했지만

까마득했지만, 자신이 어쩌다 여기까지 오게 된 것인지
그녀로서는 아무것도 생각나지 않았지만,
확실한 것은
그 순간 그녀가 확신할 수 있는 것은 바로,
다시는 번지점프 따위를 하러 오지 않겠다는 사실이었다.

땅위에 몰려 서서 구경하는 개미만 한 인간들이 눈에 잡히자
이것들아, 네놈들 신세가 지금 얼마나 안락한지
알기나 하는 거냐, 소리쳐
말해 주고도 싶었다.

내가 미쳤지, 내가 미쳤지, 하면서
한편으론 너무 쩡긴 옷을 입고 나온 바람에
줄이 당겨질 때
바지가 찢어지는 건 아닐까,
그녀는 뛰어내리는 순간에도 혹시나 걱정이 되어
엉덩이에 바짝 힘을 주어야겠다고 생각했다.

이윽고 맞은편 하늘에 유유히 떠가는 흰 구름을 한번 응시한
다음,
십자성호를 엉터리로나마 그어본 다음, 그녀는
눈을 부릅뜬 채로 자신의 전신을
단호히 공중에
내어 던졌다.

아아아

땅에 내려선 뒤에도
다리가 후들거리고 턱이 떨렸다. 이건 죽었다 다시 살아난 것
이다,
죽었다 다시 살아난 것이야, 라고 중얼거리며
그녀는 가까운 스낵바에
가 앉았다. 그러곤 그때까지도 널뛰는
자신의 심장을 달래느라
냉커피를 시켜놓고도 후후, 불어가며 마셨다.

돌아오는 버스에서 들판 너머로 까마득히 지는 노을을 물끄러미
바라보니 그제야 왈칵,
울음이 쏟아졌다.

사는 것, 이것 참으로 넌덜머리나게 외로운 것이라고
그녀는 울면서 노을을 바라보다
그래도 찡기는 처녀 때 옷이 찢어지는 불상사가
일어나지 않은 것만도 다행이라 생각하며 쿡, 한번 웃고는
또 울기 시작했다.

그녀로서는 그렇게
상상도 할 수 없는 먼 곳까지 갔다 구사일생 돌아왔건만
아파트 광장은 평소와 다름없이 놀이터의

아이들 노는 소리로
평화로웠다.

게다가 지금쯤
울어대는 딸애를 안고
아내의 묘연한 행방을 찾아 나섰겠지, 싶었던 남편은
아직 귀가도 하지 않은 채라는 걸, 잠긴 현관문을 통해 확인한
그녀는
묘한 배신감에 허탈감까지 느껴야 했다.

옆집에 맡긴 딸애를 찾으려다 말고
그녀는 몰래 뒷걸음질쳐(들킬까 봐 다시 심장이
벌렁댔지만) 아파트를 빠져나와
공터에 가 앉았다.
남편과 싸우거나
속상한 일이 있으면 베란다로 나가 멍하니 바라보던 바로
그 공터였다.

가로등이 있었지만
그녀가 앉아 있는 곳은
산수유나무 그림자에 가려서 자세히 봐도 보이지 않을 터였다.
게다가 저녁 찬바람이 그녀의 빈 가슴을 휑 하니 훑고 지나가
는 바람에
그녀는 자신이 투명인간이거나

죽은 영혼이 되어버린 기분으로 자신의 불꺼진 집을
멍하니 올려다보았다.

바람이 불었다.

어디로부터 출발했는지 그 연원을 알 수 없는 아주 길고 긴 세
월의 바람이
그녀가 앉아 있는 벤치를 지나 어딘지 알 수 없는
또 다른 미지를 향하여 빠르게
빠져나가고 있었다.

담배를 한 대 꺼내 태웠다.
그러곤 생각을 바꿔 집으로 들어가
평소와 다름없이 저녁상을 차렸고
심지어는 남편에게 양말 좀 세탁기에 벗어놓으라며 약간의 잔
소리까지
평소대로 늘어놓았다.

남편이 잠에 곯아떨어질 때까지는
그러나 긴장을 늦춰선 안 되었다. 자꾸만——있지, 나 오늘……
하면서
간살맞은 혀가
그녀를 배신하려 들었으므로 이를 악물었다.
그것은 남편의 간지럼을 참는 것만큼이나 힘이 들었지만

오늘따라 야구 중계에 정신이 팔린 남편은
그녀가 장난 삼아——오늘은 번지점프라도 한 것처럼 피곤하
네, 하고 말해 봐도
건성으로 들어 넘겼다.

남편이 잠들고 나서야
겨우 그녀만의, 오로지 그녀 자신만의, 비밀 하나가
생긴 사실에
그녀는 안심하고 환호작약했다.

돌이켜 보면
연애 때 거의 반강제다시피 남편에게 순정을 빼앗기고 나서
처음으로, 그녀만의 비밀이
새로
생긴 거였다.

하도 졸라대기에——키스만이야? 하니까——웅, 알았어,
하고는 불을 끄더니 나중에 불을 켜고는 물었다.
——하니까 좋지? 당신이
매사에 신경질적으로 굴 때 나는 그것이
호르몬의 과잉분비에서 나오는 히스테리임을 알아챘지!
남편은 그녀가 아파서(좋아서가 아니다.) 혼절하는 중인데도 농
담을 하며
또다시 천천히 즐겼다. (그때는

그 정도로 힘이 좋았다. 그 결혼 전 1년이야말로
신혼이었다고 그녀는 생각한다.)

하지만 사내 앞에서 더 감출 것이 없어진 여자만큼 가난한 심
사가 또 있을까.
하다못해, 다른 남자를 사랑했던 경험이라도 가지고 결혼하는
여자는
행복하다. 남편에게 주지 않은 자기만의 추억이라도
남아 있지 않은가.

그러나 어린 그녀는
남편에게 모든 걸, 다 들켜버렸다.
그녀 자신도 몰랐던 그녀의 아름다운 나신과 교태까지 남편은
발견해서
자기 것으로 가져버렸고,
그런 그녀로서는 결혼을 당연시 여겼다.
자신의 전부를 아는 남자의 끔찍한 입을 봉해 버리는 건
그 방법밖에 없었으니까.

니체가 그랬던가,
결혼은 성교의 가장 치사한 형식, 이라고.
그녀의 경우엔 성교가 결혼으로 가게 되는 가장 치사한 형식이
되어버렸던 것이다.

그런 그녀에게 처음으로 자신만의
비밀이 생긴 거였다.
그녀는
며칠간 숨겨둔 애인이라도 있는 양
가슴 두근거리며 지냈다.

하루, 또 하루가 지나자
그러나 그녀는 조금씩 허탈해지기 시작했다. 달라진 것은 아
무것도 없었다.
이따금 속이 상하거나
다시 쓸쓸해지면
또 번지점프 하러 갈까, 하는 미소가 돌기도 했지만
그러나 혼자 하러 가는 번지점프 말고는
이렇다 할 스릴도
모험도 없는 자신의 여생이, 그럴수록 측은해지는 거였다.

그런 그때, 그녀에게로 엽서가 한 장 날아왔다.
그녀의 딸 이름이 적혀 있었으므로 처음엔 유아원에서 보낸 줄
알았다.
사진을 찾아가세요, 석. 이라고만 적혀 있었다.
추신 ; 제가 유학을 떠나기 때문에
마지막 기회일 것입니다.
그리고 시간과 장소가 적혀 있었다.

엽서를 식탁에 무심코 던져놓다 말고
그녀는 화들짝 놀랐다.
바로 번지점프장에서 순서를 기다리다 알게 된
그 대학생 무리 중에, 사진기를 들고 있던 청년에게서 온 것이
었다.
그가 굳이 그녀의 점프 순간을 사진 찍어주겠다고 했을 때
그녀는 이미 이런 순간이 그녀에게 닥치리라
예감하고 있었는지 모른다.

심지어 그 엽서를
받아들고 나자, 자신이 요 며칠 새 의기소침해진 까닭은
혼자 번지점프 하러 가는 것 말고는
이렇다 할 스릴도
모험도 없는 자신의 인생이 측은해서만이 아니라,
바로 그에게서 연락이 오지 않고 있는 데서 연유했던 것임을
그녀는 미소로 시인하지 않을 수 없었다.

점프를 하고 내려오자
그 청년의 친구들이 딸 이름으로 자신을 부르면서
──유라 씨, 유라 씨는 석이한테 단단히 찍혔어요,
저 녀석 굉장한 찍새죠.
하고는 하, 하하, 모두들 웃었다.
그녀도 후후, 오랜만에 꾸밈없이 웃었다.

──굉장한 찍새라니, 사진에 대해선 전문가인가 봐요? 물었더니,

──첫눈에 아름다움이 발견되면 사진은 잘 나오게 되어 있어요. 유라 씨 사진은 아주 잘 나올 거 같아요.

석이 서슴없이 대답했었다.

남편에게 다 들켜버린 줄 알았던 자신에게 아직도

어떤 아름다움이 숨겨져 있는 것일까. 석이는 말하곤 스냅으로 몇 장 더

그녀를 찍어댔다.

꽤나 잘생긴 얼굴이었다.

찰칵, 찰칵, 찰칵…… 그의 셔터 소리는 그녀 심장을

잘라내는 것도 같았고

그녀의 영혼을

가두는 쇠창살 소리 같기도 했었다. 찰칵……

그녀는 문을 잠그고 생각했다. 어떡하지. 그녀의 심장이

다시 두방망이질 쳐대기 시작했다.

어떡하지, 어떡하지, 그녀는 자신에게

묻고 또 물었다.

마치 안전장치도 없는 번지점프를 하기 위해 창공에 혼자 서

있는 것만 같았다.

그를 만나러 갈 것인가, 갈 것인가.

가자, 하고 그녀는 단안을 내렸다. (아니, 이미
며칠 전부터 내려져 있었다.)
만나러 가다니, 그를, 사랑하겠다는 것인가?
플레이보이 기질이 농후해 보이는 그 청년을 사랑하겠다는 것
인가? 하는
남편의 따지는 목소리가
어디선가 들렸다.

사랑하겠다니요,
그는 곧 유학을 떠날 거예요, 그녀는 변명했지만
그러나 그것이,
그녀와 그 사이의 마지막 기회라는 사실이,
그녀에게는 오히려 어떤 강렬한 유혹으로 느껴졌다.

그녀는 번지점프를 하러 갈 때처럼
내복을 이것저것 입어 보았다. 그리고 가장 정숙한 것으로
이번엔 골랐다.
그리고 몇 번이나 베란다에 나가 다짐했다.
그를 사랑해서는 안 돼! 그는
곧 떠날 사람이야, 사랑하면 서로 괴롭기만 할 거야.
단지, 그가 그녀를 먼저 유혹한다면
모든 걸 들어주자.
아니 그럴 바엔, 그녀가 먼저 허점을 보이는 자세로 그를 바라
보자.

어쩌면 그녀의 외로움보다도
그의 외모보다도
그녀에게 뿌리칠 수 없는 유혹은, 그것이
둘 사이의 마지막 기회, 라는 사실에서 연유하는 것인지 몰랐다.
미처 싹도 틔워보지 못한 채 사라지는 둘 사이의 처음이자 마
지막 사랑!
단 한 번뿐이라는 그, 간절함……

어떤 이기적 계산도
삿된 망설임도
속된 욕심도 개입할 겨를 없이 사랑하고
결별하게 되리라는 사실이, 그녀를 조금은 더 대범하게 만들었
는지
몰랐다. 그녀는 만약을 위해서
피임 준비까지 했다.

막상 옷을 차려입고 나가자니까 몸이 약간 달아오르기까지 했다.
결별이 보장된 젊은 미청년과의 단 한 번의 사랑,
이것이야말로
모든 주부들의 감출 수 없는 바람이자
로맨스가 아니겠는가.

그녀는 남편이 간혹 와이셔츠에 루즈를 묻히고 와도 이제는
겉으로만 화를 내리라, 싶었다.

그녀가 카페 문을 열고
들어섰을 때
그러나 그 석이라는 청년은 어떤 여자친구와 함께 있었다.
석이보다도 더 앳돼 보이고
웃을 땐
왕방울 같은 두 눈을 감쪽같이 감췄다가
다시 내보이는 마술까지도 부릴 줄 아는 깜찍한 계집애였다.

그런데도,
그럼에도 불구하고 그녀는 포기하지 않고
끊임없이 석이에게서 어떤 신호를 감지하려고 애썼다.
메뉴판을 내밀 때나
그 여자애가 화장실 간 사이에
어쩔 수 없으니 다음에 다시 만나자든가, 그녀를 따돌릴 핑계
를 찾자든가 하는,
어떤 메시지를, 모종의
눈짓을
그가 그녀에게 보내지나 않을까,
그녀는 한시도 긴장을 늦추지 않았다.

그러나 허사였다. 커피만 달랑 시켜 마시고 둘은 떠났다.
그녀 역시 마지막까지 아무렇지도 않게
두 사람과 악수하고
모퉁이를 돌아서 사라질 때까지

손까지 흔들어주었다.

  하지만 두 사람이 사라졌을 때 그녀는 그만 그 자리에 풀썩, 주
저앉았다.
  동시에 그가 주고 간 봉투에서 사진이 툭, 하고
떨어졌다.
  그녀는 그 안에 든 세 장의 사진보다도
  혹시 그가 다른 메시지라도 넣어두지 않았을까 싶어
  봉투부터 흔들어 보았다.

  아무것도 없었다.
  그녀는 그제야 세 장의 사진을 가로등 불빛에 비쳐보았다.
  첫 번째 것은 아마 점프하고 내려와서
  스냅으로 찍은 사진 같았다.
  사진 속의 그녀는 그녀 눈가에 주름살이 새겨지는 것도 모른
채 활짝
  웃고 있었다.

  두 번째 것은 그녀가 점프하고 나서
  줄에 매달려 있는 모습이었다. 그러나 너무 멀리서 찍었기 때문에
  줄에 매달려 있는 게 그녀 자신인지, 아니면 고릴라인지,
  소파 같은 짐짝인지조차
  구분이 가지 않았다.

세 번째 것은, 바로 그녀가 점프하고 아래로 추락하는 바로 그 순간의 모습이었다.

특수 렌즈를 사용했는지 용케도 그녀의 얼굴 표정까지
정확히 잡아내고 있었다.

그러나 그 얼굴 표정은 그녀 자신조차 아무리 들여다봐도
도대체 이해할 수가 없었다.

무엇인가를 보고는
아연실색하는 표정 같기도 하고
으하핫, 소리치며 환호작약하는 중인 것도 같고
너무나 어이없어하는 것도 같았다. 혹은 무언가를 마구 삿대질하며
따지고 있는 사람 같기도 했다.

아무리 앉아 있어도 미련하기 짝이 없는 그놈은 다시 돌아올 것 같지 않았다.

그녀는 그만 일어나야겠다고 마음을 다잡았다.
그러나 다리가 저려오는 바람에
다시 주저앉다가 그녀는 그만
엉덩방아를 찧었다.
엉치께가 계단 난간에 부닥쳤는지 아프게 쑤셔왔다.
그녀는 마치 소매치기당한 여자처럼 바닥에 풀썩 주저앉고 말았다.

앉은 채로
그녀는 바람 불어오는 쪽을 향해 고개를 돌렸다.
이런 식으로 만날 거면서 아름다움이니
마지막 기회니 운운하면서
사진을 굳이 등기로 보내지 않은 까닭은 무엇인가, 미친 자식!
그녀는 죄 없는 그를
욕해 보기도 했다.

그러나 왜 자신의 눈에서는 또 청승맞게 눈물이 나는 것인지,
그녀는 혼잣말로 탄식하듯 중얼거리며
눈을 감았다.
──이건,
강간당한 것보다 더 지독해!

너무나도 모범적인

1

　저는 충북 충주시 이류면에 위치한 대소원 성공회 교회 사택에서 태어났습니다. 아버지는 성직자이셨고, 가족들 모두 의당 독실한 기독교 신자였지요.

　누구나 그랬겠지만 제게도 그 영혼이 하염없이 천진하고 해맑던 시절이 있었습니다. 아무에게나 아장아장 걸어가 덥석 안기고, 상대가 누구든 그 눈빛과 마주치기만 하면 신이 나서 두 다리를 개구리처럼 가동질 쳐대고, 함께 마주 보며 놀아주던 사람이 시야 밖으로 나가면 마치 세상 밖으로 사라져버린 양 서럽게 울음을 터뜨리던 그런 때가, 제게도 있었지요. 그때는 아마 가족이나 이웃은 물론이고 교회 신도들까지, 언제나 묵묵부답인 주님보다도 벙글벙글 재롱떨며 웃다 울다 이내 아무 걱정 없는 평온한 표정으로 잠드는 제 모습 앞에서 더욱 큰 위안을 선물 받고 돌아들 갔을 겁니다.

그러나 누구나 그렇듯이 저 역시 자라면서 차츰 제 나름의 성장 과정과 아집을 갖게 되었지요. 특히 제 성격은 다소 결벽한 데가 있었습니다. 아마 성직자 자녀로서 주변 시선을 의식하지 않을 수 없었던 탓인 듯합니다. 욕심을 부려봤자 고작 어머니 심부름을 다녀온 뒤에 심부름 값을 요구해 본다든가, 복숭아넥타가 먹고 싶어서 꾀병을 앓는다든가 하는, 그 또래 아이로서 충분히 용납될 수 있는 수준이었지요. 만약 그 이상의 말썽을 피우면 저는 또래의 다른 시골 아이들에 비해 한결 호된 대가를 치러야 했습니다. 한번은 싸워서 친구 얼굴에 상처를 냈다가 어머니에게 종아리를 얻어맞고 울면서 친구 집에 가서 사과하고 돌아온 일이 있는가 하면, 친구 집에서 놀다 십자드라이버 하나를 훔쳐 갖고 왔다가 아버지에게 들켜 그날 밤중으로 그 친구네 집으로 가서 돌려줘야만 했던 적도 있었어요. 이미 잠들어 있는 그 집 식구들을 모두 깨워놓으면서 말이에요.

선교 활동을 펼쳐야 하는 부모님으로서는 아무래도 자식 단속부터 제대로 시켜놓아야 했겠지요. 아니 단지 주변 시선이나 선교 활동 때문이기 전에, 아버지 어머니 스스로 엄격하고 청빈한 생활을 즐기는 분들이셨습니다. 물질적으로도 그렇거니와 일상생활에서도 남을 흉보거나 함부로 평가하는 일이 없었으며, 차림새나 행동거지에 있어 남다르게 검소하고 절제되어 있어서, 교회를 까닭 없이 고깝게 여기는 사람들에게까지 존중과 칭찬을 받으셨지요.

그래서인지 저는 언급한 정도의 사건 외에는 별다른 말썽 한번 피우지 않은 채 꽤나 반듯한 어린 시절을 보냈습니다. 저를 비롯한 삼형제 모두 공부 잘하고 인사성 밝고 말썽 한번 피우지 않는, 그래서 사람들은 곧잘 "우리 집 아이들이 신부님네 아이들 같기만 하면 저희도 교회를 나가겠어요." 하고 부러워들 했습니다. 그러면 부모님은 웃으시며 대꾸하셨습니다. "아이들 데리고 교회부터 나오면 되지요."

정말이지 제가 별다른 말썽 한번 피우지 않고 모범적인 유년기를 보낼 수 있었던 것은 근본적으로 우리 하느님을 믿은 덕분입니다. 주변 사람들 시선도 남다르고 또 부모님 교육 방식이 유난히 엄했던 것도 사실입니다마는, 실제 생활에 있어 어른들의 감시란 생각보다 터무니없이 허술한 것이어서 말썽을 피우려면 얼마든지 피울 수 있었지요. 기실 형이나 특히 동생은 저보다는 한결 자유분방한 유년기를 보낸 편입니다. 반면 형제들 중에서도 제가 가장 반듯해서, 오일장이 서는 날 장터를 가로지르는 심부름을 시켜도 저는 한눈파는 법 없이 갔던 길 그대로 되짚어 돌아오는 아이였고, 옷이든 신발이든 장난감이든 언제나 제 것이 제일 단정하여 가장 나중에야 닳았다고 합니다.

유약한 체격에서 비롯되는 다소 까탈스럽고 소심한 성격 탓도 있었겠지만 무엇보다 저는 하느님 존재를 믿어 의심치 않았습니다. 아주 어려서부터 어떤 유혹이나 시험이 닥칠 때면 만약 부모님이 아시는 날에는, 하고 염려하기보다 하느님께서 모두 다 내려다보고 계실 텐데, 하고 걱정했으니까요. 그래서인지 부모님도

너무나도 모범적인 269

삼형제 중에 유독 저를 제일 신임해서 간혹 피정회라도 다녀오시느라 집을 비울 때면 일단 맏인 형에게 집안 단속을 부탁했지만 그러나 언제나 저를 따로 불러내어 이런저런 주의와 감시를 당부했습니다. 부모님이 집을 비우면 형도, 집안일을 거들어주는 헬레나 아주머니보다 저를 더 의식하여 경계하고, 제 입막음에 더 많은 애를 썼을 정도지요.

물론 형의 그러한 노력은 대개 수포로 돌아갔습니다. 한번은 형이 주동하여 복사실 한 구석에 걸려 있던, 고장 나서 아무도 쳐다보지 않던 해묵은 시계를 고물장수에게 팔아 엿과 바꿔 먹어버린 적이 있습니다. 형은 엿을 삼등분하더니 그중 제일 큰 조각을 제게 건네더군요. 그것은 그 나이가 되도록 먹어본 것과 맞먹는 양이었습니다. 말하자면 그것은, 어떤 나이 든 어른에게 그 나이가 되기까지 써온 총액보다 많은 액수를 제시하는 거래만큼이나 거절하기 어려운 유혹이었습니다. 하지만 저는 끝내 뿌리쳤지요.

그렇다고 그 사실을 부모님께 고해바치지도 않았습니다. 부모님께서 저를 다그쳤다면 모르겠지만, 제가 먼저 고자질하고 싶지는 않았지요. 거짓말도 나쁜 짓이지만, 고자질 또한 바른 행동이랄 수는 없었으니까요. 헌데 그 엿 조각이 얼마나 달고 맛있던지 동생 녀석이 그만 앞니까지 꿀꺽 삼켜버리고 말았습니다. 썩어 흔들리던 앞니 두 개가 끈적끈적한 엿 조각에 딸려 넘어간 거죠. 수상쩍은 낌새를 잡은 어머니가 다그치자 결국 형과 동생은 모두 이실직고하고 한 달 동안 교회 마당을 쓸고 화단 잡초를 뽑는 고된 벌을 서야 했습니다. 형은 막내 동생을 탓했지만 제가 볼 때 당연한 인과응보였지요. 부모님 눈은 속일지라도 하느님을 속일

수 없는 것이니까요.

　그러나 억울하게도 저 역시 형이나 동생과 더불어 마당을 쓸고 잡초 뽑는 벌을 서야 했습니다. 저는 볼멘 얼굴로 따졌지만, 옆에서 지켜보면서 말리지 않은 것도 잘못이라면서 똑같은 벌을 내리더군요. 엿 조각 유혹을 물리쳤는데도 불구하고 상을 주지는 못할망정 똑같은 벌을 서다니. 아무리 생각해 봐도 분하고 억울한 노릇이어서 저는 아버지를 붙잡고 호소했습니다. "시계를 파는 일에 가담하지도 않고, 엿 조각을 입에 대지도 않았단 말이에요. 설사 엄마 말씀대로 제게도 지켜보면서 말리지 못한 잘못이 있다 해도, 어쨌든 형이나 동생보다 더 약한 벌을 서야지 어떻게 똑같은 벌을 서요?"

　아버지는 저를 앉히고 다독다독 말씀하셨습니다. "잘못인 줄 알면서 자신을 억제하지 못하는 것과, 잘못인 줄 알면서도 그 사람을 말리지 않은 죄의 크기에는 별다를 차이가 없는 거야. 주일 학교 시간에 포도원 이야기 들어봤지? 막판에 와서 한 시간밖에 일하지 않은 사람에게도 하느님은 똑같은 노임을 준단다. 그러니까 잘잘못의 크기를 분별하기 전에 네 잘못 자체만을 뉘우치는 일에 힘쓰도록 해라. 그러면 나머지는 하느님께서 다 알아서 하실 게다."

　아버지 말씀을 이해하거나 동의했다기보다는 무릎에 바투 앉히고 차근차근 말씀을 들려주시는 살가움에 힘입어 저는 고개를 주억거렸던 것 같습니다. 하지만 벌을 서는 내내 억울한 느낌을 지울 수 없었지요. 형과 동생 놈은 그러게, 엿 줄 때 잠자코 받아먹기나 하지! 하고 저를 자꾸 약 올렸습니다. 그들은 마치 죄 없는 나 역시 자신들과 같은 벌을 서는 꼴이 너무나 고소해서 자신들 벌은 힘들지도 억울하지도 않다는 표정이었어요.

하지만 저는 또한 저 나름대로, 어쩌면 이것 역시도 하느님의 시험이거나 악마의 유혹일 거라 생각해 보았습니다. 비록 억울한 노릇이지만, 그렇다고 어차피 가담하지 않아도 나중에 들키면 똑같이 벌을 받기는 마찬가지인데 뭐, 하고 형과 동생이 그릇된 일을 할 때 함께 끼어든다면, 그 순간이야말로 바로 하느님의 시험에서 탈락하고 악마의 유혹에 빠져드는 꼴이 아니고 무엇이겠습니까. 욥이나 요나의 경우처럼 하느님은 자신을 믿지 않는 사람보다 자신을 믿고 따르고자 하는 사람에게 보다 더 어렵고 힘겨운 시험을 치르게 하는 이상한 분이니까요. 어쨌거나 저는 생각했습니다. 진리는 알수록 고되다.

2

그러던 한번은 형과 동생이 찬장 서랍에서 동전을 몰래 꺼내 가는 것을 목도하였습니다. 나서서 말려보았지만 소용없었어요. 하는 수 없이 그 즉시 어머니에게 일러바쳤지요. 단지 벌을 함께 받을까 봐 취한 행동은 아니었어요. 비록 동전 두어 닢에 불과하지만, 그것은 걸려 있으나마나 한 고물 시계를 처분한 것과는 달리 엄연히 남의 물건을 절도하는 일이요, 하느님의 십계명을 범하는 못된 짓이었습니다. 그런데 어머니께서 제게 도리어 물어오더군요. "무슨 돈을 말하는 거지?"

"부엌 찬장 아래 서랍에 십 원짜리 동전 있었잖아요?"

"그랬나?"

어머니는 그곳에 동전을 놓아둔 사실을 까맣게 잊어먹고 있었나 봅니다. 어쨌거나 형은 그 길로 어머니에게 붙들려 가서 제 예상보다 한결 심하게 매를 맞았습니다. "하느님께서는 언제나 모든 걸 다 내려다보고 계셔. 길에 떨어져 있는 물건도 자기 것이 아니면 그냥 지나쳐야 하는 거야. 하물며 서랍 속에 있는 엄마 물건에 손을 대? 가뜩이나 엄마 속이 상해 있는데, 동생들 앞에서 본보기를 보이지는 못할망정 이런 못된 짓을 하다니 창피하고 부끄럽지도 않아, 이 녀석아!"

눈물을 훔치며 돌아 나오는 형의 종아리에는 파랗고 붉게 피가 맺혀 있었습니다. 그러잖아도 헬레나 아주머니 행실에 대한 좋지 않은 동네 소문으로 인해 어머니 심기가 가뜩이나 불편해 있던 참이어서 더욱 화가 나신 듯했습니다. 어머니도 그 점을 의식하셨는지, 동생들과 골고루 나눠 먹으라며 형에게 과자를 도로 돌려주었지요. 하지만 형은 동생에게만 나눠주곤, 제게는 고자질한 죄라면서 나눠주기는커녕 어깨로 밀고 팔꿈치로 치면서 약 올리기만 했습니다.

"네가 고자질만 안 했어도 두 봉 중에서 하나는 너를 주려고 했는데, 바보!"

형은 잘못을 반성키는커녕 너무 심하게 자신을 벌한 어머니와 고자질한 동생에 대한 미움만 키우는 듯했습니다. 생각해 보니 결국 저로 인해 사태만 더욱 악화되어 버린 꼴이었습니다. 제가 입만 다물었더라면 어머니가 속상하여 화를 낼 일도 없었을 테고, 형이 매 맞을 일도 없었을 뿐더러, 형과 사이가 비틀어지는 불편을 감수하지 않아도 되었을 테고, 또한 저는 제 몫의 과자를 얻어 배불리 먹을 수 있었을 텐데요.

특히나 형과 종범 형이 싸운 일만큼은 모르쇠 하고 입 다무는 게 훨씬 좋았을 겁니다. 종범 형은 동네에서 제일가는 말썽꾸러기여서 고무줄을 끊고 달아나거나 이웃집 개꼬리에 석유를 묻혀 불을 댕기거나 남의 감자밭을 분탕질 쳐놓는 따위의 장난질을 도맡아 저지르고 다녔습니다. 정말이지 형편없는 망나니인데도 벌을 받거나 괴로워하기는커녕 저로 인해 사람들이 괴로워하면 도리어 그만큼 즐거움을 느끼는 거였고, 게다가 적잖은 또래 아이들이 그의 뒤를 졸졸 따라 댕겼습니다.

종범 형 얘기가 나오면 어머니는, "그 애 아버지가 그렇게 인생을 사니까 그 아이 행실이 그러는 거야. 천벌을 받는 거지." 하고 설명하셨습니다. 방앗간을 운영하는 종범 형네 아버지는 둘째 마누라를 두고도 시내에 나가 계집질을 할 정도로 질 나쁜 사탄이었습니다. 물론 저로서는 어머니 설명에 수긍할 수 없었습니다. 벌을 받는 중이라면 괴로워해야 하는데, 종범 형이나 그 형 아버지나 두 사람 모두 언제나 즐거운 표정이었으니까요.

형이 그런 종범 형과 맞붙어 치고받는 싸움을 벌인 겁니다. 발단은 의당 종범 형 잘못이 더 컸고 또 처음 엎치락뒤치락하는 와중에는 형이 다소 유리한 고지를 선점하는 듯했는데, 코피가 터지면서 형이 울음을 터뜨리는 바람에 종범 형 승리로 끝나 버렸습니다. 형 몰골을 본 어머니가 이유를 추궁했지만 형은 단지 넘어져서 다쳤다고 둘러댔습니다. 저 역시 입을 다물려고 했지만 어머니가 계속해서 채근하는 바람에, 그리고 어머니가 모든 잘잘못과 시비를 가려내 줄지 모른다는 기대에서 사실대로 고해바쳤습니다.

그러나 어머니는 우선 형을 세워놓고 종아리를 때리더군요. 그러곤 종범 형네 집으로 데리고 가서 사과부터 시켰습니다. 그러자 종범 형네 어머니가 종범 형 앞니 두 개가 흔들거린다고 하소연했고, 그렇더라도 굳이 그럴 필요까지는 없었을 텐데 어머니는 당시로서는 결코 적잖은 액수의 치료비를 지불했습니다. 아버지는 아버지대로 화가 나서 아이들 교육과 단속을 어떻게 하고 있는 것이냐며 어머니를 심히 나무라는 바람에, 그리고 그것이 어째서 자기 혼자만의 책임이냐며 어머니 역시 맞받아 푸념하시는 통에 한동안 집안 공기가 더없이 냉랭해져 버렸더랬습니다.

그래요, 이 모든 사태 또한 제가 일러바치는 바람에 불거진 결과였지요. 치료비를 받아 어디에 어떻게 썼는지 종범 형은 그 뒤로도 한동안 흔들리는 앞니 두 개를 그대로 달고 다니면서 누구에게든 덤벼봐! 때려봐! 하면서 턱을 내밀었습니다. 정말이지 제가라도 한 대 쥐어박아 주고 싶었지만, 그러나 어떤 진실은 건드려봐야 덧만 나는 법이더군요.

그러잖아도 융통성 없이 구는 저를 고깝게 여겨오던 형은 이일이 있은 뒤로 더욱 표 나게 저를 따돌리며 막내하고만 어울렸습니다. 멱을 감으러 가거나 머루를 따러 산에 갈 때나 언제나 막내만 데려가는 거예요. 제 몫을 양보한다든가 심부름을 거들어준다든가 하는 사과를 통해 형과의 화해를 시도해 보았지만, 그리고 형이 그러한 화해 노력에 전혀 응해 주지 않은 것도 아니지만, 그러나 평소 적당히 넘어가지 못하는 제 성격은 저 자신부터 어쩔 수가 없었습니다.

형이 서리를 한다든가, 주운 물건을 주인도 찾아보려 하지 않고 처분하려 든다거나, 만화가게에 나다니거나, 아버지 몰래 사제복을 뒤집어쓰곤 미사 집전 흉내를 내거나, 핀으로 쑤시고 흔들어 돼지저금통 속 동전을 빼낸다거나 하는 잘못들을 저지를 때면 일일이 고자질하진 않았지만 형에게 시비를 걸고야 말았습니다. "이건 나쁜 짓이야!"

"뭐가 나빠?"

"들키면 혼날 거야!"

"너만 입 다물고 있으면 괜찮아!"

"내가 입 다물어도 하느님은 다 알고 계셔!"

이쯤 되면 결국 형에게 또 따돌림을 당할 수밖에. "만교, 너는 따라오지 마!"

"왜?"

"너랑 다니면 나만 나쁜 놈 되는 것 같아 피곤해!"

그렇더군요. 제가 바르고 정직한 아이일수록, 다른 사람 잘못과 부정이 마치 어두운 데서 바라보는 밝은 부분처럼 또렷이 잡히는 거였어요. 저도 이상한 노릇이었지만 저도 어쩔 수 없는 일이었습니다. 어쨌든 이런 경험들이 자주 쌓이자 저는 저대로, 과연 살면서 진실을 모두 명명백백하게 밝혀내야 할 필요가 있을까. 차라리 덮어둬야 더 낫지 않을까, 하는 회의를 품지 않았던 것도 아닙니다.

하지만 본래 그렇게 타고난 탓인지 아니면 이미 어려서부터 만들어진 성정 탓인지 저는 그 뒤로도 아마도 들추지 않는 게 더 좋았을 진실을 들추는 특이한 실수를 곧잘 저질러 왔습니다. 가령 고등학교 때 처음으로 치른 학생회장 선거 개표 때 굳이 개표 실수를 지적해 내는 바람에 재선거가 치러졌고, 그 바람에 이길 수 있었던 제가 지지하던 후보가 패하고 말았습니다. 대학교 졸업반 때는 학회장의 부정을 들춰내는 바람에 학생들 모두가 두 패로 나뉘어 시비에 말려들고, 졸업여행까지 취소되고 말았습니다. 신혼여행 가서는 굳이 지난 과거의 연애담을 낱낱이 고백했다가 아내에게 뺨을 얻어맞기까지 했지요. 회사 생활은 또 어떻고요. 중편 「착한 남자, 나쁜 여자」에서 동료들 비리를 모두 들춰내는 '그녀'의 실수는 사실 제 직장 생활 경험담에 다름 아닙니다. 이처럼 자신도 어쩌지 못하고 계속해서 진실을 들춰내어 사태를 악화시키는 특이한 잘못을 저지르게 되면서, 그때마다 저는 생각했습니다. 진실은 때로 은폐되는 게 좋다.

3

어쨌거나 이러한 믿음과 성격은 자기 자신에게조차 고달픈 노릇이었습니다. 마치 농부들이 기후에 예민하고 어부가 풍랑 변화에 민감해지듯, 자기 잘못은 물론이고 다른 사람 실수까지 그들 자신보다 더 또렷이 인식하다 보니, 제 발이 도둑 것보다 먼저 저리는 격이랄까. 예배 시간이면 형과 동생은 기억하지도 못하는 잘못을 제가 대신 용서를 구하는 기도를 올린 적도 여러 번이지요. 또 아이들이 저희끼리 사방치기나 깡통 차기 같은 놀이에 빠져 있는 때면 옆에서 지켜보던 제 눈에 그 속임수나 잘잘못이 자꾸만 잡혀서, 저도 모르게 그게 아니라 선은 이렇고 후는 이렇고 애는 이러고 재가 저러하니 의당 이러고 저러해야 한다 하고 나서서 주장하다 그만 어느새 저 자신이야말로 분쟁의 한복판에 놓여 있기 일쑤였지요.

그 해 여름 성경학교가 특히 그러했습니다. 아이들이 수녀 선생님보다 저를 더 의식하고 경계했을 정도니까요. 교회에서 나눠 주는 선물도 선물이지만, 무엇보다 농사일을 거들어야 하는 수고로부터 벗어날 수 있는 덕분에 평소 주일학교에는 코빼기도 보이지 않던 아이들조차 여름 성경학교 때면 모습을 나타내게 마련입니다. 종범 형까지도, 하느님보다는 골려줄 아이들을 찾아서였겠지만, 교회에 나타날 정도였지요. 그리고 그런 아이들은 대부분 시간 내내 선생님보다 더 많이 떠들고 장난치고 교회 이곳저곳을 함부로 쑤시고 돌아다니면서 갖은 저지레나 일삼을 뿐이었지요.

그런데도 그 해 교구에서 내려온 착하고 단아하기만 한 우리 수녀 선생님은 얼굴 가득 환한 웃음을 머금은 채로 약간의 주의만 주었을 뿐이고, 성경 시간이 끝나 빵이나 학용품을 나눠줄 때면 말썽꾸러기들 머리를 도리어 더 살갑게 쓰다듬어 주면서 다음 시간에도 꼭 참석하라고 신신당부를 하시는 거예요. 아흔아홉 마리 양보다 잃어버린 한 마리 양이 더 소중하다는 듯이요. 그러나 그러면 그럴수록 아이들은 신이 나서 더욱 방자해질 따름이지요. 찬송가를 부를 때면 일부러 음치처럼 불러대서 주변을 웃음바다로 만들기 일쑤이고, 신발을 신은 채로 복사실이며 제단 위까지도 함부로 빠대고 돌아다니는 거예요. 심지어 성체성사에 쓰일 포도주를 담글 목적으로 가꾸는 교회 뒤뜰의 포도넝쿨에까지 손을 대기까지 하더군요. 어떤 면에서는 이 모든 아이들의 죄가 바로 수녀님이 너무 너그럽기 때문에 벌어지는 사단이기도 했습니다. 작년에 아버지가 직접 성경학교를 꾸려나가실 때는 그래도 곧잘 엄한 표정으로 꾸짖고 아이들 행동을 철저히 단속하셨기 때문에 그런 일이 없었는데 말이에요.

결국 그들을 잡도리하고 감시하는 것이 자연스럽게 우리 형제 몫이 되었습니다. 특히 복사실 용품들과 뒤뜰의 포도넝쿨만큼은 철저히 지켜냈습니다. 마치 하늘나라를 지키는 천사 군단처럼 모든 악행을 미연에 방지하려고 애를 썼지요. 그리하여 교회 내에서만큼은 마침내 아이들 모두 우리 형제들 눈치를 보게 되었습니다.

다만 종범 형만큼은 잠깐만 방심해도 어느새 다른 아이들을 괴롭히고 있거나, 수녀님 성경책을 감춰놓고 선물부터 나눠달라고 요구하는 식의 배짱 좋은 땡깡을 부리기도 하고, 또 어느 순간 감쪽같이 사라져서는 보이지 않습니다. 알고 보니 제단 뒤 커튼 속에——그러니까 딴엔 숨는답시고 다름 아닌 하느님이 숨어 계신 장소로 들어가 간식을 미리 훔쳐 먹고 있더군요.

그야말로 요주의 인물이어서 감시의 눈길을 늦추지 않을 수 없었지요. 그 중에서도 특히 저의 감시가 단연 까다롭고 엄격했지요. 다들 눈을 감고 기도를 올리고 있을 때조차 저는 수상쩍다 싶으면 재빨리 한쪽 눈을 떠봅니다. 아니나 다를까. 이미 그는 두 눈을 버젓이 뜨고 옆 친구에게 장난을 걸거나 옆 친구 물건을 제

주머니에 집어넣고 있거나 혹은 다른 사람 주머니에 집어넣는 장난 따위를 하고 있기 십상입니다. 그러면 그때마다 저는 그 즉시로 쫓아가서 그 물건을 뺏어서 도로 제자리에 돌려놓습니다. 자칫하면 종범 형에게 한 대 얻어맞을 수도 있는 행동이어서 형조차 우물쭈물 망설이는 거였으나 저는 언제든 단호하게 맞섰습니다. 교회 밖에서라면 저 역시 꿈도 꾸지 못했을 거지만 그러나 무엇보다 우리 아버지가 하느님 다음으로 높은 신부님이시니까요, 그리고 무엇보다 우리 하느님이 이 모든 사태를 속속들이 굽어보고 계실 테니까요. 하느님을 믿어 의심치 않는 반듯한 아들로서, 동네에서 그가 그 어떤 심술과 말썽을 피우고 다닐지라도 성스러운 교회 내에서만큼은 그런 불의가 조금도 통하게 하고 싶지 않았습니다.

그럴 때마다 종범 형은 입술 한쪽을 비틀어 올리면서 콧방귀를 뀌어 보였습니다. 그러나 자신이 잘못하고 있다는 걸 스스로 알기 때문인지 그 이상의 대거리는 하지 못하더군요. 그럴수록 저는 더욱 의기양양해지지 않을 수 없었지요. 한번은 또 방석을 갖고 장난을 치고 있기에 제가 나섰습니다. 그랬더니 돌연 화를 더럭 내는 거예요.

"네가 뭔데 자꾸 하라 마라야, 이 자식아!"

움찔하지 않을 수 없었습니다. 매처럼 찢어진 눈으로 째려보는 그의 시선은 언뜻 야비해 보일 정도로 매섭거든요. 저는 눈을 돌려 응원군을 찾았지요. 수녀님은 계시지 않았지만 다행히 형과 동생이 지켜보고 있었습니다. "이리 줘!" 저는 용기를 내어 손을 뻗어 방석을 잡아당겼습니다. "방석은 각자 하나씩만 갖고 앉는 거야!"

"너나 하나만 갖고 앉아. 난 내 맘대로 할 거야, 인마!"

그러더니 그는 방석 서너 개를 그대로 한꺼번에 깔고 앉더군요. 저는 지지 않고 따졌지요. "만약에 형처럼 방석을 모두 서너 개씩 깔고 앉으면 결국 방석이 모자라게 되잖아!"

그러자 그가 콧방귀를 뀌었습니다. "별 걱정을 다 하네!"

그를 제외하고는 방석 욕심을 내는 사람은 별로 없었으므로 그 것은 정말이지 별 현실성 없는 걱정이었지만, 그런데도 그가 방석을 서너 개나 깔고 앉아 있는 꼴이 제게는 자꾸 눈엣가시처럼 걸렸습니다. 그래서 그가 잠시 자리를 비운 사이 재빨리 방석들을 제자리에 돌려놓으려는데, 제 편인 줄 알았던 형이 말리더군요. "그러지 마!"

"왜?"

"그냥 놔둬!"

"하나씩 앉아야지!"

"그냥 앉게 내버려둬!"

"그러는 게 어딨어!"

"상관없어!"

"안 돼!"

그렇게 옥신각신하는 중에 종범 형이 돌아왔습니다. "네 형도 그냥 놔두라는 데 왜 네가 지랄이야, 인마!"

말하곤 뒤통수까지 한 대 툭, 치더군요.

종범 형은 그날 기어코 방석을 다섯 개씩이나 깔고 앉아 성경학교 시간을 마쳤습니다. 정말이지 형이 원망스럽더군요. 약이 올라 미치겠더군요. 힘 약한 제 자신이 몹시 싫어지더군요.

　그 일을 기화로 종범 형은 다시 기세가 살아나는 듯했습니다. 그는 특히 저를 겨냥해서는 정숙한 기도 시간에, 선생님, 만교가 눈을 뜨고 있어요! 하고 말해 돌연 웃음바다로 만들어 놓거나, 제 뒤에 앉아 고무줄 총으로 제 뒤통수를 때리거나, 제 신발 한 짝을 어딘가에 감춰놓거나 하는 식으로, 갖은 장난을 쳐댔습니다. 억울하게도 저만 번번이 수녀님께 주의를 듣기까지 했습니다.

　하지만 제게도 복수할 절호의 기회가 주어졌습니다. 처음엔 우연히 벌어진 일이었어요. 끝마치면서 수녀님께서 연필 한 자루와 공책 한 권씩을 고루 나눠주었는데 그날따라 연필이 세 자루나 모자랐어요. 두 자루는 곧 찾아냈는데 나머지 하나는 끝내 보이지 않았습니다. 그 때문에 저만 그날 연필을 받지 못했습니다. 수녀님이 종범 형을 다그쳤어요. "나머지 하나는 어디에 숨겨놓았지?"

　종범 형은 평소대로 싱글벙글 웃어대면서 잡아떼더군요. "두 개뿐이었어요!"

　수녀님은 두세 번 더 다그쳐보더니 포기하고는 제게 공책을 대신 한 권 더 주었습니다. 그런데 집에 돌아와서 보니 제 주머니에 연필이 들어 있지 뭐예요. 제가 그만 깜박한 거지요. 저는 바로 이와 똑같은 방법을 한 번 더 사용하여 종범 형을 궁지에 빠트리기로 했습니다. 복사실로 숨어 들어가 서랍 속에 보관되어 있는 주일학교 봉헌금 일부를 슬쩍한 것입니다. 그동안 종범 형을 비롯한 말썽꾸러기 형들을 감시하느라 저는 이미 교회의 어느 장소와 어느 시간이 가장 취약하고 허술한 틈인지를 잘 알고 있었습니다. 그런데도 어찌나 가슴이 떨리던지. 마치 정말로 도둑질하는 기분이었습니다. 그러나 그것은 사탄에게 벌을 내리는 정의로운 행동이지요.

과연 이번만큼은 수녀님도 그냥 넘어가지 않으셨습니다. 제가 동전 두어 닢을 그의 주머니에 넣어두었거든요. 게다가 범인으로 지목당한 종범 형은 싱글벙글 웃어가면서 간혹 신경질도 내가면서 잡아뗐지만 꾀죄죄하면서도 반들반들한 그 눈빛을 누가 믿겠어요. 아이들이 모두 돌아간 뒤에까지 남아서 수녀님께 야단과 훈계를 들으며 자백을 강요받았지요.

나머지 돈은 제가 써버렸고요. 어찌나 통쾌하던지. 그 뒤에도 저는 종종, 종범 형이 아이들에게 심술을 부리는 만큼 저도 종범 형을 곤란에 빠뜨리는 꾀를 부렸지요. 그것은 매번 아주 손쉬운 일이었습니다. 사람들 몰래 어떤 잘못을 저지르면 그만이니까요. 그러면 응당 사람들은 종범 형부터 의심하니까요. 모두들 설마 만교가! 하고 믿어 의심치 않았던 거지요.

학교에 가서도 저는 언제나 모범생이었습니다. 숙제를 하지 않으면 그것이 무슨 큰 죄라도 짓는 것인 줄 알고는 꾸벅꾸벅 졸면서라도 반드시 해갔습니다. 휴지 한 장 길에 버린 적 없고, 신발 한번 접어 신어본 적 없습니다. 단추 하나 허투루 풀고 다니지 않았어요. 그래서인지 성적도 언제나 좋았습니다. 학기말마다 성적표와 함께 으레 우등상을 받았지요. 위 학생은 성적이 우수하고 품행이 방정하여 타의 모범이 되므로…….

이렇다 보니 반장 혹은 부반장 자리도 자주 맡았습니다. 학교에서 반장 부반장으로서의 제 모습은 기실 그 해 여름 성경학교 때와 별반 다르지 않았지요. 단정하고 반듯한 행실로 매사에 모범을 보였습니다. 그래서인지 그것이 물론 제 능력 덕분만은 아니겠지만 제가 맡은 반의 시험 성적이나 선행 실적이 제일 좋아서 상을 받은 적도 여러 번이지요.

몇몇 불미스러운 기억이 없지 않았던 것은 아닙니다. 가령, 반 아이가 당시로서는 너무나 값비싼 워크맨을 갖고 왔다가 잊어먹었는데 끝내 되찾아내지 못한 일이 있었지요. 범인으로 추정되던 녀석은 저와는 앙숙 간이던 농구부 문제아 녀석인데요, 무단결석 끝에 또 다른 패싸움에 연루되더니 결국 자퇴해 버리더군요. 또 수업료를 몇몇 학생이 통째로 잃어버린 사건이 발생한 적도 있지요. 배짱으로 보아 아마 외부 소행일 거라고 추측들 하더군요.

물론 요즘도 저는 매사 반듯하고 모범적인 자세로 삶을 살아가고 있습니다. 저를 아는 제 주변사람들은 소설가보다 선생 직함이 제게 더 잘 어울린다고들 하지요. 초면인 사람들은 제가 소설을 쓴다고 하면 그래요? 하며 적잖이 놀래요. 대학에서 강의도 한다고 말하면 그제야 고개를 끄덕이지요. 실제로 저는 술과 담배를 입에 대지 않는 국내 유일한 작가일 겁니다. 그 어떤 자리에서도 다른 사람에게 화를 내거나 예의에 어긋난 짓을 한 기억이 없습니다. 제 주변 사람들 모두 제 소설을 좋아하는 게 아니라, 저의 이러한 깍듯하고 단정하고 겸손한 모습을 더 좋아할 정도지요.

하긴 운전 경력 십 년이 넘었지만 교통법규를 위반한 적이 한 번도 없었으니까요. 제 자신 스스로 보아도 제가 어찌나 예의 바르게 인생을 살고 있는지, 자기 마음에 안 드는 인간 하나쯤 작정하고 슬쩍 죽여도,──가령 나란히 걷다가 벼랑 밑으로 밀어버리는 겁니다──아무도 설마 만교가! 하고 전혀 의심하지 않겠지, 하는 자신감을 갖고 있을 정도로 반듯한 삶을 살고 있습니다. 적어도 탄원서가 빗발쳐 줄걸요. 저는 늘 생각합니다. 그리고 강의 시간이면 학생들에게 자주 강조합니다. 결국 바르게 살아야 자신에게 이익이다!

4

여름 성경학교가 끝나고 나자 아이들은 교회보다는 다시 장터 방앗간 옆 공터에 모여 놀았습니다. 저로서는 종범 형 눈치가 보여서 그곳까지 나가 놀기가 꺼려지더군요. 그 누구도 상상하지 않았지만, 종범 형만큼은 저를 의심하는 것 같았거든요. 하긴 그는 하느님과 저를 제외한, 자신의 누명이 억울하다는 사실을 알고 있는 단 한 사람이었으니까요. 하지만 친구들과 어울리려면 결국 공터까지 나가야 했지요. 그런 한번은 그가 제 앞으로 오더니 느닷없이 십 원짜리 네 개를 내미는 거예요. "이거 돌려줄게!"

"뭔데?"

즉각적으로 잡아뗐지요. 제가 지난번 그의 주머니에 넣어둔 액수가 바로 사십 원이었어요.

"기억 안 나?" 찢어진 매의 눈으로 저를 빤히 노려보며 묻더군요.

"뭘?"

혹시나 얼굴이 붉어지고 있는 것은 아닌지 다소 불안했지만, 저는 두 눈을 깜박거리며 심상히 잡아뗐습니다.

"아니면 말고!"

한참을 노려보던 그가 도루 가져가 버리더군요.

그뿐 더 이상 캐묻지 않았어요. 단서가 잡히지 않았던가 봐요. 하긴 그의 눈이 매의 그것이라면 저는 아직 매의 존재조차 모르는 햇병아리의 그것처럼 두 눈을 무심하게 깜박여 보였으니까요.

하지만 그 뒤로도 종범 형은 한동안 저만 보면 즐겨 지분대고 약 올리고 괴롭혀 왔습니다. 머리나 옷매무새를 함부로 흩트려 놓거나 제 또박또박한 말씨를 흉내 내며 놀리거나 놀이에 끼어들어 훼방을 놓거나. 하지만 저 역시 움츠러들거나 겁먹지 않고 곧이곧대로 대거리했지요. 머리를 만지려들 때마다 신경질 내며 뿌리치고, 놀이하는 데 그가 조금만 방해를 놓아도 따지며 화를 냈지요. 한번은 그가 제 친구 공을 뺏어 가져간 적이 있는데, 제가 공을 돌려달라며 그 형 집 마당까지 따라간 적도 있습니다.

종범 형과 저와의 사이에 시비가 끊이지 않자 형마저 저를 귀찮아하면서 동생만 데리고 나갈 정도였어요. 그런데 종범 형 쪽에서 도리어 차츰 저를 재밌어 하며 반기더군요. 어, 만교 왔어? 머리 깎았네? 혹은, 오늘은 예쁜 백양말까지 신었네? 하면서요. 물론 저도 쩨려보지요. 그렇게 꼬박꼬박 반응하며 대드는 꼴이 빈 바늘에도 입질하는 물고기 같아 보였나 봐요. 한번은 제 친구 하나가 자랑할 목적으로 갖고 나온 가스라이터를 그가 또 뺏더니 돌려주지 않기에 제가 나서서 돌려달라고 했지요.

그는 예의 입술 한쪽을 실룩이며 웃더니 "이 자식 정말 웃기는 놈이야. 제 것도 아니면서!" 하고 돌려주며 중얼거리더군요. "네가 어떡하나 보려고 그런 거다, 인마!"

또 셔츠를 잡아당기거나, 놀이를 하는데 다가와 금을 슬쩍 밟아 지운다거나, 저와 친하게 지내는 친구들의 먹을거리나 놀이거리를 뺏거나 하는 식으로, 툭하면 심술을 부리곤 예의 곁눈질로 제 표정을 살피며 기다리는 것이었습니다. 물론 그때마다 저는 즉각적인 반응을 보였지요. 그가 잡아당기는 족족 신경질 내며 다시 셔츠를 바지춤에 가지런히 집어넣었고요, 지워진 금은 더욱 분명하게 그어놓고요, 우리가 노는 근처로 그가 다가오지 못하도록 감시했습니다.

그럴수록 재밌어 하는 거예요. 매일같이 못된 짓 일삼는 것을 낙으로 삼으며 사는 그가 제게는 참으로 한심하고 사악한 존재로 여겨지듯이, 자신에게 손해가 되더라도 옳고 그름을 곧이곧대로 따지려드는 제 모습이 종범 형 편에서는 신기하게 보였나 봐요. 한번은 제가 친구와 어떤 내기시합을 벌이고 있는데 그가 다가왔지요. 그러곤 제가 아니라 제 친구 쪽을 슬쩍 방해 놓아서 제가 이길 수 있도록 만들어놓더군요. 물론 그런 식으로 이기는 것은 불공평한 처신이므로 저는 의당 시합을 다시 벌였지요. 설사 제가 지더라도 말이에요.

그런데 친구들이며 형이나 동생까지도 이러한 제 행동의 참뜻을 이해하지 못하고 비웃더군요. 하지만 그것은 옳지 못한 판단이잖아요. 중요한 것은, 이치가 바르게 지켜지느냐 아니냐 하는 문제이지 제 자신에게 이득이 되느냐 아니냐 하는 문제가 아니잖아요.

너무나도 모범적인 **287**

다같이 편을 갈라 오징어 놀이를 하다가, 금을 밟았느니 안 밟았느니 하며 시비가 붙은 적이 있어요. 그때도 저만큼은 우리 편에게 불리하더라도 보인 대로 증언했지요. 어떤 진실은 감춰두는 게 더 나은 데도 불구하고 말이지요. 웃기지 마! 네가 뭘 봤다고 그래 인마! 하면서 모두들 제게 야유를 보내고 상대편으로 떠다밀기까지 하더군요. 그런데 같은 편을 먹고 있던 종범 형이 젠장, 하고는 외치는 거예요. "더 이상 싸울 필요 없어. 만교가 밟았다면 밟은 거야!"

아이들 둘이 사소한 시비 끝에 주먹질까지 오간 적이 있는데, 종범 형이 말리더니 엉뚱하니 저를 찾더군요. "이만교! 네가 볼 땐 누가 잘못한 거라고 생각해?"

저는 제 의견대로, 두 사람의 잘잘못을, 누가 어느 부분에서 얼마큼 잘못한 것이지를, 소상하게 가려주었지요.

그밖에도 어떤 시비가 벌어진 상황에서 종범 형은 여러 차례, 만교가 그런 거라면 그런 거야! 하고 공공연히 제 역성을 들어주더군요. 놀이를 하다 심판이 필요하면 저보다 덩치 큰 형들을 놔둔 채 그 역할을 제게 맡기기도 했어요. '무궁화 꽃이 피었습니다'나 '소중고대' 같은 놀이는 성격상 시비를 가늠하기가 애매해서 심판 역할이 아주 중요하지요.

제 성격과 역할이 이렇다 보니, 솔직히 친구들에게 별로 인기 있는 아이는 아니었죠. 하지만 아이들 개개인의 성격이 어떻고 누가 욕심이 많고 어떤 아이가 얼마큼 잘못을 저질렀는지를 가장 정확하게 그리고 자세하게 파악하고 있는 아이가 바로 저였지요.

초등학교 4학년 때부터 꼬박꼬박 일기를 쓰기 시작했는데, 페이지마다 어른들의 부당한 모습, 불공평한 사건, 친구들의 잘잘못 같은 것을 꽤나 꼬치꼬치 관찰하여 적어놓고 있더군요. 아마 제가 소설을 쓰게 된 것도 이러한 글쓰기 경험 덕분이 아닐까 싶은데요, 아무튼 관찰해 보면 볼수록 세상엔 부당하고 부조리한 일투성이지요. 착하고 정직한 사람일수록 그만큼 손해 보기 일쑤이고 간특하고 나쁜 인간일수록 도리어 이득을 보는 경우가 너무 비일비재해서, 어떤 일에 손해를 보면 사람들은 곧바로 자신을 착하고 정직한 사람이라고 자부할 정도지요. 하느님은 어찌하여 이 모든 잘못된 모습들을 그저 방치하고만 계신 것인지.

그 중에서 종범 형이야말로 하느님도 어찌지 못할 정말 못돼먹은 인간이었지요. 그 해 여름내 적잖은 아이들이 그에게 갖가지 형태로 괴롭힘을 당했거든요. 돈을 갈취당하거나 자기 아버지 라이터라도 훔쳐다 바쳤지요. 하다못해 점방가게에 들어가 그가 도둑질하는 동안 망을 봐주거나 분위기 잡는 노릇을 해야 하는 식의 꼬붕 노릇을 하기도 하구요. 빨랫줄에 널어놓은 이웃집 옷을 걷어 팔아먹는다든가, 돈을 받고 여자들 발가벗은 사진을 구경시켜 준다든가 하는 따위의 온갖 못된 짓을 도맡아 했지요.

하필이면 그런 그에게 제 성품을 인정받고 귀여움을 받게 되다니. 기실 요즘도 형이나 동생 앞에서 종범 형 얘기를 꺼내면, 아, 매일같이 너를 괴롭히던 그 못된 놈! 하고 기억들을 합니다. 그들은 알지 못하지요, 종범 형을 비롯한 아이들의 바람직하지 못한 행실들을 가장 정확하게 주시하고 있던 사람이 바로 저였지만, 그것이 바로 저라는 사실을 알아준 사람은 다름 아닌 그였지요.

때문에 그 후 초등학교 내내, 혹은 중고등학교를 다닐 때도 길에서 마주치면 종범 형은 저를 친형제처럼 반겨주었습니다. 그새 대소원 시골 깡패에서 충주 시내 깡패로 승진한 종범 형은 자기들 패거리로 저를 데리고 가서, "야, 이 녀석 잘 기억해 둬. 내가 특별히 아끼는 동생이니까 절대 건드리지 마. 나중에 아주 큰 인물 될 놈이야." 하고 소개해 준 적도 있지요.

물론 이제는 저도 제법 세상을 겪을 만큼 겪어서 저 같은 아이들을 보면 너무너무 귀엽게 느껴져요. 왼손을 곧추 들고 횡단보도를 건너는 꼬마들이라든가, 휴지는 반드시 휴지통에 버려야 한다고 고집하는 아이들, 불의에 비분강개하는 젊은 학생들, 서랍 속 양말까지도 질서정연하게 줄을 맞춰놓아야 직성이 풀리는 주부들, 세상은 그래도 아름답다고 일기장에 써놓는 젊은이들, 모범적으로 살아가는 것처럼 보이는 사람들을 정말 모범적인 사람들이라고 믿어 의심치 않는 사람들, 신문과 언론을 믿는 사람들, 역사와 발전을 믿는 사람들, 그 모든 헛것을 믿는 사람들…… 이런 모든 사람들과 마주칠 때마다 저는 종범 형이 저를 쳐다보며 느꼈을 귀염성이 느껴지지요. 제가 살아오면서 관찰한 바에 따르면 하느님은 정말로 훌륭한 분이고, 적어도 여름 성경학교 수녀님보다 수만 배 더 너그러우신 분입니다. 그런데도 어떤 특정 질서나 논리, 섭리 따위를 믿고 지키려 하다니, 정말이지 모두들 방석 하나씩만 깔고 앉아야 한다고 믿는 생각만큼이나 귀엽지 않나요. 너무 귀여운 나머지 저는 종종 볼을 슬쩍 꼬집어주고 싶은 충동이 느껴질 정도예요. 또 실제로 꼬집어보기도 하구요. 저를 선생님으로 믿고 존경하며 따르는 예쁜 제자가 있으면 적당한 순간을 노려 슬쩍 볼을 쓰다듬어 주는 거예요. 어깨도 쥐었다가 놔주고요. 저를 믿어 의심치 않는 사람들이 있는데, 그 사람 지갑이나 중요한 서류를 슬쩍 치우거나 가져오기도 하지요. 친하게 지내는 사람들 사이로 슬그머니 끼어들어 상대방 단점을 아주 정확하게 가르쳐주기도 합니다. 벼랑 쪽으로 비켜서서 길을 양보하는 등산객을 보면 문득 실수로 헛발을 짚고 싶어지는 그런 기분으로 말이지요. 귀여우니까, 그냥 너무 귀여우니까 장난삼아서요. 요즘 같은 시대에 그 어떤 믿음을 갖고 살 수 있다면 그 사람은 분명 너무 둔감하거나, 혹은 너무 예쁜 사람일 거예요. 저는 생각합니다. 진리를 믿는 사람들은 정말이지 너무 예쁘고 귀엽다.

작품 해설

수다, 아니면 권태

김형중

만교, 소설가가 되다

이만교 소설의 화자는 참 수다스럽다. 참견하기, 비꼬기, 품평하기, 잘난 체하기야말로 그의 특기다. 가령 TV 드라마 속의 주인공과 실제 배우를 구별하지 못하는 어머니를 앞에 두고 '현실과 비현실의 경계' 운운하며 원시인과 중세인들의 몽매한 습속을 길게 인용할 때, 광고에 나온 옷을 사고 싶어 하는 여동생에게 이미지에 의해 부추김당하는 욕망의 허위 운운하며(보드리야르의 시뮬라시옹 이론에서 차용한 것임에 분명한) 일장 연설을 늘어놓을 때, 혹은 뉴스의 허구화 현상을 거론한 후 현대인의 인식론적 변화를 "이젠 텔레비전이 창문이야. 그런 점에서 액정 텔레비전이야말로 창틀 기능의 완성태 같아."라고 제법 그럴듯한 포스트모던 미디어 이론을 빌려 요약할 때 그렇다.

사실 장편 『결혼은, 미친 짓이다』를 통틀어, '내가 말했다', '내가 참견했다', '내가 끼어들었다' 와 유사한 문장들이 등장하는 횟수를 세어보는 짓은 그야말로 결혼만큼이나 미친 짓에 다름 아닐 텐데, 묘사문이나 지문보다 절대적으로 많은 '대사' 위주의 서술 또한 화자의 이와 같은 수다스러움에서 비롯된다. 거의 걸러지지 않은 채 그대로 옮겨놓은 듯 자연스러운 구어(口語)들로 이루어진 이만교 소설의 문체는 화자의 수다와 썩 잘 어울린다.

종종 그 도가 지나쳐 형으로부터 "너는 강의실과 집을 혼동하는 것 같아."라는 핀잔을 듣기도 하고, 여동생으로부터는 "새는 수도꼭지는 고칠 줄 모르면서 지구 온난화 현상에 대해서는 누구보다 잘 알고 있는 사람이야."란 비난을 사기도 하거니와, 이만교의 화자는 행동에 비해 참 말이 많다. 달리 말하자면 아는 것, 말하는 것에 비해 실천하는 것은 거의 없다. 얄미울 정도로 옳고 예리하고 정확한 이야기를 하지만, 그 말에 합당한 어떠한 책임도 지지 않는다. 대신 농담으로 회피하기, 원래 사는 게 그렇고 그런 거라는(틀린 말만은 아니지만) 체념 속으로 도피하기, 그것만이 그가 취하는 유일한 행동이다.

도대체 어떤 사연이 있어 그리 되었을까? 흥미롭게도 자전소설 「너무나도 모범적인」은 이만교의 화자가 그리 된 사연에 대한 몇 가지 실마리를 제공한다. 이 작품으로 미루어보건대 그에게도 모범적인 시절은 있었다. 옳은 것을 옳다 말하고, 그것을 그대로 행하기에 주저함이 없던 시절이 말이다.

「너무나도 모범적인」의 화자이자 주인공인 '만교'는 독실한 기독교 집안에서 태어나 옳지 않은 짓이라고는 해본 적 없이 자란 모범생이었다. 형이나 동생, 동네 친구들 모두의 크고 작은 잘못들을 바로잡지 않고는 못 견딜 만큼 그는 정의롭고 실천적인 아이였다. 그러나 우리가 익히 겪어 알고 있듯, 정의로운 모든 사람이 다 매력적인 것은 아니다. 되레 필요이상의 바른 생활은 경멸과 격리의 이유가 되기도 하는 바, 따돌림 당하는 경험이 늘어갈수록 만교는 점점 자신의 '바른 생활'에 대해 회의하게 된다. 아래의 예문은 바로 그 회의의 진행 과정을 요약한다.

저는 그 뒤로도 아마도 들추지 않는 게 더 좋았을 진실을 들추는 특이한 실수를 곧잘 저질러 왔습니다. 가령 고등학교 때 처음으로 치른 학생회장 선거 개표 때 굳이 개표 실수를 지적해 내는 바람에 재선거가 치러졌고, 그 바람에 이길 수 있었던 제가 지지하던 후보가 패하고 말았습니다. 대학교 졸업반 때는 학회장의 부정을 들춰내는 바람에 학생들 모두가 두 패로 나뉘어 시비에 말려들고, 졸업여행까지 취소되고 말았습니다. 신혼여행 가서는 굳이 지난 과거의 연애담을 낱낱이 고백했다가 아내에게 뺨을 얻어맞기까지 했지요. 회사 생활은 또 어떻고요. 중편 「나쁜 여자, 착한 남자」에서 동료들 비리를 모두 들춰내는 '그녀'의 실수는 사실 제 직장 생활 경험담에 다름 아닙니다. 이처럼 자신도 어쩌지 못하고 계속해서 진실을 들춰내어 사태를 악화시키는 특이한 잘못을 저지르게 되면서, 그때마다 저는 생각했습니다. 진실은 때로 은폐되는 게 좋다.──(본문 277쪽)

진실을 드러내고, 그릇된 일들을 바로 잡으려던 그의 모든 행위는 이처럼 예외 없이 좋지 않은 결과들을 불러일으킨다. 애초에 세상이 가면과 허위로 가득 차 있는 판에 만교의 진실이 쉽사리 받아들여질 리는 만무하다. 그리하여 이 모든 사건들을 겪고 그가 내린 결론은 단순 명쾌하다. "진실은 때론 은폐되는 게 좋다".

사실 단편 「너무나도 모범적인」은 항상 진실의 편이기를 갈망했던 한 어린 주체가 "진실은 알수록 고되다."에서, "진실은 건드려봐야 덧만 나는 법이다."와 "진실은 때론 은폐되는 게 좋다."를 거쳐, 아직도 "진실을 믿는 사람들은 정말이지 너무 예쁘고 귀엽다."라는 냉소적 깨달음에 이르게 되는 과정을 그린 소설이라 해도 과언이 아니다. 진실은 오히려 외면이나 따돌림을 불러온다는 이 역설적인 진실, 그리하여 진실이란 아직 철이 덜든 아이들에게나 소중한 것이란 뒤틀린 가치관을 주인공 만교가 체득해 가는 과정이 바로 이 작품의 서사적 뼈대를 이룬다.

그런데 아이러니하게도 바로 그가 이른 시기에 터득한 이 냉소적인 세계관이 그를 소설가의 길로 이끈다. 소설 말미 만교가 언급하는 예의 그 일기장은 소설 쓰기의 은유임에 틀림이 없어 보인다.

초등학교 4학년 때부터 꼬박꼬박 일기를 쓰기 시작했는데, 페이지마다 어른들의 부당한 모습, 불공평한 사건, 친구들의 잘잘못 같은 것을 꽤나 꼬치꼬치 관찰하여 적어놓고 있더군요. 아마 제가 소설을 쓰게 된 것도 이러한 글쓰기 경험 덕분이 아닐까 싶은데요, 아무튼 관찰해 보면 볼수록 세상엔 부당하고 부조리한 일투성이지요. ——(본문 289쪽)

진실이 은폐될수록 되레 문제없이 굴러가는 세상에서 이제 진실을 드러내고 실천하고자 했던 그의 의지는 온데간데없이 사라진다. 그러자 기록만 남는다. 그는 진실을, 그러니까 주위에서 일어나는 거짓과 허위들의 진상을 문자로 기록한다. 그러나 기록된 것을 실현하기 위해 행동하지는 않는다. 실천은 그를 곤경에 빠뜨리고 고립시킬 것이 뻔하기 때문이다. 그러자 기록이 행동을 대신한다. 그는 날로 날로 다들 하나씩 뒤집어쓰고 사는 가면 속에 감추어진 세상의 비리와 거짓에 대해 많이 깨닫고 그 만큼 많이 기록하지만, 그것을 바로잡고 실현하고자 하는 어떠한 행동도 보여주지 않는다. 수다는 그렇게 시작된다. 그리하여 신체의 다른 부위보다 입이 무척 발달한, 그래서 그의 말에 수긍은 할 수 있되 그 진정성에 대해서는 다들 믿지 못하는 화자(대학 강사라는 직업은 이런 그에겐 어쩌나 잘 어울리는지!)로 변해 간다. 그 화자의 발설이 곧 이만교의 소설을 이루는바, 『결혼은, 미친 짓이다』의 화자는 아마도 이렇게 탄생했을 것이다. 카산드라와도 같이, 그는 맞는 말만 골라 하지만 아무도 그 말에 설득당하거나 전염당하지 않는다. 심지어는 화자 자신조차도 자신의 말에 감동하지 않는다.

물론 그 책임을 만교 개인의 몫만으로 돌릴 일이 아니다. 종종 그는 자신에게 닥친 카산드라의 운명을 정당하게도 "부조리하고 부당한 일투성이"인 세상의 탓으로 돌린다. 그 말은 틀린 말이 아니다. 아마도 386세대에 속하는 작가의 세대 경험(절대 이념의 상실)과 그가 청년기에 맞아야 했던 소비자본주의 사회로의 급격한 진입과 그에 따른 '견고한 가치들의 대기 속으로 녹아 사라짐'

같은 현상들이 이와 같은 냉소주의에 일조했음은 충분히 짐작가능한 일인데, 김화영이 이만교에게 '오늘의 작가상'을 주면서 "아우라가 사라진 시대의 소설 쓰기" 운운했던 말은 그런 점에서 정곡을 찌르는 데가 있다. 아마도 이만교식 수다는 바르게 살고자 했으나 그 뜻을 이루지 못한 한 개인의 고안물이자 동시에 바르게 살고자 했으나 바르게 산다는 것의 기준을 영영 상실해 버린 세대들이 세계에 대해 보내는 냉소이기도 할 것이다. 몸은 어쩔 수 없이 세계와 타협했으나 사유만은 아직 반골이기를 포기하지 않은 자일수록 혀가 발달한다는 사실은 고래(古來)로 어쩔 수 없는 진리이다.

미친 짓을 저지르지 않기로 하다

카산드라형 인간, 즉 사변형 인간은 그가 세계에 대해 냉소할 수 있다는 이유만으로, 즉 거리를 두고 어떠한 일도 자신과는 크게 상관없다는 듯 개관할 수 있다는 사실만으로도 종종 옳은 말을 한다. 사태를 객관적으로 보기 위해 필수적인 것이 적당한 거리 두기일 터인데, 이런 유의 인간이야말로 매사를 강 건너 불 보듯 할 수 있기 때문이다. 이만교가 소설 쓰기의 전략으로 택한 것이 바로 이것이다. 아우라가 없는 시대를 그야말로 아우라 없는 냉소와 농담과 사변으로 견디길 작정한 그는 세계로부터 대상리비도를 거두어들이는 대신 대상 세계와의 객관적 거리를 유지하는 법을 배운다. 그리하여 그는 이러저러한 일에 연루됨 없이(없으므로) 옳은 말을 자주 한다. 특별히 그는 결혼과 사랑에 대해 옳은 말을 한다. '결혼은, 미친 짓이다'란 말도 그 중 하나인데, 낭만적 사랑과 결혼의 신화에 관한 한 이만교의 이와 같은 독설은 예후(豫候)적인 데가 있었다. 사랑을 죽죽 늘어나는 고무줄에 비유하고, 성과 결혼을 아무렇지도 않게 분리시키고, 결혼이 일종의 거래에 불과함을 버젓이 드러내놓고 떠들고 다니는가 하면 (아, 이 천기누설!), 다른 남자와 결혼할 애인과 함께 혼수감을 고르러 다니고, 그녀의 결혼 후에도 주말엔 마치 둘이 부부인 양 동거를 서슴지 않으며, 이 모든 일들에 대해 하등의 죄책감이나 부끄러움도 느끼지 않는 『결혼은, 미친 짓이다』의 주인공은 그 출현만으로도 화제가 될 만했다.

사실 이만교의 소설이 나오기 이전에도 혼외정사는 즐비했을 것이고, 많은 젊은이들은 혼전에도 서로의 몸을 탐했을 것이며, 혼전의 애인과 주말마다 사랑을 나누는 막 결혼한 새댁이나 아무런 도덕적 부채의식 없이 불륜을 즐기는 커플들은 존재했을 것이다. 그러나 그것을 드러내놓고 말하는 것, 그리고 그것을 소설로 쓰는 것, 그것도 고루한 교훈적 결말 없이 쓴다는 것은 하나의 문학적 사건이라 할 수 있었다. 이제와 생각해 보면 은희경의 『새의 선물』로부터 시작된 이 낭만적 사랑과 결혼의 신화에 대한 파괴작업은 이만교를 거쳐 김연수의 『사랑이라니 선영아』와 정이현의 『낭만적 사랑과 사회』에 이르는 계보도 한 줄기를 그릴 만도 한데, 어쨌거나 이만교의 『결혼은, 미친 짓이다』가 『새의 선물』이후 낭만적 사랑과 결혼의 신화에 도전하는 일련의 시도들에서 선편을 쥐었던 것만은 틀림이 없다.

그러나 이만교의 소설들을 두고 낭만적 사랑과 결혼의 신화를 깨뜨린 새로운 감성의 세대소설이라 말하는 것만으로는 아무래도 불충분해 보인다(마치 은희경을 두고 『새의 선물』만을 거론하거나, 김연수를 일컬어 연애소설가라고 칭하는 것만큼이나). 이유는 그에게 미친 짓은 딱히 결혼만은 아니기 때문이다. 그의 소설은 그보다는 더 많은 말을 한다.

그가 '미친 짓'이라고 선언한 '결혼'을 그저 글자 그대로 남녀의 거래 성사 기념식 정도로만 이해해서는 곤란하다. 결혼은 모든 입사식을 대표하는 가장 전형적인 입사식(initiation)인바, 그가 얘기하는 미친 짓으로서의 결혼이란 입사식 일반을 지칭하는 일종의 대유(代喩)로 읽어도 무방할 것이다. 가령 취업도, 결혼도, 입학도 그에겐 모두 미친 짓이다. 이 모두가 공히 '패턴화된 삶'에 굴복하는 첩경이기 때문이다. 이쯤해서 등단작 「투레질」 이후 발표한 그의 대부분의 단편들(특히, 「나쁜 여자, 착한 남자」, 「표정관리 주식회사」, 「회원관리 주식회사」)이 날로 패턴화되어가고 획일화되어가는 현대사회에 대한 비판을 주된 주제로 삼고 있었다는 사실을 지적할 필요가 있겠다. 종종 '데자뷰 강박(dejavu compulsion)'이라 이름붙일 만한 병리적 증상을 통해 표현되곤 하는 이 주제는 이만교 소설에서는 그리 낯선 것이 아니다. 이만교의 주인공들은 언젠가 한 번쯤 와본 것 같은 장소, 언젠가 한 번쯤 만나본 것 같은 사람, 언젠가 한 번쯤 맞닥뜨려 본 듯한 상황에 자주 직면한다. 기시감에 대한 강박 사고가 그들을 사로잡는다. 특히 단편 「투레질」과 장편 『결혼은, 미친 짓이다』는 소설 전체가 이 기시감에 대한 이야기기도 한 바, 그 근저에 놓여 있는 것은 물론 소비자본주의 사회 특유의 패턴화 경향이다. 『결혼은, 미친 짓이다』의 다음 구절은 이 데자뷰 강박의 병인(病因)을 밝히는 데 더 없이 좋은 증례를 제공한다.

> "사람이 너무 많으니까 사람과 사람 간의 구별점이 생겨나지가 않아. 어딘가에는 반드시 나와 같은 상표의 옷, 똑같은 헤어스타일, 혹은 똑같은 책을 읽고 있는 사람이 몇 명은 더 있을 거란 말야."
> "아하, 이거랑 똑같은 재킷을 입은 남자, 방금 지나가는 거 나도 봤어."──(본문 79~80쪽)

심지어 '개성'이란 단어의 의미를 "직장 상사의 취향이거나 리어카에서 구입한 귀고리에 불과한 것"으로 정의하기까지 하는 화자에게 기시감은 당연한 현상이다. 소비자본주의 사회에서 개인이란 고작해야 패턴화된 상품들이나 역시 패턴화된 취향들의 조합에 불과해진다. 채널을 돌릴 때마다 바뀌는 뻔한 배역 같은 것이 된다. 사실 누구나 한 번쯤 본 사람들인 것이다. 이만교 소설의 주인공들이 흔히 자신의 행위를 이미 정해진 연기를 수행하고 있는 건 아닌가 하고 자문할 때, 혹은 '구조적 모델화' 운운하며 유행이란 게 사실은 개성화가 아니라 획일화로 치닫는다는 사실을 지적할 때, 그는 기시감의 연원에 현대 사회 특유의 패턴화 경향이 가로놓여 있음을 지적하고 있는 셈이다.

결혼은, 그리고 취업이나 입학과 같은 모든 입사식은 이처럼 패턴들이 인간을 지배하는 획일화된 사회로의 진입을 의미한다. 그런 의미에서 그 모든 입사식은 미친 짓이다. 이만교에게 미친 짓의 외연이 굳이 결혼에만 국한되는 것이 아니란 말은 이런 점을 염두에 둔 것이다. 그는 결혼을 미친 짓이라고 말한다. 이유는 그것이 다른 여타의 입사식과 동일하게, 아니 가장 극명하게 패턴화된 사회화의 타협을, 검은 머리가 파뿌리처럼 하얗게 되는 그날까지 지속될 지루한 가면 연기를, 누구나가 반복하고 있음에 틀림없는 지독한 삶의 클리셰를 우리에게 요구할 것이기 때문이다.

그런 이유로 결코 놓쳐서는 안 될 것이, 『결혼은, 미친 짓이다』의 활자 아래 깊숙이 감춰져 있는 거대한 TV 한 대다. 꼼꼼히 읽을 경우, 이 소설은 변해 가는 결혼과 성의 풍속도를 다룬 세태소설이라는 표면 서사 아래에 TV가 지배하는 사회를 비판하는 이면 서사를 감추고 있다. 어떤 의미에서 이 소설은 TV, 곧 시각 이미지의 인간 지배에 관한 비판적 경고문이다. 그리고 이 감춰져 있는 TV야말로 그가 강박적으로 두려워해 마지않던 현대사회 패턴화 경향의 주범이다.

『결혼은, 미친 짓이다』 전체를 통틀어 가장 주의를 기울여 읽어야 할 부분이 바로 두 번째 장 〈텔레비전〉이다. 이 장은 시각 이미지의 인간 지배에 관한 고도로 정교하게 고안된 은유를 제공한다. TV 앞에 한 가족이 앉아 있다. 홈드라마가 방영되고 있는 저녁 시간이다. 아마 8시 30분에서 9시 사이일 터인데 이때 TV에서 눈을 떼지 못하는 것은 어머니다. 어머니는 드라마 속의 인물과 실제 배우를 구분하지 못할 만큼 TV 속 세상에 밀착되어 있다. 드라마가 끝나면 뉴스가 방영되기 전까지 막간의 광고가 이어진다. 광고는 형수와 여동생의 눈을 주로 공략한다. 뉴스는 물론 아버지의 눈을 주로 공략한다. 단, 뉴스에 윤수일 닮은 코소보 난민이 등장한다거나 하는 경우 연예계 사정에 밝은 형수가 보조 시청자로 끼어들기도 한다. 혹은 이제 막 TV를 통해 세상을 배우는(다시 말하지만, TV는 세상의 창이라고 열변을 토했던 화자의 말은 분명히 옳은 말이다.) 조카가 뉴스에서 탱크를 발견할 경우 그역시 보조 시청자로 끼어들 수 있다. 그렇게 읽을 때 이 장은 TV 프로그램에 대한 '세대별' 취향의 실태 조사표를 제공한다고 해도 과언이 아닐 정도다.

이후 스포츠 뉴스는 형 몫이고, 10시의 수목드라마는 다시 여자들 몫이다. 입담 좋은 젊은 연예인들이 출연하는 심야 토크쇼는 화자와 여동생의 몫으로 돌아가고, 실직당해 종일 집에 있느라 피로를 모르는 아버지가 심야 토론을 시청하며 대미를 장식한다. 심야 토론은 '구조조정' 문제를 다룬다.(그렇다면 이 장은 또한 TV 프로그램에 대한 '성별' 취향의 실태 조사표를 제공하기도 한다.)

그러나 응접실을 끝까지 지키는 것은 안됐지만 가족의 일원이 아니라 TV다. 아버지 또한 이내 잠들어 버리기 때문이다. 결국 처음부터 끝까지, 가족 간의 대화가 이루어지고, 연대가 형성되고, 서로의 일상에 대한 소통의 장이 되어야 할 거실을 지키는 것은 가족들이 아니라 TV다. 대화는 오로지 TV를 매개로 해서만, TV에 비친 이미지를 모델 삼아서만 이루어진다. 무엇이 이 가족을 지배하는가! 무엇이 이 가족의 삶을 '구조적으로 모델화' 하는가! 무엇이 이 가족의 옷차림을 코디하고, 무엇이 이 가족의 관심사를 결정하며, 무엇이 이 가족의 욕망을 부추기는가! 물론 TV다. 요컨대 TV 브라운관에 비친 허상의 이미지들이 이 가족의 삶을, 아니 우리들 모두의 삶을 패턴화하는 주범이다. 그리하여 몰래카메라에 잡힌 어느 가족의 저녁 일상을 방불케 하는 이 가족의 풍경은 이내 이와 전혀 다를 바 없는 우리들의 저녁 풍경을 어느 순간 '낯설게 한다'. 우리의 일상이 그와 같이 구성되어 있고 패턴화되어 있지 않던가!

결국 소설의 마지막 장, 화자가 다음과 같이 다소 직설적으로 소설의 주제를 누설할 때, 다소의 생경함에도 불구하고 우리는 흔쾌히 그의 주장에 동의하지 않을 수 없게 된다.(비록 여전히 카산드라형 인간인 그를 전적으로 신뢰할 수는 없다 할지라도.)

심지어 우리 모두는 탤런트가 되어버렸다. 탤런트의 배역과 역할을 좌우하는 것은 탤런트 자신의 의견이 아닐 광고주와 시청자들의 반응과 방송국 소유주이듯, 우리들은 끝없이 광고로부터 욕구를 전달받고, 타인의 시선에 의해 조절당하고, 우리의 물질적 소유주인 직장 상사나 부모로부터 간섭을 받는 세대다.

내 안에, 언제부터인가, 텔레비전이 들어와 있는 것이다!

그리고 우리의 결혼과 직장 생활은 정해진 대본처럼 상투화되어 가고 있다.──(본문 234~235쪽)

그렇다면 저간의 선입견과 달리, 『결혼은, 미친 짓이다』는 단순히 변화해 가는 결혼과 성 관념에 관한 세태소설에 머무르지 않는다고 말해야 맞다. 소설 화자의 수다는 그보다는 더 많은 옳은 말을 한다. 『결혼은, 미친 짓이다』는 좀 더 깊은 차원에서는 허상에 불과한 시각 이미지가 인간의 욕망을 배태하고, 삶을 이미지화하고, 일상을 패턴화해 가는 시절에 대해 보내는 냉소어린 독설이기도 했던 것이다. 우리 속에 텔레비전이 들어와 있다. 라캉식으로 얘기해서 우리의 '무의식은 TV처럼 구조화되어 있다'. 정작 작가 이만교가 우리에게 보내고자 했던 전언은 이것이다.

결국 미친 짓을 저지르고 번지점프 하러 가다

『결혼은, 미친 짓이다』는 그러나 영영 냉소와 수다로만 끝을 맺지 않는다. TV 이미지처럼 구조화되어 있는 이만교식 상징계의 장막을 찢고 언뜻 그 모습을 드러낸 실재계의 잔영일까? 화자를 사랑(사랑이라니!)했던 '은지'의 죽음이 알려진다. 그때부터 소설은 일종의 반성문으로 변한다. 화자는 '그녀'와의 결별 후, 그녀가 두 사람의 사진으로 만든 앨범을 들여다보며 다음과 같이 고백한다.

　　이제야 나는 깨닫는다. 사진 속의 삶은 그녀가 가보고 싶어했던 또 하나의 길이라기보다는, 그녀와 내가 갔어야 했던 길임을. 그러나, 우리에겐 그 길을 갈 용기가 없었다.
　　가야 했는데 가지 못한 비겁함, 가고 싶었던 길을 가지 않은 죄책감, 이 행복에 겨워 보이는 사진들 뒤에 정말 가려져 있는 것은 바로 그런 쓸쓸함, 그런 뉘우침이 아닐까? 그것이 그녀가 굳이 자신과 나의 모습을 현실적으로는 백해무익하기만 한 사진이라는 형식으로 남겨두려 한 이유가 아닐까?──(본문 233쪽)

다소 느닷없는 이 반성의 요지는 그가 행해온 '미친 짓'들에 대한 거부와 조롱이 실은 용기 없음의 소산은 아니었겠는가 하는 점이다. 요컨대 수다와 현학을 통해 행동으로부터 도피해 온 것은 아니었겠는가 하는 반성인데, 실로 파우스트적이면서도 386세대다운 균형감각이거니와, 단편 「그녀, 번지점프 하러 가다」는 이와 같은 반성 끝에 과감히 '미친 짓'에 뛰어든 이만교의 주인공들에 대한 후일담에 해당된다.

미친 짓인 줄 알면서도, 혹은 미친 짓인 줄 모르고 결혼 생활(혹은 직장생활)에 뛰어든 이만교의 주인공들이 겪게 될 말로는 이 단편의 주인공이 겪는 그것과 대동소이하다. 결말은 우리가 아는 그대로이다. 그녀는 어느 날 문득 결혼이 미친 짓이었음을 깨닫는다. 모든 입사식이 패턴화된 삶 속에 자신을 내던지는 행위에 불과했음을 그녀는 겨우 알아차린다. 그리고는 마치 자아 정체성을 찾아 나서기라도 하듯이 번지점프 하러 간다. 그러나 달라지는 것은 없다. 점프대에서 뛰어내리는 순간, 그녀에게 드는 생각은 오직 다시는 이 따위 짓은 하지 않겠다는 결심뿐이다. 그녀의 점프 모습을 사진에 담아 준 미지의 청년도 그녀를 삶의 지독한 권태로부터 구원해 줄 백마 탄 기사가 아니었음이 이내 밝혀지고, 그녀는 '강간당하는 것보다도 못한' 삶을 다시 살아가야만 한다. 이즈음 이만교가 쓰고 있는 웃음기 싹 가시고 수다도 완전히 사라진 메마르고 건조한 소설들, 가령 「표정관리 주식회사」나 「회원관리 주식회사」의 샐러리맨들에게 주어진 삶이 또한 이와 같다. 「그녀, 번지점프 하러 가다」는 그런 점에서 무심코 미친 짓을 저질러 버린 자신의 주인공들에게 작가 이만교가 내린 가혹한 형벌 이야기의 시발점이다.

결국 이만교가 보기에 그의 주인공들을 포함해서 우리에게 주어진 선택지는 둘 중 하나뿐이다. 그 형벌을 감내하거나, 아니면 여전히 결혼은 미친 짓이라고 옳은 말을 수다스럽게, 그러나 카산드라의 운명과도 같이 아무에게도 그 말을 진정으로 납득시키지는 못한 채로 떠들고 다니거나……. 수다, 아니면 권태다.

(문학평론가)

작가 연보

1967년 충주 중원에서 태어남.

1992년 《문예중앙》 신인문학상 시 부문에 당선됨.

1998년 《문학동네》 동계문예 소설 부문에 당선됨.

2000년 장편 『결혼은, 미친 짓이다』로 제24회 오늘의 작가상을 수상함.

2001년 장편 『머꼬네 집에 놀러 올래?』 출간.

2003년 장편 『아이들은 웃음을 참지 못한다』, 소설집 『나쁜 여자, 착한 남자』 출간.

오늘의 작가총서 28

결혼은, 미친 짓이다

1판 1쇄 펴냄 2000년 5월 20일
1판 22쇄 펴냄 2003년 9월 20일
2판 1쇄 펴냄 2005년 10월 15일
2판 3쇄 펴냄 2013년 10월 28일

지은이 · 이만교
발행인 · 박근섭, 박상준
편집인 · 장은수
펴낸곳 · (주) 민음사

출판등록 1966. 5. 19. 제16-490호
서울 강남구 신사동 506번지 강남출판문화센터 5층 (135-887)
대표전화 515-2000 팩시밀리 515-2007

ISBN 978-89-374-2028-3 04810
ISBN 978-89-374-2000-9 (세트)